苍凉与世故

——张爱玲的启示

李欧梵 著

ZHEJIANG UNIVERSITY PRESS
浙江大学出版社

图书在版编目（CIP）数据

　　苍凉与世故：张爱玲的启示 / 李欧梵著. — 杭州：
浙江大学出版社，2019.12
　　ISBN 978-7-308-19324-5

　　Ⅰ. ①苍… Ⅱ. ①李… Ⅲ. ①张爱玲（1920-
1995）-文学研究②张爱玲（1920-1995）-人物研究
Ⅳ. ①I206.7②K825.6

　　中国版本图书馆CIP数据核字（2019）第143409号

苍凉与世故：张爱玲的启示

李欧梵　著

责任编辑	罗人智　寿勤文
文字编辑	闻晓虹
责任校对	马一萍
封面设计	卿　松
出版发行	浙江大学出版社
	（杭州市天目山路148号　邮政编码 310007）
	（网址：http://www.zjupress.com）
排　　版	杭州林智广告有限公司
印　　刷	浙江印刷集团有限公司
开　　本	880mm×1230mm　1/32
印　　张	8.25
字　　数	190千
版 印 次	2019年12月第1版　2019年12月第1次印刷
书　　号	ISBN 978-7-308-19324-5
定　　价	52.00元

小　序

　　这是一本关于张爱玲的书，是一种无意间的"偶合"(serendipity)。数年前，牛津大学出版社的老友林道群建议我写一本这样的书，而且把我的旧稿（包括拙著《上海摩登》中的一章）整理打印出来，作为基础，逼我继续写下去。我当时忙于他务，又不敢贸然从事有关"张学"的研究。因为海峡两岸近年来"张学"方兴未艾，专家辈出，俨然为张爱玲这个传奇人物创造了一个新的传奇。特别在大陆，自从发现了这位被淹没近半世纪的作家及其作品之后，一股新的"张迷"浪潮早已席卷一切。我在震撼之余，哪里还敢闯进这个新"热区"。

　　然而，我毕竟也算一个"张迷"，否则也不会在一本研究 20 世纪 30 年代上海都市文化的书中故意加上一章讨论 40 年代沦陷区的张爱玲，并将之与香港联系在一起，形成文化史上的"双城记"。既然成了这一观念的"始作俑者"之一，我遂也不自觉地从香港文化的立场来重睹张爱玲作品的风采，于是很自然地加深了对于《倾城之恋》这篇小说的热爱。其实张爱玲以香港为背景的小说至少还有两篇，为什么我独钟此篇？这当然又和我个人的"倾城之恋"有另一种偶合的关系，就在香港回归后不久，我终于和认识已久的子玉重归前缘，在千禧年（2000 年）结婚。而在此之前，我写就的一篇小说《范柳原忏情录》则成了"前奏曲"。

　　其实这篇小说是我 1997 年时心灵中感受到的一种说不出来的对香港的深情，借张爱玲的小说人物表达出来的。一个都市的"陷落"却促成我感情上的"回归"，这个人生的巧合恐怕也可作为小说题材吧！然而我独缺小说家的才华，写了一本"后现代"式的小说之后，深觉画虎不成反类犬，还是回归到文化评论和研究的领域，也不自觉地写了几篇有关张爱玲的文章。又适逢香港话剧团演出《新倾城之恋》，因此也带出我自己的又一章"倾城之恋"。现在把这些学术性或非学术性的长短文章一并收集于此，诚可为部分"张迷"解解闷，予愿已足。

本书以"苍凉与世故"为题，如用英文则是"Desolation and Sophistication"，前者是张爱玲自己的美学观念，后者则是我自己的看法，已在本书中不厌其烦地再三阐述过了。最近读到刚出土的张爱玲的小说《郁金香》，颇有感触。我觉得这篇当年在上海《小日报》刊登的连载小说，文笔不错，有典型的张爱玲特征——"如同""仿佛"等字眼后出现意想不到的形容句子。且让我抄两小段：一是开头描写墙上的山水画和所配的沉甸甸的红木框子，"很不相称，如同薄纱旗袍上滚了极阔的黑边"；一是描写阮太太"是一个无戏可演的繁漪，仿佛《雷雨》里的雨始终没有落下来"。这一类的句子，也只有张爱玲才写得出来。模仿的人不是没有，但就差那么一点火候。

这"火候"从何而来？行家和"张迷"曾多番论到她受旧小说和鸳鸯蝴蝶派的影响，但我认为并不尽然。这一种略带讥讽的比喻是出自一种"反讽"（irony）的手法，反讽必须有距离感，而且至少要指涉两个层面。前面引到的《雷雨》则又多了两层，变成四面：阮太太和周繁漪的比喻在先，又附带把曹禺的剧本名称也讽刺了一番。张爱玲一向不怎么看得起五四新文学，此又是一例。

然而张爱玲也有她"新"的一面——就是一种"世故"的视野——得自她喜欢的英国小说和好莱坞喜剧影片，这种视野往往是从故事外的叙述者的口吻和角度表现出来的。《传奇》再版的封面就是一个很好的写照：上面画着一幅旧式的仕女图，但却有一个现代女子在窗外窥视。这个现代女子不一定就是张爱玲，但却代表一种新的视角；有了这种视角，旧的人物和故事也会被"看"出新意来，更起到反讽的效果。我最喜欢的《倾城之恋》就是一个明显的例子。

可惜的是，张爱玲的佚文中，"旧"的故事愈来愈多，而新的视角却愈来愈少。在《郁金香》中几乎感觉不到叙事者的涵养和看法，叙事语言中多的是交代人物关系，却少了一份反讽。故事后半部逐渐转入男主人公宝初的主观感受之中，时过境迁之后，在电梯上仿佛（又是一个"仿佛"）听见有人唤了一声"金香"，他震了一震，事后又觉得惘然。这种轻描淡写的伤感手法，也似曾相识，《白玫瑰与红玫瑰》有之，《半生缘》中更多，伤感之余，反讽的成分则荡然无存。张爱玲写旧社会，自从《金锁记》之后，再也表现不出那么撼人的"张力"了。

《郁金香》只是一首小曲，《金锁记》才是大戏。

我在书中虽曰"世故"，但个人却颇"天真"，近年来更有返老还童的趋势，这一切皆得自我妻子对我的"启示"。这本书当然献给她。

2006 年 5 月 16 日于九龙又一城居所

趁这次浙江大学出版社再版本书，特补上两篇最近的文章，也算是代表近年来我的"张学"研究兴趣和方向，或可使这本小书的内容不至于那么单薄。

2019 年 4 月 28 日于香港

目　录

第一部分　张爱玲的启示

张爱玲笔下的日常生活和"现时感"　　　　　　　3

看张爱玲的《对照记》　　　　　　　　　　　29

张爱玲：沦陷都市的传奇　　　　　　　　　　40

不了情：张爱玲和电影　　　　　　　　　　　84

香港：张爱玲笔下的"她者"　　　　　　　　　97

从《温柔陷阱》到《情场如战场》　　　　　　102

苍凉的启示　　　　　　　　　　　　　　　111

张爱玲与好莱坞电影　　　　　　　　　　　113

张爱玲的英文问题　　　　　　　　　　　　119

跨语境跨文化的张爱玲：一些感想　　　　　131

第二部分　睇《色，戒》

《色，戒》的回响　　　　　　　　　　　　　144

此情可待成追忆，只是当时已惘然　　　　151

走出张爱玲的阴影　　　　　　　　　　　162

李安对张爱玲的挑战　　　　　　　　　　177

《色，戒》的历史联想　　　　　　　　　189

附录一　Lust，Caution：Vision and Revision　　234

附录二　真假的界限　（郭诗咏）　　　　243

第一部分　张爱玲的启示

张爱玲笔下的日常生活和"现时感"

一、日常生活面面观

在张爱玲的散文集《流言》初版里附有一张她的照片，据柯灵回忆，相片下还有一句题词："有一天我们的文明，不论是升华还是浮华，都要成为过去。然而现在还是清如水明如镜的秋天，我应当是快乐的。"❶明眼人一看就知道，这两句话出自她的小说集《传奇》再版自序，是把原文中的两句话串连在一起的。在这篇序的第一段，她谈到去报摊看自己的书销路如何，不禁自励道："出名要趁早呀！来得太晚的话，快乐也不那么痛快。"然后又催自己："快，快，迟了来不及了，来不及了！"在第二段她才讲出一番"大道理"：

> 个人即使等得及，时代是仓促的，已经在破坏中，还有更大的破坏要来。有一天我们的文明，不论是升华还是浮华，都要成为过去。如果我最常用的字是"荒凉"，那是因为思想背景里有这惘惘的威胁。❷

---

❶ 柯灵：《遥寄张爱玲》（写于 1984 年 11 月 22 日），《读书》1985 年第 4 期。后收于柯灵：《文苑漫游录》，香港：三联书店，1988，第 48 页。

❷ 张爱玲：《传奇》再版自序，《张爱玲典藏全集》第八卷，台北：皇冠文化出版有限公司（下文简称为"皇冠"），2001，第 30 页。

一直到全文的最后，她才说出"然而现在还是清如水明如镜的秋天，我应当是快乐的"这句话来，也为上段出名须趁早的虚荣心态做了一个注解。然而，这仍然像是一种"及时行乐"的人生哲学，未免引起不少人的非议，更遑论她的"政治不正确"——竟无"感时忧国"的精神。❶ 然而这段序言对张爱玲至关重要，她的多篇散文皆是为这个人生哲学来做阐释和注解；这些话语，看来十分琐碎，但如果放在一种"现代性"（modernity）的理论框架中来审视，则可发现张爱玲是中国现代文学中少有的"现代感"极强的作家，恰是由于她掌握了这个"现时"（present，now）的深层意义。

1

且让我们先从张爱玲在 1945 年 4 月发表的一篇文章《我看苏青》❷ 谈起。

张爱玲自己承认："这篇文章本来是关于苏青的，却把我自己说上许多。"她和苏青似乎所见略同（其实张爱玲的观点远较苏青《结婚十年》中的平铺直叙有深度），都觉得她们身处的"这时代本来不是罗曼蒂克的"，然而张爱玲却为这个"非罗曼蒂克"❸ 的心态做了一个存在主义式的注解：

> 生在现在，要继续活下去而且活得称心，真是难……所以我

❶ 最著名的当然是迅雨（傅雷）那篇名文《论张爱玲的小说》（1944 年）。
❷ 《天地》第 19 期，未收入《流言》，后来收入她的《余韵》，台北：皇冠，1990，第 81—99 页。亦收入《张爱玲典藏全集》第八卷，第 260—277 页。
❸ 耿德华（Edward Gunn）《抗战时期的张爱玲小说》，即从此观点出发；该文（王宏志译）收入郑树森编：《张爱玲的世界》，台北：允晨文化，1989，第 49—87 页。

们这一代的人对于物质生活，生命的本身，能够多一点明了与爱悦，也是应当的，而对于我，苏青就象征了物质生活。

在这段话和这篇长文中，张爱玲并没有解释什么是"物质生活"，只说它是"与奢侈享受似是不可分开的"，但又没有进一步解释。以"后现代"的角度看来，这当然指的是商品和消费，然而张爱玲虽在文中提到她初次领略到去百货公司购物是一种"消遣的好方法"，却没有在购物方面着墨许多。她那个时代毕竟还是资本主义文化在上海初兴的时代，对于"消费文化"尚未达到如今以消费为欲望和生活的程度。所以我认为她所谓的物质生活，指的不是奢侈享受，而是一种日常生活的世俗性，而世俗的定义是和钱分不开的，因此她在此文中说：她和苏青"都是非常明显地有着世俗的进取心，对于钱，比一般文人要爽直得多"。中国古今文人可以穷而酸，但绝不肯定金钱的价值，而张爱玲似乎早已具备一种"小资"的情操，甚至觉得她自己天生俗骨，甚至"俗不可耐"。❶ 无怪乎近年来张爱玲的作品在中国一直畅销不衰，甚至成为"小资"和"波波族"❷的"宠物"。

如果张爱玲作品的意义仅止于此，则没有继续讨论的余地了。在她眼中，世俗的物质生活显然并不仅是一种经济行为而已，而有其他更广泛和深层的意义。

综观张爱玲在 1939 至 1947 年写的散文，特别是收集在《流言》

---

❶ 《张爱玲典藏全集》第八卷，第 269 页。关于张爱玲的"世俗性"，王安忆亦有同感，见其《世俗的张爱玲》一文，收入刘绍铭、梁秉钧、许子东编：《再读张爱玲》，香港：牛津大学出版社，2002，第 269—274 页。

❷ 所谓"波波族"出自大卫·布鲁克斯（David Brooks）《天堂里的波波族》（*BoBos in Paradise*）。BoBo 指的是 Bohemians（波西米亚人）和 Bourgeois（布尔乔亚）的综合体。

中的文章，不难发现内中的主题就是日常生活的衣食住行。《更衣记》谈的是从古至今时装的演变；《公寓生活记趣》顾名思义讲的是她幼时在上海住的公寓，虽然大楼里住了中外各色各样的人，她却更喜欢听公寓外的"市声"；《道路以目》谈的是"行"，特别是寒天清早行过的小饭铺、人行道上的小火炉、深夜橱窗里的模特儿和霞飞路西洋茶食店中的蛋糕，很自然地也由"行"扯到"食"；《有女同车》中的素描背景是电车，物则是电车上的女人；《童言无忌》中小标题是"钱""穿""吃""上大人"和"弟弟"；《说胡萝卜》中谈的又是吃——萝卜煨肉汤；《私语》更是一篇日常生活回忆总其大成的文章，内中除了亲戚人物外，谈得最多的依然离不了衣食住行，甚至把其中的色香味都描绘得淋漓尽致，特别是松子糖——"松子仁春成粉，搀入冰糖屑"——喂给生病的弟弟，让人联想到普鲁斯特（Marcel Proust）的《追忆似水年华》中的"玛德莱娜"小蛋糕（petite Madeleine）。她也写到其他日常生活的细节，诸如"母亲回来的那一天我吵着要穿上我认为最俏皮的小红袄"；给天津的一个玩伴"描写我们的新屋，写了三张信纸，还画了图样"；父母离婚后她的颠沛流离，在母亲的公寓里第一次见到瓷砖浴盆和煤气炉子，"我非常高兴，觉得安慰了"；还有在父亲家被禁闭在空房里，想到家里楼板上反照的蓝色的月光。一切都和她私人的日常生活有关。

我之不厌其详地举出上面一系列张爱玲描写衣食住行的例子，为的是阐明日常生活这个主题在她作品中的主要地位。一般来说，日常生活中的衣食住行是最单调的主题，因为它脱离不了"日常"（quotidian）行为习惯的重复，然而在张爱玲笔下，它们却代表了都市生活中的一种"文明的节拍"，充满了五光十色的刺激，这就是她所熟悉的上海。换言之，都市文化是这个日常生活的固定场景，由私人和家庭的空间延伸到公共的都市交通工具和街道上的人生百态。对张爱玲而言，这是同一个世界，"不论是精神上还是物质上的，都在这里了，因此对于我，精神上与物质上的喜，向来是打成一片的"。值得后世理论家注意的是：这个张爱玲的世界仍然是一个人情味极浓的"人际社会"（gemeinschaft），而非现代都市文明所建构的"理性社会"（gesellschaft）。在她的作品中，也很少提到"疏离感"（alienation），除非是自己幼时在家中与父母亲的疏离。她所描写的上海都市生活和人物，反而会使她产生强烈的归宿感，所以她做出一个宣言——"到底是上海人"，甚至在写香港时也"无时无刻不想到上海人"。[1] 这种归宿感，也令她感到一种稳定和平安。

问题是她又自觉是活在"乱世"，在乱世中活下去而且活得开心，则需要一番努力，日常生活就变成了"像'双手劈开生死路'那样的艰难巨大的事"，所以在《我看苏青》文末，她写下这一段挚情的文字，意义深远：

> 她走了之后，我一个人在黄昏的阳台上，骤然看到远处的一个高楼，边缘上附着一大块胭脂红，还当是玻璃窗上落日的反光，再一看，却是元宵的月亮，红红地升起来了。我想道："这是乱世。"晚烟里，上海的边疆微微起伏，虽没有山也像是层峦叠嶂。我想到许多人的命运，连我在内的；有一种郁郁苍苍的身世之感。"身世之感"普通总是自伤、自怜的意思罢，但我想是可以有更广大的解释的。

---

[1] 张爱玲：《到底是上海人》，《张爱玲典藏全集》第八卷，第8—9页。

这一段话，恰好可做本文开端所引用的《传奇》和《流言》的序言中几句话的解说。"郁郁苍苍的身世之感"也就是她的"苍凉"或"荒凉"美学的来源，是一种"夕阳无限好"的情操，但她写这些文字的时候并不年老，尚不到三十岁！所以她对于时间的急促和逼迫感（"快，快，迟了来不及了，来不及了！"）的感受和年岁无关，而是一种"现时"的焦虑。这一段话的另一个悖论是：她越是希望"各人就近求得自己的平安"，越是平安不得，因为她预感到这个时代和文明"已经在破坏中，还有更大的破坏要来"。

2

《流言》中的大部分文章都是发表于沦陷后的上海（1943 年 8 月至 1944 年 12 月），也正是在"大破坏"之中的一段喘息时间。在日本人的统治下，如何书写和发表自己的文章，并借此成名，也是一种"现实"的考虑。也许张爱玲只能"粉饰太平"，写一些和抗日战争无关的文章（其实她在这一个时期写的作品中几乎没有提过一次日本统治），但从她的人生观角度推论，可能就因为这是一个非常时期，所以日常生活的描述和回忆更显得珍贵。

在这些散文中，她的视野与她文章所描述的人与事，似乎保持了一定的距离，这种保持距离的"隔"法，是她的写作技巧的一贯特色。在《我看苏青》一文中，她甚至认为这种态度有如"高级调情"，"可以保护自己的感情，免得受痛苦。应用到别的上面，这可以说是近代人的基本思想，结果是轻描淡写的，与生命之间也有了距离"。然而，我认为至少有一篇文章是例外——《烬余录》。

《烬余录》发表于 1944 年的 2 月（《天地》第 5 期），约在《倾城之恋》发表（1943 年 9 月至 10 月）四个月之后，二者之间的密切关系非常明显:《倾城之恋》小说的下半部就是以《烬余录》中所描写的日军侵占香港为背景,小说只不过加上了两个虚构的主人公(范柳原和白流苏)和前段的上海背景。但《烬余录》所写的时间跨度则较短,1941 年冬,地点也更集中——香港大学的宿舍及其附近❶。内中的主要人物炎樱也成了她的好友和其他散文中的主角。此篇散文更重要的意义是它把战乱和世俗的日常生活放在同一个特定的历史时空之中,因而造成了张爱玲所特有的历史视野:她不但把历史的"大叙述"或"主旋律"放在故事的背景后,甚至故意将之描写得很模糊(日本人何时开始攻打香港,如何轰炸,如何占领,只字不提),而且把日常生活的现实放于前景。然而正由于这个历史和日常生活的"错置",才使得这篇散文显得更加不凡。

描写中国人民抗日的故事很多,但大多是有血有泪的伤感式叙述,感人有余,"剧力"不足,因为没有"距离感",更没有任何反讽或讽刺的意味。《烬余录》相反,文章一开始就剧力万钧,十分生动:"在香港,我们初得到开战的消息的时候,宿舍里的一个女同学发起急来,道:'怎么办呢?没有适当的衣服穿!'"❷ 真是既写实又荒谬,把战争的降临看作赴宴,张爱玲这一笔就勾画出港大学生的贵族式生活。这一种"阶级"观的讽刺性并非完全出于自身经验(当时的张爱玲也可算是较穷困的上海贵族),而是出于一种荒谬的反讽(irony):请客或赴宴本是这群人的日常生活中不可或缺的习惯,但是战争(或革命)毕竟不是请客吃饭,这些"上流社会"出来的"天真姑娘"(ingénues)

---

❶ 陈子善编的《流言》(杭州:浙江文艺出版社,2002)中附有与各文相关的珍贵图片,包括港大的学生宿舍梅堂(May Hall),现已拆,但照片中前一幢建筑仍然保存,现亦称"梅堂"。

❷ 张爱玲:《烬余录》,《张爱玲典藏全集》第八卷,台北:皇冠,2001,第 113 页。

非但没有想到战争，而且不知战争为何物。

读到开头的这一段，我们不难想象到一部两种类型电影的混合影片：张爱玲似乎把一个"谐闹喜剧"（screwball comedy）中的人物放在另一个战争片的场景中，像《乱世佳人》影片开头的郝思嘉（Scarlett O' Hara）一样。如果张爱玲要以此为主题写一篇小说——而不是《倾城之恋》——也大可以这句话作为开始。但这一篇《烬余录》毕竟是散文，我们不难看出："前景"中所描绘的是一群学生的衣食住行的日常生活，尤以衣和食最重要。张爱玲一向对穿衣服极为讲究，而且也为此写过《更衣记》之类的文章，学者黄子平已有极精彩的评论 ❶，我不必再赘言。但在《烬余录》中张爱玲写的更多的是"吃的喜悦"：从防御工作人员对柴米和黄豆之争，到冰淇淋、小黄饼、甜面包、三角饼和"形迹可疑的椰子蛋糕"，应吃尽吃，"所有的学校教员、店伙、律师、帮办，全都改行做了饼师"。而最荒谬的是"我们立在摊头上吃滚油煎的萝卜饼，尺来远脚底下就躺着穷人的青紫的尸首"。这一系列关于"吃"的描写并非完全出于匮乏，而是欲望的高涨，这又和一般写实小说中把中国现代战争与贫穷放在一起的写法大相径庭。

张爱玲在这篇散文中描写的是另一种真实——所谓"饮食男女"在这个非常时期的疯狂表露。除了吃之外，关于性的描写似乎着墨不多，但也写得既含蓄又大胆：一对男女领结婚证书，"一等等上几个钟头，默默对坐，对看，熬不住满脸的微笑"；宿舍中的调情和狂欢，以及女学生欲拒还迎的"不行！不嘛！不，我不！"全点出来了。在文章快结束前，她做了一个结论：

---

❶ 黄子平：《更衣对照亦惘然》，刘绍铭、梁秉钧、许子东编：《再读张爱玲》，第132—139 页。

去掉了一切浮文，剩下的仿佛只有饮食男女这两项。人类的文明努力要想跳出单纯的兽性生活的圈子，几千年来的努力竟是枉费精神么？事实是如此。

这一个事实本身就是一种反讽，也在不少欧洲文学和电影中得到印证。❶战争把人身上的一切繁文缛节都剥光了，只剩下食和色的本能，但人是否又会回到野蛮的兽性生活？也未必尽然。反讽的意义永远在于正反两面对比后所得到的讽刺效果，但此处讽刺的不仅是人的本性，也是文明本身。这就牵涉到另一个重大的问题：文明和野蛮两个不同世界的相互关系。

战争是否摧毁了文明，把一切夷为野蛮？如果真是如此，张爱玲的文笔就会显得有气无力了，因为在这个"基点"上已无"世故"（sophistication）可言。张爱玲描写"野蛮"的方法其实也很世故，她往往将之比作"蛮荒"——一种"原始的荒凉"。这是一个特殊的美学视角，放在这篇散文中，它的效果犹如乔伊斯（James Joyce）小说中的"显现"（epiphany）——在一个突然的时空交错点所感受到的一种近乎宗教的神秘感。譬如她写在防空洞口，从挤满了人的人头上看出去，看到的是"明净的浅蓝的天。一辆空电车停在街心，电车外面，淡淡的太阳，电车里面，也是太阳——单只这电车便有一种原始的荒凉"。这种手法不尽是写实，而是一种"显现"，令人禁不住想到这个形象的象征意义：蓝天和太阳是永恒存在的大自然，而电车恰是现代文明的产物，这个自然和文明的对比，由于战争而更显得苍凉。在日本军国主义的侵袭下，一个现代物质文明产物——电车——被冷落在街心（大

---

❶ 譬如捷克影片《严密监视的列车》（*Closely Watched Trains*）。

概是中环），使作者感受到一种"原始的荒凉"，而顿有所思："我觉得非常难受——竟会死在一群陌生人之间么？可是与自己家里人死在一起，一家骨肉被炸得稀烂，又有什么好处呢？"这一个问题看似无奈，其实是属于修辞学（rhetoric）上的，因为作者在下文中已经做了选择：愿意和一大群陌生人同被炸死，因为她在这熙熙攘攘的受难人群中感受到另一种文明——或者可叫作"人气"，也就是张爱玲作品中所惯有的"人际社会"的气息的再度展现。这一股"人气"把文明将被摧毁的恐惧感也减弱了许多。换言之，张爱玲自己所谓的"荒凉"或"苍凉"绝非西方存在主义哲学或荒谬剧（theater of the absurd）中的那种存在早已失去意义的荒谬，而是恰恰相反，把这种"人气"放在一个特殊的境遇——战争——中才会显得更"苍凉"，所以她说："苍凉之所以有更深长的回味，就因为它像葱绿配桃红，是一种参差的对照。" **❶**然而这个"对照"，也可以是时间（历史）和空间（香港）之间的参差，意义也更重大，因为它关系到人们在特殊时期和环境的生死问题。这一种非常时期的对照，使她想到"沧海月明珠有泪，蓝田日暖玉生烟"这两句旧诗，余韵是温暖的，并不真正凄凉。所以轰炸过后当警报解除，在防空洞中等待死亡的人们又恢复了世俗的本来面目："大家又不顾命地轧上电车，唯恐赶不上，牺牲了一张电车票。"这群香港人看来又有点像上海人了。日本人占领了香港，张爱玲对占领军管治的种种残暴只字不提，却继续写她的另一种荒谬，仍然是一种十分温暖的感觉：

> 看见青天上的飞机，知道我们尽管仰着脸欣赏它而不至于有

---

❶ 张爱玲：《自己的文章》，《张爱玲典藏全集》第八卷，第 89 页。关于这种"参差的对照"的美学，我在拙作《上海摩登》第八章中已分析甚详。另见本书《张爱玲：沦陷都市的传奇》一文。

炸弹落在头上，单为这一点便觉得它很可爱。冬天的树，凄迷稀薄像淡黄的云；自来水管子里流出来的清水，电灯光，街头的热闹，这些又是我们的了。第一，时间又是我们的了——白天，黑夜，一年四季——我们暂时可以活下去了，怎不叫人欢喜得发疯呢？

这一段的情绪是喜悦的，文明似乎又恢复了，人们又可以过着日常生活。如果没有战争，这一年四季可能过得很单调沉闷，但正因为在战争中日常的时间被打断了，才令人对日常生活感到狂喜。在《我看苏青》一文中，张爱玲把这种现代日常生活的时间观念叫作"文明的节拍"："文明的日子是一分一秒划分清楚的"，而"蛮荒的日夜"却"没有钟，只是悠悠地日以继夜，夜以继日"。❶ 这里所区分的是两种时间的观念："文明的时间"以钟计时，一分一秒不差的节拍；另一种是"蛮荒的时间"，没有钟表计时，日以继夜地过下去，周而复始，像是古代或史诗中的时间。除此之外，在《烬余录》中似乎又加上第三种时间：逼迫的、中断的、时静时动的时间，它似乎是介于前两者之间但更不同寻常，作一种独特的存在。如果我们回顾《倾城之恋》中的时间叙述，一开始提到白公馆的老钟比别人家的夏令时间慢了一小时，就知道是故意在指第一种"文明的时间"，也就是"现代性"的节拍了；但白公馆的人生活在旧的世界中，总是赶不上时代。后来当范柳原向白流苏在墙前大谈"地老天荒"之情的时候，影射的却是远古——历史产生之前——的时间，也暗合《我看苏青》文中所说的"蛮荒的日夜"，但经过小说的艺术处理后，它变成一种神话。❷ 故事后半部——日军占领

---

❶ 张爱玲：《我看苏青》，《张爱玲典藏全集》第八卷，第265—266页。

❷ 关于这种诠释，参见《上海摩登》第八章，香港：牛津大学出版社，2001，第280—283页。另见本书《张爱玲：沦陷都市的传奇》。

香港炮火连天的段落——则是放在第三种时间的框架里来叙述的，使得故事和人物都更不同凡响。然而这是一种反常的行为，所以我们可以推测：当战争结束，正常时间恢复以后，范柳原又会不安于室，故态复萌，离家出走，❶ 因为这个花花公子既不可能忍受"蛮荒的日夜"，也不会满足于"文明的节拍"。

我认为张爱玲绝不是一个"进步主义"的信徒，以为历史是直线前进的，而且"明天会更好"；恰恰相反，她连"现在"都拿不稳，更觉得在乱世中"人是最拿不稳的东西"。这种人生哲学也绝不是乐观的，甚至有点悲观的味道，甚至她的私生活也为此做了印证：她在写作巅峰时期——也就是写《倾城之恋》和《烬余录》后不久——和胡兰成结婚，婚约中有"愿使岁月静好，现世安稳"的字句，据说是胡兰成所加。❷ 但不幸胡兰成也是一个花花公子，当然不安于室，二人的婚姻未几就破裂了。1944 年 9 月，张爱玲在《传奇》再版自序中还说道："现在还是清如水明如镜的秋天，我应当是快乐的。"次年4 月她写《我看苏青》时，却说道："生在现在，要继续活下去而且活得称心，真是难。"然而，一年以后呢？连这短暂的称心快乐也随风而逝了。看来她自己的生命也在模仿她的人生哲学：快乐的时间还是"短暂的、易变的、临时的"，这毕竟是"现代性"艺术的一部分，而另一部分却要追求永恒。❸

---

❶ 拙著小说《范柳原忏情录》（台北：麦田，1998）就以这个推论作故事的起点。
❷ 于青：《张爱玲传略》，《张爱玲文集》第四卷，合肥：安徽文艺出版社，1992，第 455 页。
❸ 这当然是波德莱尔对于"现代性"的经典定义。出自他的 *The Painter of Modern Life*（《现代生活的画家》）一书。英译："Modernity is the transitory, the fugitive, the contingent, which make up one half of art, the other being the eternal and the immutable."

二、日常生活与"现时感"

现在和以前多次一样，我受到自己所经验的感情困扰，仅是感受到一点都很痛苦，对于就在此时此地感到不安，对于过往从不知道的东西想要缅怀……灯光从万物中悠然而并然地冲出来，把万物镶成一个微笑而哀伤的现实。整个世界的神秘呈在我的眼前，是从这条平庸街道刻划出来的。啊，日常生活的东西是何等神秘地和我们擦肩而过！在这个灯光照耀的复杂人生的表面，时间以一个迟疑的微笑，挂在这种神秘的唇边，开花结果了！这一切听起来何其现代，然而在深层它又如此古老、如此隐蔽，与这闪烁发光的一切何其不同。❶

我第一次读到这一段话，就想到张爱玲，特别是《我看苏青》那一段"声色犬马"的印象和回忆：

小时候有一次，在姑姑家里借宿，她晚上有宴会，出去了，剩我一个人在公寓里，对门的逸园跑狗场，红灯绿灯，数不尽的一点一点，黑夜里，狗的吠声似沸，听得人心里乱乱的。街上过去一辆汽车，雪亮的车灯照到楼窗里来，黑房里家具的影子满房跳舞，直飞到房顶上。❷

---

❶ Fernando Pessoa, *The Book of Disquiet*, trans. Richard Zenith (New York: Penguin Classics, 2003), 17. 中文译文乃笔者所译，下同。

❷ 张爱玲：《我看苏青》，《张爱玲典藏全集》第八卷，第264—265页。

这段儿时回忆的描写——街头灯光反照下的"声色犬马"，一种庸俗的尘世喧嚣——所指的恰是佩索阿笔下的"日常生活的东西"；上海的万"物"在张爱玲的回忆中同样神秘，然而她在下一段却又加上一层哲理的反思：

> 久已忘记了这一节了。前些时有一次较紧张的空袭，我们经济力量够不上逃难……轰炸倒是听天由命了……我忽然记起了那红绿灯的繁华，云里雾里的狗的狂吠。我又是一个人坐在黑房里，没有电，瓷缸里点了一支白蜡烛，黄瓷缸上凸出绿的小云龙，静静含着圆光不吐。全上海死寂，只听见房间里一只钟滴答滴答走。蜡烛放在热水汀上的一块玻璃板上，隐约照见热水汀管子的扑落，扑落上一个小箭头指着"开"，另一个小箭头指着"关"，恍如隔世。……这一切，在着的时候也不曾为我所有，可是眼看它毁坏，还是难过的——对于千千万万的城里人，别的也没有什么了呀！❶

这段文字更是细致入微，她描写的皆是日常生活中的小东西：蜡烛、瓷缸、滴答滴答的钟、热水汀管子的扑落（现在的语言就叫作"开关"）……但为何她在此时此地感到"恍如隔世"？最重要的原因就是佩索阿所说的"日常生活"中"时间"的神秘感。她写此文（1945年年初）的时代和幼时（30年代）大不同了，因为其间相隔至少十年。

我在拙著《上海摩登》中讨论的大多是上海都市文化的"空间"，包括张爱玲笔下的上海，却未把时间的观念计算在内，更没有仔细探讨时间和日常生活的关系。最近读了美国学者哈路图尼安（Harry

---

❶ 张爱玲：《我看苏青》，《张爱玲典藏全集》第八卷，第265页。

Harootunian）的理论著作《历史的不安》❶，扉页就引了佩索阿的这一段话，甚有所感，因此才写出下面的一些感想。

1

哈路图尼安在这本书中的主要论点是：佩索阿所说的"日常生活"是全世界资本主义所构成的"现代性"（modernity）的一面，它不但以"现时"（now）为出发点，而且一切也以现在的经验为基准。这个基准，叫作"实在"（actuality）——是一个最小或最低限度的时间整合（minimalunity）观念和思考的基点。过去的历史并非客观存在，而是从这个现时推衍出来的一种"过去"，它像是阴魂一样附在"现时"的阴影中，等到恰当时机出来"捣乱"。因为"现时"永远是不稳定的，也是不断地被"脱离原住"（dislocate），而现在的一切事物很快就被"现代性"的时间逼迫而改变，变成了"废墟"，但并没有为后世遗留足够完善的指涉证据，正好像现在要找寻过去的阴影一样，看到的不是完整无缺的记忆，而是一种片断的"痕迹"（trace）或"灰烬"（cinders）。在此书第一章的最后，他又说现代性的历史只存在于城市之中，也只有在城市可以谈论这种时间观念，而乡村或古代城市中的日常生活是缺乏这种"现时感"的。哈路图尼安将这个现象铺陈之后，再于全书的后两章中详细分析欧洲和日本的思想家有关这个新的时间观念的理论，此处我不拟也无法详述。

我认为哈路图尼安书中这一系列的观点和形象多少都可以在张爱玲的作品中得到印证，而更添加了一种张氏特有的"苍凉"感。张爱玲不是一个抽象的理论家，而是一个"多愁善感"的作家，而她的人

---

❶ Harry Harootunian，*History's Disquiet* (New York: Columbia University Press，2002).

生观又和比她早二十年的佩索阿类似，当然这两位作家的情操、感受和所采用的表述方式完全不同。**❶**

我把这两位作家用来比较的一个主要观点就是"时间"：我认为张爱玲是中国现代文学中少数对于"现时"——也就是佩索阿和哈路图尼安所说的"now"——的逼迫感有很深的体验的作家。她在《传奇》再版自序中所说的那句"名言"——"快，快，迟了来不及了，来不及了！"——表面上指的是及早成名，但她真正所表现的却是"现时"的瞬间即逝，随时可以变成明日黄花。前文说过，张爱玲和一般"五四"作家不同，她把都市和乡村对比得十分清楚，而所用的尺度不是贫富，而是时间：城市过日子是用"文明的节拍"，是"一分一秒划分清楚的"；在乡下则"没有钟，只是悠悠地日以继夜，夜以继日"，过着"蛮荒的日夜"。虽然"这倒也好"，但我们知道她是不会离开城市到乡下过日子的。她从来不故意歌颂乡村，也从来不以乡村为小说的题材和背景（从这个角度看来，她后来写的《秧歌》还是败笔）。

张爱玲笔下的日常生活和佩索阿最大的不同是她对日常生活所采取的积极态度，她所写的琐事和细节，从来不单调，正因为"一分一秒划分清楚"，所以在短暂的时间范畴内各种生活细节更显得生动异常。而佩索阿笔下的日常生活却是很沉闷而单调的，主人公似乎每天都用同一个节拍来重复同一个地点的活动：

> 如果杜拉多里街上的办公室，对我而言代表的是生活，在这同一条街我住的四楼，则代表艺术。不错，艺术和生活都在同一

---

❶ 佩索阿在其书中用的是他惯常的手法，即创造出几个想象人物来代替自己说话，诗意的散文，表达自己的思想。

街上，但在不同的地点。艺术带给我生活上的宽慰，但没有为我去除了生活。它和生活同样单调，只不过在不同的地方而已。❶

佩索阿生活在葡萄牙的首都里斯本，他对于街道的描写也是独树一帜，反映出一种消极的人生观，他把这种态度称作"颓废"（decadence），将之定义为"完全丧失了下意识，也就是生命的基础"❷。如果我们把他对街道的感受和张爱玲合在一起来看，则更为有趣：

> 我喜欢初夏夜晚城中心的寂静，特别是和白天街道上熙攘活动的对比之下，（夜间的）街道显得更寂静……这一切都带给我悲伤的安慰，当夜晚我走进它们的群体中，我跌入现在生活之前的时代，……走在这些街道上，直到夜晚降临，我感受到的生命和它们一样，在白天充满了毫无意义的活动，在夜晚则充满了毫无意义的缺乏活动；在白天我什么都不是，在夜晚我就是我。我和街道毫无区别，只不过它们是街道而我是一个灵魂，但从事物的本质而言这也是毫不相关的。人和物有一种对等的、抽象的命运，但在宇宙的神秘相数之中，二者的标记也无关紧要。❸

如果看完此段哲理，再读张爱玲的散文《中国的日夜》，则在情意和感受上都大不相同。张爱玲在这篇文中写的是冬天她到小菜场去买菜的经验：

---

❶ Fernando Pessoa, *The Book of Disquiet*, 19. 哈路图尼安引用的是另一个译本，内中"四楼"变成了"二楼"，见 Harry Harootunian, *History's Disquiet*, 1.

❷ Fernando Pessoa, *The Book of Disquiet*, 11.

❸ Fernando Pessoa, *The Book of Disquiet*, 13-14.

太阳煌煌的，然而空气里有一种清湿的气味，如同晾在竹竿上成阵的衣裳。地下摇摇摆摆走着的两个小孩子，棉袍的花色相仿，一个像碎切腌菜……又有个抱在手里的小孩，穿着桃红假哔叽的棉袍，那珍贵的颜色在一冬日积累的黑腻污秽里真是双手捧出来的，看了叫人心痛，穿脏了也还是污泥里的莲花……

这一连串的彩色缤纷的人物形象，还包括在街上吆喝的小贩、化缘的道士，然后是女佣人、小女孩、肉店里的学徒和老板娘，以及一个在讨价还价的老鸨样的徐娘；再过去一家店面，无线电里娓娓唱着申曲，然后是一个男子高亢流利的回唱。街道转了个弯，"突然荒凉起来"，迎面一堵红墙后面是一个小学校，申曲还在那里唱着……"我非常喜欢那壮丽的景象，汉唐一路传下来的中国，万家灯火，在更鼓声中渐渐静了下来。"❶

我们细读这段对于上海街景的礼赞，感觉到在这熙熙攘攘的街道上充满了生命的活力和生活的情趣，与佩索阿笔下的里斯本傍晚街头的凄清和"毫无意义"恰成对比。为什么这两个"日夜"如此不同？一个充满了生气，一个却枯燥无味？如从哈路图尼安的理论角度来看，这两个城市——上海和里斯本——皆受同一个资本主义潮流的冲击，只不过两位作家书写的时间相差二十多年而已。当然"现代化"的进展会有先后之分，然而资本主义所造成的这种史无前例的"现时感"还是一样的；换言之，只不过是两位不同的作家在不同的文化地点对于同一个"现时"的反应不同而已。

我们也可以问：为什么张爱玲迫不及待地把这一日夜的街道经验

---

❶ 张爱玲：《中国的日夜》，《传奇》增订本，上海：山河图书公司，1946。

写出来,甚至还赶回家去写出一首诗? ❶ 也许她领悟到这个"现在"瞬间即失,今日的繁华在"大破坏"到来时可以立即化为灰烬和废墟,这个"中国的日夜"看似永恒,却是不能持久的,这二十四小时似乎"吊"在一个特定的时空中,和过去和将来都沾不上边,即使是申曲中唱出来或听到的"汉唐盛世",也是从这个"现在"联想出来的。所谓"一路传下来的中国"也和一路万家灯火的上海街道一样,在大破坏中皆会化为乌有。总而言之,在张爱玲的文字世界中,短暂和永恒也是一物的两面,正如波德莱尔对"现代性"所下的定义一样:"现代性是短暂的、易变的、临时的,它是艺术的一面,而另一面却是对永恒的追求。"这两者之间永远是一个悖论,特别对两位艺术家如张爱玲和佩索阿而言。

---

❶ 见《中国的日夜》,诗文如下:
> 我的路
> 走在我自己的国土。
> 乱纷纷都是自己人;
> 补了又补,连了又连的,
> 补钉的彩云的人民。
> 我的人民,
> 我的青春,
> 我真高兴晒着太阳去买回来
> 沉重累赘的一日三餐。
>
> 谯楼初鼓定天下;
> 安民心,
> 嘈嘈的烦冤的人声下沉。
> 沉到底。……
> 中国,到底。

2

哈路图尼安在他的书中引用了不少欧陆理论家——如瓦尔特·本雅明（Walter Benjamin）、西美尔（G. Simmel）、克拉考尔（S. Kracauer）、勒费孚（H. Lefevre）——来讨论都市生活中的现代人的震惊（shock）、失忆（amnesia）、疏离和心灵创伤（trauma），这些都是现代生活中无法避免的"破裂"（disruptions）。❶ 我认为最激烈的破裂形式——也因而造成时间和空间上最大的破裂——就是战争。日常生活在佩索阿笔下之所以显得重复单调，就是因为在 20 世纪的里斯本没有战争的阴影，葡萄牙地处欧洲西南端的边沿，佩索阿也自认是"边沿人"，所以他说："我，和其他边沿的人，对事物保持一个距离，这距离就通称颓废。"❷ 佩索阿生于 1888 年，从 1912 年开始直到 20 年代末，他断断续续地写了这本《不安之书》中的多篇散文，而欧战尚未爆发。张爱玲所生活的地方和时代显然不同，在她还是学生的 20 世纪 30 年代，上海就有炮战和轰炸，她到港大读大学又适逢日军入侵，未毕业就回到日本人占领下的上海，战争的阴影早已迫在眼前，所以她才会说"时代是仓促的，已经在破坏中，还有更大的破坏要来"，这种逼迫的环境令她感到"惘惘的威胁"。

《倾城之恋》下半部写的就是战争，因此更表现了一种时间的逼迫感。但这篇小说精彩之处尚不止此。哈路图尼安在他的书中说："历史的废墟和物质生活的现代性是在同一种状态，所有的生产可以立即崩溃，变成灰石，上面并未泄露它原来的意义，因为上面刻的文字是看

---

❶ Harry Harootunian, *History's Disquiet*.
❷ Fernando Pessoa, *The Book of Disquiet*, 11.

不清的，或是早已死去的文字。"❶ 这又是一个"现代性"的悖论。这一段理论的话语使我想起《倾城之恋》中的那堵石头似的灰砖墙："冷而粗糙，死的颜色"；这堵墙不知为什么令范柳原"想起地老天荒那一类的话"，"有一天，我们的文明整个的毁掉了，什么都完了——烧完了，炸完了，坍完了，也许还剩下这堵墙"。❷ 这几句不合范柳原这个花花公子个性的话，和上面引过的《传奇》序言极为相似，说的都是"时不我与"的"现时感"，但在小说中更沉重，因为它的背景是战争。在这个"大破坏"的时代的"前台"演一出爱情戏，变成了张爱玲在《我看苏青》文中所说的及时行乐和物质生活的最佳注解。这个反讽的意义也很明显：只有在战争的时间逼迫下，才会说出这种"地老天荒"式的永恒话语，我在拙著《上海摩登》中已经阐释甚详。❸

在战争时期，非但没有稳定感，日常生活中的时间观念也被打乱了。我们也可以说：小说所描写的日常人物的"接受意识"无法处理这个时间上的焦虑，这个心理上的"不安"，使这些人物（或者说作者使她小说中的人物）不能完全按照"文明的节拍"过日子，而要表现出一种"紧张"——其实就是哈路图尼安所说的"现代性"所造成的创伤（trauma），不过由于战争的暴力使之更形加剧。其实《烬余录》中所写的也是创伤，它表面上像是回忆，但这种暴力影响下的回忆是不可能完整的，所以她写的似乎全是些"不相干的事"。妙的是在这篇散文开头，张爱玲大谈她的历史观以及现实和历史的关系：

我没有写历史的志愿，也没有资格评论史家应持何种态度，

❶ Harry Harootunian, *History's Disquiet*, 18.
❷ 张爱玲：《倾城之恋》，《张爱玲典藏全集》第五卷，第76—77页。
❸ 李欧梵：《上海摩登》，第278—279页。

可是私下里总希望他们多说点不相干的话。现实这样东西是没有系统的，像七八个话匣子同时开唱，各唱各的，打成一片混沌。在那不可解的喧嚣中偶然也有清澄的，使人心酸眼亮的一刹那，听得出音乐的调子，但立刻又被重重黑暗拥上来，淹没了那点了解。画家、文人、作曲家将零星的、凑巧发现的和谐联系起来，造成艺术上的完整性。历史如果过于注重艺术上的完整性，便成为小说了。❶

这段话值得仔细推敲，因为它和上面引的哈路图尼安的话不谋而合，而且还加添了另一个"多声体"（polyphony）的层次，并点明了这篇回忆性的散文与小说《倾城之恋》的密切关系。

这篇文章的名称"烬余"，一种现实的废墟，但它何尝不也指涉一种时间上的"烬余"，也就是哈路图尼安所谓的"灰烬"（cinders），一种极度创伤的遗迹？❷ 这类创伤的"回忆"往往是用一种"不集中"（哈路图尼安用的字眼是 disaggregate）——也就是张爱玲所谓的"不相干"——的方式表现出来，它不可能集中，因为人的"现时"意识组织（organizing consciousness）无法将创伤组合成一个整体贮存在记忆里。而历史的"大叙述"往往却要描述一个整体，或把"过去"做全盘的还原，这是不可能的事（虽然不少历史家仍然以为历史是客观的，而且可还其原貌），因此"一些不相干的事"反而成了更真实的回忆。

---

❶ 张爱玲：《烬余录》，《流言》。

❷ Harry Harootunian, *History's Disquiet*, 18. 原文是："Consisting of the primacy of the now, this minimal experience of unity if always unsettled by the violence of events that the receiving consciousness disaggregates not as memory as such but as trace, not as a figured image but as 'cinders,' remains left by a devastating trauma."

它们当然是不成系统的，甚至会像鬼魂一样，毫无次序地或隐或现于这废墟或灰烬的情景之中。然而张爱玲在《烬余录》中并未做这种阴暗式的描写，而是用一种更生动、更有活力的"多声体"手法：她在文中叙述的几个不同人物的反应——包括她自己——都是像"七八个话匣子同时开唱一样，各唱各的，打成一片混沌"。更值得注意的是：这一个譬喻是音乐性的，甚至更像交响乐（张爱玲一向不喜欢交响乐，❶众所周知，所以此篇也和她的其他散文不同）。她所谓的"混沌"也就是音乐文化理论中所谓的"noise"，❷不能译为"噪音"，而是一种众声喧哗，更接近巴赫金（M. M. Bakhtin）所谓的"多声"（heteroglossia，亦可作 polyphony，但后者在音乐理论上指的原是有对位的多种和声，而非噪音）。这种混沌的声音，在张爱玲笔下的日常生活中，则更像是"市声"，她也在多篇文章中描写过这种五花八门的市声，上文中引过的《中国的日夜》也充满了这种混杂的上海市声，她听来特别顺畅悦耳，但在同时同地的别人耳中却不尽然。❸张爱玲在《公寓生活记趣》中写道："常常觉得不可解，街上的喧哗，六楼上听得分外清楚，仿佛就在耳根底下，正如一个人年纪越高，距离童年渐渐远了，小时候的琐屑的回忆反而渐渐亲切明晰起来。"❹混杂喧嚷和清澄明晰看似对比，但在张爱玲的心目中都是一种时空的吊诡，在时空的间隔下，回忆本身就

---

❶ 张爱玲：《谈音乐》，《张爱玲典藏全集》第八卷，第 223 页。

❷ F. R. Connor, *Noise* (London: Edward Arnold, 1973).

❸ 黄震遐：《大上海的毁灭》，上海：大华晚报馆，1932（上海书店重印版，1989），第 26 页。内中就有这段描写："小贩们的叫喊声，孩子们的哭声，穷人们的叹声，汽车、电车、黄包车的轮盘声，还有，未厘马啦吹着，那些新开门的商店里的喇叭声，每天，林医生坐在高高的阁楼上，听着这些'大上海的呼声'，他必颤着。"

❹ 张爱玲：《公寓生活记趣》，《张爱玲典藏全集》第八卷，第 83 页。

是支离破碎的，但也更显得温馨。

在《公寓生活记趣》中，她说自己"喜欢听市声"，特别是电车的声音，甚至听到了才能睡觉。这句熟悉的话是和香港的回忆连在一起说的，并做了一个比较："在香港山上，只有冬季里，北风彻夜吹着常青树，还有一点电车的韵味。长年住在闹市里的人大约非得出了城之后知道他离不了什么。"❶ 她显然把香港视为乡下，所以没有什么"市声"。她住在薄扶林山上的港大宿舍，远在山下众声喧哗的市区之外，平时在冬夜听到的大自然（北风吹着常青树）的声音，虽然让她想到电车的"韵味"，但是到了日本攻城时刻——又是冬季——这种韵味也被打破了，电车也失去了它的"声音"，静静地停在街心，令她感到一种"原始的荒凉"。这一句譬喻，似乎又把这个现代的场景放在现代"文明节拍"之外。《倾城之恋》中的声音更多，大多是飞机轰炸和炮弹落地的声音，描写的文字更精彩：

> 飞机营营地在顶上盘旋，"孜孜孜……"绕了一圈又绕回来，"孜孜……"痛楚地，像牙医的螺旋电器，直锉进灵魂的深处……窗外又是"吱呦呃呃呃呃……"一声，"砰！"削去屋檐的一角，沙石哗啦啦落下来……
>
> ……
>
> 没有灯，没有人声，只有那莽莽的寒风，三个不同的音阶，"喔……呵……呜……"无穷无尽地叫唤着，这个歇了，那个又渐渐响了，三条骈行的灰色的龙，一直线地往前飞，龙身无限制地延长下去，看不见尾。"喔……呵……呜……"……叫唤到后来，

---

❶ 张爱玲：《公寓生活记趣》，《张爱玲典藏全集》第八卷，第83页。

索性连苍龙也没有了，只是三条虚无的气……❶

这一连串声音的描写，构成另一种"多声体"，和"七八个话匣子同时开唱"的那种人声混杂不同，却听出音乐的旋律来（"三个不同的音阶"），这当然是"使人心酸的一刹那"，所以才听出音乐的调子，而竟然是在战争的恐怖威胁下才感受得到的，但平时的市声却熙熙攘攘，一片混沌。这是另一种"参差的对照"，是声音的，而非色彩的或形象的，但同样构成张爱玲"苍凉美学"的一部分。

3

张爱玲的文体——不论是小说或散文——包含了不少寓言的成分，让读者体会到现实背后或现实以外的境界，我认为这才是她的作品耐读的原因。对我而言，我觉得她的作品唤起了一股"现代性"的情绪：这一种"modernity"指的不全是她的"现代主义"的小说技巧（距离的透视、反讽、叙事观点既超然又投入，甚至进入角色内心的生活），而是哈路图尼安所说的日常生活的"现时感"，她用了大量的视觉和声音的比喻来形容"现时"生活的不稳定和短暂易逝，用佩索阿的话说，就是："我活于现在，我不知道将来，也没有过去。"❷ 然而她毕竟和佩索阿生活的时代和环境不同，也和哈路图尼安所讨论的 20 世纪二三十年代的欧陆和日本的哲学家不同，在"日常生活"的现时观念和感受之中，既有短暂性和逼迫感，又有一种对于中国式的世俗的执着，并想以此为凭借，保持一点"现世安稳"，这当然构成一种无法解决的矛

---

❶ 张爱玲：《倾城之恋》，《张爱玲典藏全集》第五卷，第 92—93 页。

❷ Fernando Pessoa, *The Book of Disquiet*. 转引自 Harry Harootunian, *History's Disquiet*, 2.

盾，而战乱也加剧了这个矛盾。这毕竟是历史造成的，无论她如何讨厌历史和历史的"大叙述"，她还是逃不了这场"大破坏"的历史洪流。

1949年以后，张爱玲流离失所，也逐渐失去了她那种"现时感"，而更大的讽刺是：即使她流落到了美国，住在洛杉矶这样的国际大都市，也完全无法——或不愿——感觉到都市文明的节拍。她后来写的文章，又多是在"交代"以前的观点（如《张看》《惘然记》）或做细节上的回顾，然而即使写的依然是衣食住行的日常生活——特别是吃，如《谈吃与画饼充饥》《草炉饼》❶——也已经失去了早期散文中所流露的那种"时不我与""活得称心"的乐趣和快感。她离开上海后，生活反而更像佩索阿笔下的人物，默默地在自我的孤独中度过，因为她早已没有"过去"，也不知道"将来"。这当然又是历史造成的吊诡。

任何研究张爱玲的人都喜欢引用她的文章，我也未能例外，因为她的语言毕竟比我的"半学术"文体更生动真切，也更有寓意。《烬余录》的最后一段话，既可做此篇散文的结尾，也可做我这篇文章的总结：

> 时代的车轰轰地往前开。我们坐在车上，经过的也许不过是几条熟悉的街衢，可是在漫天的火光中也自惊心动魄。就可惜我们只顾忙着在一瞥即逝的店铺的橱窗里找寻我们自己的影子……❷

2005年8月10日于旧金山寓所
8月25日修订（适逢第二次世界大战结束日本投降六十周年纪念）

---

❶ 皆收于《张爱玲典藏全集》第九卷。
❷ 张爱玲：《烬余录》，《张爱玲典藏全集》第八卷，第124页。

看张爱玲的《对照记》

看张爱玲的《对照记——看老照相簿》❶岂止是为了学术研究？它本身就是一种窥视——偷看别人的隐私，把她的老照片簿作材料写文章。因此，"对照"也至少有几层意义：张爱玲这本小册子是文学与照片对照着写，我也对照着读。她对照的是形象(照片)与个人身世的真实，因此用文字来解释心得；我对照的文本不仅是她的《对照记》，也是后世人对于她这一生的真实和虚幻的对照；她写的这本书本身的"后设性"（所谓 "meta-text"）就很强，我写的更是"后设"的"后设"。

如此写下去，似乎又要玩学术语言的游戏了，就此打住。且先来看看她的照片，再对照一下她这个文本。

一

明眼的"张迷"，一看就知道：全书没有一张张爱玲和胡兰成合照的照片——既没有结婚照（可能没有拍过），也没有生活照或公开场合的留影。为什么？当然是一种故意的抹除（erasure）——张爱玲本人在

---

❶ 研究《对照记》的学者大有人在，更有人引经据典，把罗兰·巴特（Roland Barthes）的那本理论名著《明室：摄影纵横谈》（*Camera Lucida: Reflections On Photography*）拿来参照。本人不敢掠美，仅以"印象式"笔法作此一篇漫谈。本文所用的《对照记》是台北皇冠文化出版的两个经典版本：一为《张爱玲全集》纸面本（1991）第十五卷，印刷及制图皆甚精美；一为《张爱玲典藏全集》（2001）第九卷，制图反较前版逊色。

事后从来就没有理过胡兰成，所以在照片簿中当然也不留，但是否真的"丢三落四"地把胡兰成的照片都丢掉了，只好留待后人猜测。"张迷"们一定会想象出一张两人合照的"幻影"：他穿的一定是中国式的大褂和长衫，文人风度翩翩；她穿的是旗袍抑或是更古雅的"唐装"，抑或故意出个"洋相"？（请参阅她的那篇英文名文：《洋人看京戏及其他》）

《对照记》中的最后一张照片是 1968 年在波士顿摄的，是时她早已和美国左翼作家赖雅（Ferdinand Ryer）认识并结婚（1956 年），为什么也没有二人的合照？至少她确实有赖雅的照片，在致朱西甯的一封信中就曾说道：

> Ferdinand Ryer 不是画家，是文人，也有人认为他好。……我不看他写的东西，他总是说："I am good company."因为 Joyce 等我也不看。他是粗线条的人，爱交朋友，不像我，但是我们很接近，一句话还没说完，已经觉得多余。以后有空找到照片会寄张给你。❶

照这样看来，张爱玲一定存有赖雅的照片，也许一时懒散找不到？也许"三搬当一烧"，丢了？但又不太可能，人老了保存几张亲人的照片是常事，何况又是一向很接近又很谈得来的丈夫。看来唯一的原因是她故意不公开谈这一段婚姻，所以早期的"张迷"也不知道赖雅的存在。他是谁？是美国现代文坛的健将，布莱希特（Bertolt Brecht）的朋友和代理人。据郑树森言：后来有研究布莱希特的学者还曾登门

---

❶ 张爱玲著，子通、亦清编：《张爱玲文集·补遗》，北京：中国华侨出版社，2002 年，第 288 页。

向赖雅的遗孀张爱玲请教，查询有关资料。❶可能张爱玲对于赖雅的这一面——左翼政治和现代主义———一向不闻不问，因为她连詹姆斯·乔伊斯（James Joyce）这样的现代主义大师的作品都不看，何况是赖雅和布莱希特？这未免是件憾事。

《对照记》中也几乎没有她的任何朋友的照片，只有两张炎樱的性感照片和两张二人的合照。苏青呢？二人曾公开参加过论坛，私交更好，但没有苏青的照片，只有那篇名文：《我看苏青》。然而却有一张张爱玲和影星李香兰的合照，依张自己的解说："一九四三年在园游会中遇见影星李香兰（原是日本人山口淑子），要合拍张照，我太高，并立会相映成趣，有人找了张椅子来让我坐下，只好委屈她侍立一旁。"原因自明：不是她与李香兰有什么交情，而是反宾为主，她成了主角，让大明星随侍左侧。另一个原因是展示"祖母的一床夹被的被面做的衣服"——白被面上印着绚烂花纹，让人想到影片《乱世佳人》中的郝思嘉，她也是把窗帘布撕下来做衣服，充门面，去和白瑞德见面。

除了以上所述的明显"缺席"之外，这本《对照记》所陈列的照片倒相当可观。它是一本家谱，包括她的曾祖母——她的"祖母十八岁的时候与她母亲合影"——的照片，似乎张也格外珍惜，"因为是我自己'寻根'，零零碎碎一鳞半爪挖掘出来的"。另一张她最珍惜的照片是她爷爷张佩纶的照片，已经泛黄褪色。如把这三张照片（还有一张是她奶奶的单身照）合起来看，张爱玲的解说词就更长了，而且最后还加上一句："我爱他们。"这几张老一辈的留影，表面上是证实身世的显赫，但追溯的是一种家史，张爱玲说"没赶上看见他们"，所以

---

❶ 参见郑树森：《黑名单·赖雅·张爱玲》，《香港文学》2006年6月。又参见郑树森：《从现代到当代》，台北：三民书局，1994。

只能神交——"一种沉默的无条件的支持，看似无用，无效，却是我最需要的。他们只静静地躺在我的血液里，等我死的时候再死一次。"

这种看法和说法十分传统，所谓"血浓于水"，把敬祖的价值观发扬光大。然而张爱玲显然也把这些人物当历史小说看，和《孽海花》并列；她把家史写成历史掌故，也把掌故写成小说式的文章，如说到她祖父在中法战争时，"大雨中头上顶着一只铜脸盆逃走"，看来十分狼狈，如果只是炫耀身世，这段话就不必提了。其实这本《对照记》也是借照片说故事，把自己的家世用说故事的手法写出来。我们从张爱玲的佚文和后期的小说来看，内中题材还是以旧时代旧人物居多，这是另一种"怀旧"的情怀，恐怕也是躺在她血液里的祖先阴魂在作祟吧。但她也确实对祖父的身世着迷过，在她的另一篇长文《忆胡适之》中，又特别提到她的祖父，还说自己年幼时还看过爷爷的全集，说内中"典故既多，人名无数"，"几套线装书看得头昏脑涨，也看不出幕后的事情"。在这篇文章末尾又提到译《海上花列传》的事，说这本小说中"许多人整天荡来荡去，面目模糊，名字译成英文后，连性别都看不出。才摸熟了倒又换了一批人"，洋人读者哪里看得懂？然而她偏偏要译这本连中国读者都"已摒弃过两次的东西"。如果我们把这篇文章和《对照记》对于她祖父的解说对照看看，就不难发现张爱玲晚年最中意的一种文学体裁——社会小说（novel of manners），她译作"生活方式小说"，是早已过去的历史和生活方式的记录，而不是现代主义的"内心"解剖或象征，更不是 20 世纪 30 年代左翼作家所惯用的"批判现实主义"（critical realism）。换言之，这是一种晚清的笔法，也和 20 世纪中西文坛的主潮背道而驰。

如果张爱玲从这种历史角度写一本"novel of manners"该多好！像《海上花列传》一样，张爱玲喜欢这种小说，因为作者"能体会到各阶层的口吻行事微妙的差别，是对这些地方特别敏感，所以有时候阶级观念特深，也就是有点势利"。这个看法，其实和马克思主义的文学理论——从卢卡奇（Lukács György）到詹姆逊（Fredric Jameson）——异曲同工（"张迷"们一定会问我：你有没有搞错？），然而张爱玲却没有写。在最近发现的几篇小说佚文中可以看得到她的此种用心：试图写一些"旧社会"中的人物和小插图（vignettes）式的故事，却并不太成功。她到了美国以后，看来仍念念不忘故国和"故"事，但时过境迁，已经写不出来了，这未始不是件憾事。

我认为《对照记》中的真正意涵是一种发怀古的幽思，她所怀念——或作怀念式的想象——的就是她祖父母这一代的人物和生活方式，从晚清持续到民初，后来却流入鸳鸯蝴蝶派的小说世界中去了。所以我觉得张爱玲之喜爱此类通俗小说，也和这种独特的"历史癖"有关，除了文句上的转用（如常用"某某道"的语句）外，其他的迹象也不少，但学者却没有仔细研究"对照"过。为什么《对照记》中有这么多"老照片"？除了"寻根"外也不自觉或自觉地展露了张爱玲的历史怀旧意识。而清末民初写这个历史世界最出色的小说就是《孽海花》。张爱玲写不成她自己的《孽海花》，只好译《海上花列传》。

二

《对照记》中，张爱玲所有的亲戚照片中最多的无疑是她母亲，单独照的就有七张。张爱玲的"恋母情结"早已有学者指出，此处不赘。在细看这七张照片的同时，我（也是一个"张迷"）不禁想问：既然有这么多照片，为什么几乎没有解说词？只有一张她母亲和婢女合照的缠足相，解说词特别长，其他六幅（皆着现代装）则只注明在某时某地而已，但没有一张是母女合照，却有两张张爱玲和继母的合照！这又是哪一种母女关系？

当然，张爱玲可能没有母女合照的照片，因为她的生母离婚后，到了欧洲，到了英国（但带了张爱玲的照片），寄回来的当然是单身照。这些单身照中的母亲的形象都很年轻，穿着时髦，在伦敦的一张还着了色，在法国的两张更像是一个法国妇人（特别是内中戴项珠的一张），在海船上的一张是侧影，甚有浪漫气息。相形之下，反而是照顾她的姑姑的两张相片，看来更像是一个母亲。这是一种很自然的"替代"。张爱玲对她母亲的一段叙述则更特别：说她从小缠足，后来学画，但珍珠港事变后逃难到印度，"曾经做尼赫鲁两个姐姐的秘书。一九五一年在英国又一度下厂做女工制皮包"，最后又说到她一九三六年在马来西亚"买了一洋铁箱碧绿的蛇皮，预备做皮包皮鞋"，但又丢在上海，"战后回国才又带走了"。字里行间似乎在表示这些年母亲留下来的纪念品除了几帧照片外，就只剩下那一箱蛇皮了！加上印度和马来西亚，呈现出另一种异国情调，但如此看来她母亲的印象也被"异化"了。这是一种主观的印象，还是张爱玲故意要向读者呈现的母亲形象？她这个母亲更像是张自己小说中的一个人物，而不是亲人。

更妙的是，《对照记》中只有两张她父亲年轻时和他人合照的照片，竟没有一张父女照或夫妇照。她在其中一张的解说中附带提了一句，"我母亲故后遗物中有我父亲的一张照片，被我丢失了"（但却抄下她记忆中照片后面的一首七绝旧诗）。所有"张迷"都知道她父亲吸鸦片，而且待她不好，是否因此在《对照记》中没看到他的单身照？或是另有一种心理上的"丢失"——a Freudian slip——干脆把父亲丢在她这一系列"寻根"形象之外？

如果把这一系列的亲人照片合在一起做一个"解说"的话，则会得到一个明显的结论：张爱玲在这组照片中所呈现的"自我"是一个孤儿，在祖母辈的照片中没有她，在父母的照片中也没有她。和她合照的只有弟弟张子静，至少有三张二人儿时合照的照片，内中一张她与弟弟在西湖九溪十八涧合影的相片，更像是两个孤儿，张子静更是楚楚可怜！"张迷"读者当然知道，后来张子静也写过怀念姐姐的书，**❶**我们读后不难发现他自始至终都十分文弱，当然被姐姐早年的才华所掩盖。

即使这个集子只不过是"幸存的老照片就都收入全集内，借此保存"，别无任何其他照留下来，我们所得到的整体印象依然是失的比得的多，而保存的却是一种幼时的失落感或被遗弃的情境，外加上一道祖先辈的历史回忆，呈现的是另一种"褪了色"的苍凉。

三

在这两种苍凉的情境中，我们看到三十多幅张爱玲自己（合照和独照）的照片：从三四岁时的第一张直到四十八岁（1968年）时的最后一张，此后的二十余年（1994年《对照记》出版，次年张爱玲逝世，享年七十四岁）则成了一片空白！这最后的四分之一世纪生活在美国的张爱玲是个什么样子？只好由所有的"张迷"做自由想象了。

这仅存的三十多幅照片中，张爱玲自己的单身照有二十四幅，内中包括最著名也引用最多的两张旗袍外加浴衣的照片，显得她像是"表现主义"影片中的明星。我个人最喜欢的却是另外两张她穿着"一件花绸衣料权充裸肩的围巾"的照片。张爱玲最注重穿衣服，所以这些照片中的解说词也以衣料和衣服为主，还有其他四幅谈到帽子和首饰。唯独这两张只说到围巾——其实是裸肩的替代品，旁边（或次页）还

---

❶ 张子静：《我的姊姊张爱玲》，台北：时报文化出版公司，1996。

配有两张炎樱的"性感"照，也是裸肩的，甚至更性感。相比之下，这两幅张爱玲的围巾照却大异其趣，所流露的是另一种"性感"。在这两张照片——连同放在一起的另外两张广东土布做成衣裳的照片——中，张爱玲似乎在搔首弄姿，装模作样，表现的是一种"展示"（exhibition）和炫露（flaunting）。一般理论家都认为这是女性展露肢体形象的语言，从而联系到女性身体的"主体性"或"被窥视性"。然而我认为这张照片的真正重点，却是她的面部表情：上一张几乎就是一个面部大特写，而且着上了暗绿色，像是一个恐怖片中的阴魂；而下一张的脸虽然小得多，但表情却与上一幅如出一辙——闭着眼睛，展示出来的似乎是一种被压抑的欲望（当然见仁见智，别人可能不同意我这个男性窥视的看法）。为什么只有这两张是闭了眼睛？一般外国女明星如果拍闭眼裸肩的照片，一定是在享受或投射欲望，但张爱玲的却不尽然，我认为她似乎在沉思欲望，或者作欲望式的沉思。沉思的欲望到底是什么？性欲？不尽然吧！我觉得依然是张爱玲的苍凉美学和参差的对照。特别是着了暗绿色的那一幅，她的脸似乎凑在一个无形的镜面上，反映出来的是一股阴森的寒意，"凉的凉，烫的烫"，像贴近另一个"昏昏的世界"！

这种照片所展现的苍凉美学是什么？在本书《张爱玲：沦陷都市的传奇》一文中，我就曾论道："这是欲望和苍凉的昏蒙世界，这里的欲望即苍凉；换言之，它成了'苍凉'的神秘世界，在那里，燃烧的激情全都折射在'冰冷的镜子'上。"这两张照片也是张爱玲表现最有自觉的相片；她的自觉不完全在于她自己的身体（面孔和肩部），而在于对照相机这个媒体存在的自觉，换言之，也就是相机镜头中的自我折射。这是一种"双重自我"的影像：她自视自恋，但也知道在被看；当拍此照时，看她的人可能只是炎樱或照相师，但置于众目睽睽的凝视之中，意义显然又不同了。我看到的不只是张爱玲的一张脸或一个姿态（pose），而是一种"镜花水月"式的美学意境，在这个意境中，一个女人在冥想，但想的不尽是自己的身体，因此她的姿态本身就制造出一种神秘感。张爱玲"传奇"不仅是她的文字，也是她的形象造成的。

影星嘉宝（Greta Garbo）的脸就是一个神秘的象征（罗兰·巴特还为这张脸写了一篇理论文章❶），张爱玲的这两张照片何尝不也是如此？甚至更神秘！因为她的苍凉美学更把相片所引起的欲望举到生死或阴阳的交界——"凉的凉，烫的烫"——但看后烧到我们身上的不见得是欲望的野火，而是一股哀悼之情。记得当我初次看《对照记》的时候，她刚刚逝世（我总是比其他"张迷"晚了一步），待我《上海摩登》一书出英文版的时候，出版社的封面设计师却看上了两张张爱玲的照片，除了那张著名的清装行头外，还有一张更华丽的照片，是1954年在香港兰心照相馆拍的。他执意要我选作封面，我也执意不肯，怕得罪了她在天之灵，后来还是选了一张20年代的上海街头照。张爱玲于1984年在洛杉矶搬家时发现这张照片，并且自题两行诗：

怅望卅秋一洒泪，

萧条异代不同时。

---

❶ Roland Barthes, "The Face of Garbo".

四

我觉得这两行诗饶有深意，因为当她在六十岁回头看这张三十年前的华丽盛装照的时候，岁月已经把"苍凉"也抹去了，只剩下"萧条"。她"怅望"抵美后的这三十年寒暑，所感受的"萧条"不只是物质生活，而是一种"异代不同时"：异代指的当然是时代不同了，她那个时代早已经过去；"不同时"更是一个时间错置的譬喻，它是"同时"（synchronicity）的反面，却也像镜子一样做一种时间上的"折射"，当她后来把这些照片收集成册出版的时候，却可能产生一种"同时"的愿望——看照片的"同时"也把过去拉到现在，其时间的间隔和幅度（duration）就不会那么长远，也减轻一点创伤。一般人看老照片或许都有这种感觉，并由此得到一种安慰的温暖，但张爱玲则不尽如此。她留存自己在美国照的只有四张照片：一是1961年在旧金山的家，墙上挂了一个日本能剧的面具，已经给人一种异样的感觉，她的头部只占相片下部的三分之一，另外三张是1962年在旧金山、1966年在华盛顿和1968年在波士顿拍的。如和1955年离港前拍的那一张相比，则都显得老了，甚至连她自己都"看着十分陌生，毫无印象"，特别是最后一张在波士顿照的（是年她在哈佛雷克列夫学院做研究），看来像是一位面目慈祥的老太太，那年（1968年）她才四十八岁！

这四张照片的间隔是十三年，她由三十五岁的"前中年"跳到四十八岁的"前老年"，已经给人一种岁月不饶人、时间加快的感觉，以后呢？用她自己在书末的话说：

> 然后时间加速，越来越快，越来越快，繁弦急管转入急管哀弦，急景凋年倒已经遥遥在望。一连串的蒙太奇，下接淡出。

在这段话中，张爱玲用了"越来越快"两次，"急"字三次，幕后配音已经不是《倾城之恋》中"咿咿哑哑"慢条斯理的胡琴，而是"繁弦急管"的"presto"速度，照片的连接也变成了影片，把人生最后的一段变成了"一连串的蒙太奇，下接淡出"，真是一语双关。她在洛杉矶寓所默默去世时，也是"淡出"的。是年（1995年）我适在距她公寓不远的加州大学洛杉矶分校任教，竟然也是在她走后多天才知道消息。她在《对照记》中的最后一句话也最令我读来神伤："其余不足观也已。"

她这一生毕竟非同凡响，光是这数十帧照片就颇足观了，甚至还引来不少人研究、作文章——包括本文。

2006 年 4 月 14 日初稿，4 月 17 日修正

张爱玲：沦陷都市的传奇 ❶

张爱玲 1995 年 9 月 8 日在洛杉矶过世，她的死讯立即出现在中国的所有报纸上。在中文世界里，包括台湾和大陆，大众传媒和她的一大批崇拜者（他们自称"张迷"）已经为她裹上了一层迷雾。不过，在她生命的最后二十三年里，她在洛杉矶过着隐姓埋名的安静日子，避开所有的社交，从不抛头露面。为此，她不停地迁居，住过无数的饭店、汽车旅馆和小公寓，直到她最终在洛杉矶威斯特伍德区的一个寂寂无闻的公寓里去世。而这最后的"神秘"岁月更是为她的传奇增添了魅力：她就像葛丽泰·嘉宝（Greta Garbo）那样，盛年以后息影人间。❷

张爱玲早期有过一段彗星般的作家生涯。1920 年在上海，她降生于望族世家，这是一个相当早熟的孩子，而且过于敏感：一半是出于她父母在她十岁时的离婚，还有就是她十七岁时，相当专制的父亲把她囚禁在法租界的家里半年。❸ 十二岁，她就在校刊上发表了第一篇小

---

❶ 本文即拙著《上海摩登》的第八章"张爱玲：沦陷都市的传奇"（最初由毛尖自英文译出）。现有修订，最后一节"颓废美学"节选自拙文《漫谈中国现代文学中的颓废》，该文见《今天》1993 年第 4 期。

❷ 事实上，据台湾作家三毛——另一个传奇女性——写的剧本拍过一个有关张爱玲的电影。三毛不久便自杀了。关于张爱玲之死的确凿情形，见林式同（张爱玲的遗嘱执行人）：《有缘得识张爱玲》，《皇冠》第 504 期，1996 年 2 月，第 98—135 页。

❸ 这个简要的生平基于两个近来发表的宝贵资料：张子静：《我的姊姊张爱玲》，台北：时报文化出版公司，1996，后附有李应平编的张爱玲年表；司马新：《张爱玲与赖雅》，台北：大地出版社，1996。

说；十八岁，她在上海的一家报纸上发表了她的第一篇英文散文，该文描述了她上述的经历。接着，她通过了伦敦大学的入学考试，但因为二战的爆发，她只好于 1939 年去了香港大学。1941 年 12 月，珍珠港事件发生后不久，日军就侵占了香港，虽只差一个学期就可以毕业了，张爱玲却不得不于第二年终止了她的大学生涯。当她回到上海时，她自己的城市也已被日军占领，而外国租界也刚丢失了它们防护性的自治权。

不过，正是在这种特殊环境下，张爱玲灵感汩涌：短短两年间（1943 年至 1944 年），她写了十多个短篇以及数十篇的散文，发表在几本流行杂志上，包括发现张爱玲文学天赋的最早伯乐周瘦鹃主编的鸳鸯蝴蝶派头号刊物《紫罗兰》和著名文学家柯灵编的《万象》。在二十三岁时，张爱玲就已迅速地成了文坛名家。她和胡兰成结了婚，后又离婚，胡兰成是一个博学且自成风格的文人，效力于汪精卫傀儡集团。她的第一个小说集《传奇》第一版在四天内就告售罄！在再版自序中，她毫不掩饰地宣称："呵，出名要趁早呀！来得太晚的话，快乐也不那么痛快……快，快，迟了来不及了，来不及了！"❶ 她的感言被证实是有预言性的：她流星般地滑过上海的文学天空，而她的个人荣耀在 1952 年她离开内地赴港后就迅速消散了。赴美后的四十年，她几乎是默默无闻地生活其间，和美国作家赖雅（Ferdinand Reyher）结了婚。1949 年后，她的名字在她自己的上海消失了。但在台湾和香港，她的作品则持续地成为畅销书，自 20 世纪 60 年代以来，一直得以再版。至于她的传奇则在她死后愈演愈烈。

本文的中心议题既不是她的生活，也不是她的传奇。我倒是发现

---

❶ 张爱玲：《传奇》再版自序，《张爱玲短篇小说集》，台北：皇冠，1980，第 3 页。

她写作中的那种卡桑德拉（Cassandra）式的姿态非常吸引人。卡桑德拉是特洛伊的预言者，但不见信于人，因为这姿态是和当时弥漫的民族气质和革命进程唱反调的。我感兴趣的是，张爱玲以她的方式，为描述一个寓言性的结局，为整整一个滋养了她创作的都会文化时代画上了句点；这个时代始于 20 世纪 20 年代后期，在 30 年代早期登峰造极，然后就开始走下坡路，直到 50 年代早期最终寂灭。张爱玲自此离开她的家园，成为一个永远的流放者。

　　为了追溯她的寓言轨迹，我需要从生活之"现实"，也即上海的都市生活起步。张爱玲曾经反复提到她对上海生活的挚爱，说她从中汲取了大量的创作灵感。

张看上海

　　在她的大量散文里，张爱玲总是以上海"小市民"自许。她在前半生，除了在天津住过两年，在香港住了三年，一直都是在上海。自她 1942 年从被战争肆虐的香港返回上海后开始写作，她对这个大都会是更加热爱了。如同她向她的读者所公开宣称的，即使有些故事的背景是香港，她写的时候，无时无刻不想到上海人，因为她是为他们写作的。"我喜欢上海人，我希望上海人喜欢我的书。"❶ 她认为上海人聪明、世故，会趋炎附势，会浑水摸鱼，但从不过火。"上海人是传统的中国人加上近代高压生活的磨练。新旧文化种种畸形产物的交流，结果也许是不甚健康的，但是这里有一种奇异的智慧。"❷ 她深爱这个都市的景象和声音、气息和风味，她在许多散文里都对此有细致入微的描述。比如，

---

❶ 张爱玲：《到底是上海人》，《流言》，台北：皇冠，1984，第 57 页。
❷ 张爱玲：《到底是上海人》，《流言》，第 56 页。

在她的散文《公寓生活记趣》里，她就说她喜欢听"市声"——电车声，没有它的陪伴，她是睡不着觉的。她也喜欢西式糖果的味道和臭豆腐的强烈气味，街上小贩的叫卖声在她听来就像是音乐一样，她甚至不惜笔墨地评述公寓楼里操控电梯者的智慧。对于楼里的各国房客，她则用了一个简要的全景式"镜头"做一通览，酷肖希区柯克（Alfred Hitchcock）电影《后窗》的开头。❶ 她认为她自己是个布尔乔亚消费者，喜欢服饰和化妆品：她用她的第一笔收入——因画了张漫画被英文《大美晚报》刊用而得的五块钱的稿费——去买了支口红。❷

　　这种都市趣味也揭示了张爱玲在日常生活世界里的喜好取向。这个世界的公共和私人空间都很小：通衢大街边上的里弄和小道，阴暗的阁楼或阳台，充塞了旧家具的老房子，在拥挤的楼房里当厨房用的走廊。一旦我们跨入这些狭小的空间，我们随即便没入了上海小市民的拥挤世界。在《中国的日夜》这篇收在短篇小说集中的非凡散文里，张爱玲以漫不经心的方式，通过她去小菜场路上的所见所闻，用她自己的视角描画了一幅街角社区图。这幅图的场景里充斥了普通中国人以及他们的日常生活：小贩、孩子、佣人、一个道士；肉店的学徒把肉卖给衰年的娼妓；肉店老板娘用悦耳的上海话向一个乡下亲戚宣讲小姑的劣迹；同时，无线电里娓娓唱着申曲，声音直传到红墙红砖的小学校里。❸ 这就是张爱玲的都会"中国"——"一个杂烩国度"，就像人们穿的打了补丁的蓝衫。在这幅图像的末尾，她说：

---

❶ 张爱玲：《公寓生活记趣》，《流言》，第27—33页。

❷ 张爱玲：《童言无忌》，《流言》。

❸ 张爱玲：《中国的日夜》，《传奇》增订本，上海：山河图书公司，1946，第388—393页。

　　我真快乐我是走在中国的太阳底下。我也喜欢觉得手与脚都
是年轻有气力的。而这一切都是连在一起的，不知为什么。快乐
的时候，无线电的声音，街上的颜色，仿佛我也都有份；即使忧
愁沉淀下去也是中国的泥沙。总之，到底是中国。❶

　　所有这些都被她用小说艺术改造成了独一无二的都会景观，这景
观和刘呐鸥和穆时英笔下的景观是大相径庭的：刘呐鸥、穆时英这些
"新感觉派"描画的是一个现代的声光化电的"奇幻"世界，这个世界
呈现在那些同样"奇幻"的都会女郎身上；而张爱玲的那个平常世界
则更令人感受到它的地方性和互动性。在这个更"地方化"的世界里，
生活的节奏似乎"押着另一个时间的韵律"，生活在其中的人们似乎有
太多的空闲。张爱玲小说中的一个典型角色就像"传奇故事里那个做
黄粱梦的人，不过他单只睡了一觉起来了，并没有做那个梦——更有
一种惘然"。❷ 这种和时空的古怪"脱节"引入了一种不同的都会感，
这种感觉比之西方的现代主义感性来，倒更接近于半传统的鸳鸯蝴蝶
派小说。那张爱玲又是如何把上海城里的一个这么小的世界和一个满
是"广告牌、商店和汽车喇叭声"的现代大都会联系起来的呢？

　　周蕾（Rey Chow）对张爱玲的小说做过卓有洞见的分析，她着眼
于"细节"，认为"相对那些如改良和革命等较宏大的'见解'，细节
描述就是那些感性、烦琐而又冗长的章节；两者的关系暧昧，前者企
图置后者于其股掌之下，但却出其不意地给后者取代"❸。张爱玲的"细

❶　张爱玲：《中国的日夜》，《传奇》增订本，第392—393页。
❷　张爱玲：《中国的日夜》，《传奇》增订本，第390页。
❸　Rey Chow, *Woman and Chinese Modernity*: *The Politics of Reading between West and East* (Minnesota: University of Minnesota Press，1991)，85.

节世界"，周蕾继续说："是从一个假设的'整体'脱落下来的一部分。而张爱玲处理现代性之方法的特点，也就在于这个整体的概念。一方面，'整体'本身已是被割离，是不完整和荒凉的，但在感官上它却同时是迫切和局部的。张爱玲这个'整体'的理念，跟那些如'人''自我'或'中国'等整体的理念不一样。"周蕾认为这些细节的存在对妇女和居家有特殊意义，而我认为这种意义还可以超越私人领域扩至作为整体的上海都会生活。张爱玲借着她的细节逼迫我们把注意力放在那些物质"能指"上，这些"能指"不过讲述着上海都会生活的另一种故事，也依着她个人的想象力"重新塑造"了这个城市的空间，公共的和私人的、小的和大的。

我们可以通过把张爱玲的一些小说细节接合在一处来重新营造张爱玲的日常世界的空间。她的角色通常生活在两类内景里：典型的上海"弄堂"里石库门中的旧式房子，或是破败的西式洋房和公寓。前者可用她后期小说《半生缘》为例，里面的女主人公住在弄堂里："这弄堂在很热闹的地段，沿马路的一面全是些店面房子，店家卸下来的板门，一扇一扇倚在后门外面。一群娘姨大姐聚集在公共自来水龙头旁边淘米洗衣裳，把水门汀地下溅得湿漉漉的。内中有一个小大姐，却在那自来水龙头下洗脚……脚趾甲全是鲜红的，涂着蔻丹。"❶ 当她的追求者第一次来时，他便直觉地感到女佣是在女主人公的房间里工作的，他猜对了。在这两层楼的房子里，气氛温暖而熟悉：当他被领上楼进入拥挤的内室时，他也同时进入了她的家庭，并最终成为这个家里一张熟悉的脸。他可以不用事先通知随时来拜访他们，因为他首先是被佣人认可的，这些佣人是弄堂的守门员和流言播种人。

---

❶ 张爱玲：《半生缘》，台北：皇冠，1980，第41页。

另一方面，西式洋房或公寓楼则经常是某种被疏离和侵扰的场所。在这篇小说里，女主人公的姐姐嫁给了一个投机商，搬进了位于荒凉郊区的一幢西式楼房。正是在这幢楼房里，女主人公被她的姐夫强暴了，而且在楼上的房间被关了半年。这个"阁楼上的疯女人"情节设计几乎是直接从英国哥特式（gothic）小说中借来的，它使得这幢房子受到了双重疏离。《心经》讲了一个迷恋父亲的女儿，故事发生在一幢带屋顶花园的西式公寓里，玻璃门房间，有电梯，楼梯上的电灯恰巧是坏的。所有这些建筑上的细节都是为了凸现角色的心理张力。这些和西式楼房相关的不好的联想多半源于张爱玲自己的童年经历，那时，她和父亲及继母同住在一幢西式旧洋房里，后来，她终于从那里逃出来，和她母亲及姑姑一起住在公寓楼里。不过张爱玲从不曾在弄堂环境里住过很久，她对弄堂的爱是超越个人经验的。

有时候，当角色从一个空间挪到另一个空间时，"新""旧"因素是互相掺杂的，由此也造成了一种混合效应。《留情》讲了一对都是再婚的中年夫妻去一个亲戚家的故事。他们的三轮车先是驶过了"一座棕黑的小洋房，泛了色的淡蓝漆的百叶窗，悄悄的，在雨中，不知为什么有一种极显著的外国的感觉。米先生不由得想起从前他留学的时候"，他遇到他的第一个太太以及他们那糟糕的婚姻。接着三轮车又经过了另一幢房子，"灰色的老式洋房，阳台上挂一只大鹦哥，凄厉地呱呱叫着，每次经过，总使她想起那一个婆家"，以及她的那段失败的婚姻，比米先生的那段还要沧桑。不过他们的亲戚杨太太住的则是"中上等的弄堂房子"。他们进去的时候，"杨太太坐在饭厅里打麻将"，在她丈夫的鼓励下，"杨太太成了活泼的主妇，她的客室很有点沙龙的意味"。正是在这样的一个新派主妇掌管的旧式房子里，米先生第一次遇到了米太太。他们拜访完了离开杨家时，弄堂里的环境似乎"补缀"了他们之间的紧张关系。故事是这样结束的：

> 他们告辞出来，走到弄堂里，过街楼底下，干地上不知谁放
> 在那里一只小风炉，咕嘟咕嘟冒白烟，像个活的东西，在那空荡
> 荡的弄堂里，猛一看，几乎要当它是只狗，或是个小孩。
>
> 出了弄堂，街上行人稀少，如同大清早上。这一带都是淡黄
> 的粉墙，因为潮湿的缘故，发了黑，沿街种着的小洋梧桐，一树
> 的黄叶子，就像迎春花，正开得烂漫，一棵棵小黄树映着墨灰的
> 墙，格外的鲜艳。叶子在树梢，眼看它招呀招的，一飞一个大弧线，
> 抢在人前头，落地还飘得多远。❶

因此，在他们回家的路上，敦凤和米先生他俩感到彼此是相爱的。
走在落花般落着叶的路上，敦凤想着"经过邮政局对面，不要忘了告
诉他关于那鹦哥"。❷小说中对颜色和细节的微妙运用同时维系了故事
的秋日氛围，以及这对处于人生秋季的夫妻之间的感情。那只在干地上，
又像狗又像小孩，咕嘟咕嘟冒白烟的小风炉给弄堂带来了人性的温暖，
令人想起在《半生缘》里，娘姨洗衣服洗脚的公共自来水龙头。正是
在这些熟悉的空间里，"千疮百孔"的人际关系，尽管受着"墨灰的墙"
的凄凉暗示，还是有可能被春花般的秋日落叶"补缀"起来。相比之下，
那"棕黑的小洋房"以及它那"泛了色的淡蓝漆的百叶窗"和"邮政
局对面的灰色的老式洋房"则显得相当疏离，且萦绕着那些可憎的记忆。
张爱玲的这些小说人物，在他们的资产阶级生活世界里，从这幢

---

❶ 张爱玲：《留情》，《传奇》增订本，第 20—21 页。
❷ 张爱玲：《留情》，《传奇》增订本，第 21 页。

房子到那间屋子，一般都是坐黄包车或三轮车，再不就是搭电车。只在非常特殊的场合或有要事时，他们才叫出租车。不过，一旦他们有钱了，他们就买辆车，雇个司机，而司机也随即成为和门卫、佣人一样的家庭侍者。《留情》中的杨太太家里有一部电话，而在平常的弄堂世界里，一般是几家人合用一部电话。在《半生缘》中，张爱玲成功地把电话置换成了另一种人际关联，它使巧合变得可信，使际遇变为可能。《留情》里的杨宅，即使是杨老太太的屋里也充塞了现代家具和现代便利——"灰绿色的金属品写字台、金属品圈椅、金属品文件高柜、冰箱、电话"，这是因为杨家过去的"开通的历史"，所以连老太太也喜欢"各式新颖的外国东西"。不过与此同时，杨家也还在用炭盆子——张爱玲小说世界里几乎无处不在的一件道具。而在这次拜访中，真正让米先生记得的却是那"半旧式的钟，长方红皮匣子，暗金面，极细的长短针，唆唆走着，也看不清楚是几点几分"。如果说那炭盆子是保持人性温暖的熟悉的旧器皿，那旧式的钟则是过时的象征，提示着老太太已经跟不上现代时间。张爱玲的小说里经常会写到钟，还有镜子、屏风、窗帘、旧相册、干花，以及各种标志着人物经历过变迁、经历过特殊痛切时刻的物件，而其中的人物则常要在某些时刻和他们过往的情感记忆挣扎以面对新的现实。

这大量的新旧并置的物件展示了张爱玲和现代性的一种深层暧昧关系，它亦是张爱玲小说的醒目标记。不过，这种暧昧性不可被误为是一种乡愁般的传统主义。无论是在小说还是现实生活里，张爱玲对摩登生活的恋慕一样可以从上海物质文化的方方面面里追溯出来。她的主人公从弄堂的家和半公共空间里出来，进入公共舞台，他们足迹常至的地方是中式或西式餐馆，以及咖啡馆。《半生缘》的最后一场戏就是在一家饭馆的包厢里展开的，男女主人公历经磨难后久别重逢，但却最终发现要结婚已然太迟。当然，张爱玲小说中那真正无所不在的公共场合是电影院，而看电影则是最常见的消遣方式。

电影和电影宫

张爱玲是个货真价实的影迷。据她弟弟的回忆，还在读书时候，张爱玲就订了一系列的英文电影刊物，像《影星》(Movie Star)和《幕戏》(Screen Play)，以资夜读。在 20 世纪 40 年代，她几乎看了下列影星主演的所有电影：葛丽泰·嘉宝、贝蒂·戴维斯、加利·库伯、克拉克·盖博、秀兰·邓波儿和费·雯丽，她尤其钟爱费·雯丽在《乱世佳人》里的表演，但她不喜欢《傲慢与偏见》里的格里尔·加森。她也同样热爱中国电影和影星，比如阮玲玉、谈瑛、陈燕燕、石挥和赵丹等。❶ 她曾用中英文写过影评，后来还为在上海和香港拍摄的好几部著名电影写了剧本。她的这种个人爱好潜入了她的小说，构成了她小说技巧的一个关键元素。在她的故事中，电影院既是公众场所，也是梦幻之地；这两种功能的交织恰好创造了她独特的叙述魔方。写于 1947 年的小说《多少恨》的开头部分可资一例：

> 现代的电影院本是最廉价的王宫，全部是玻璃，丝绒，仿云石的伟大结构。这一家，一进门地下是淡乳黄的；这地方整个的像一只黄色玻璃杯放大了千万倍，特别有那样一种光闪闪的幻丽洁净。电影已经开映多时，穿堂里空荡荡的，冷落了下来，便成了宫怨的场面，遥遥听见别殿的箫鼓。❷

❶ 张子静：《我的姊姊张爱玲》，第 117—119 页。
❷ 张爱玲：《多少恨》，《惘然记》，台北：皇冠，1991，第 97—98 页。

张爱玲把电影院称为"最廉价的王宫"是有原因的：其时上海已经有了相当多的电影宫，且看电影也成了公众娱乐的普遍方式。由此，对于这个披着煽情外衣的故事来说，关于一个女人爱上一个已婚男人，这是无数煽情片的情节，电影院是最理想的场合。据张爱玲自己说，这部短篇是对她的电影剧本《不了情》的"重写"。在一种高明的反身代指设计中，电影院成了这部戏（小说）第一幕的背景，并由此引入了女主人公：

> 迎面高高竖起了下期预告的五彩广告牌……上面涌现出一个剪出的巨大女像，女人含着眼泪。另有一个较小的悲剧人物，渺小得多的，在那广告底下徘徊着，是虞家茵。❶

这开头几行读来如同看摄影机下的一组镜头，它们清晰地赋予了我们一种视像感：女主人公置身在广告牌所标志的都会商业景观中。而与此同时，那巨人似的广告牌上的女人剪影也是勾勒女主人公的物质符码，并把她的故事幻化为一个电影狂想。这样，它又勾连了另一个"所指"——"宫怨"。以古典文学参照，那是在段落末尾几乎不知不觉地渗入的。"宫怨"这个词令人立即想到古代中国宫廷里，那些在冷宫里等韶华飞逝的宫女和帝妾，而同时，皇帝本人却在"别殿的箫鼓"里和他的宠妃寻欢作乐。一般的中国读者都会为这个传奇般的罗曼史寻找熟悉的参照，像唐明皇和杨贵妃的故事，这个传奇因为白居易的《长恨歌》变得广为人知。令人震撼的是，张爱玲居然能够在一个句子里，把空荡荡的电影院大厅翻转成寓言般的、回响着古典之音的"冷宫"。

---

❶ 张爱玲：《多少恨》，《惘然记》，第98页。

　　张爱玲把笔墨放在电影院大厅里，她极为敏锐地抓住了这个最为特殊的内在空间，这个空间为上海观众下了现代奇迹的定义。在像大光明这样革新过的电影宫里，外表的华丽还不能说明内里的辉煌，尤其是艺饰风的大厅和镜子般的（假）大理石地面，它们吸引了第一次走进影院的男男女女，屏幕上的异域梦幻，顷刻间就把这些人带入了一个截然不同的世界。绝大多数的电影宫都放映好莱坞的首轮影片。因此，现代电影院确实是文本中一个既真实又具象征性的场所，它是电影和文学之间的桥梁。

　　我们有理由相信张爱玲的电影模式绝大多数是取自美国，而非中国电影，其中她最喜欢的类型可能是那些怪诞的人情喜剧，比如《育婴奇谭》(*Bringing Up Baby*，1938 年)，《费城故事》(*The Philadelphia Story*，又译《旧欢新宠》，1940 年) 和《夏娃女郎》(*The Lady Eve*，1941 年)。她后期的一个剧本就是改编自舒尔曼 (Max Shulman) 的《温柔陷阱》(*The Tender Trap*，1955 年)，张爱玲把它重新命名为《情场如战场》❶。如戏名所示，该剧的关键词就是求爱和婚姻，讲的就是它们演绎出来的一场戏。所有的好莱坞"谐闹喜剧"都会让求婚和应战双方舌战不已，搞出些机智的对答。这亦是其通世故人情的一个标志，普雷斯顿·斯特奇斯 (Preston Sturges) 和霍华德·霍克斯 (Howard Hawks) 导演的电影，《女友礼拜五》(*His Girl Friday*，1940 年) 即为一佳例。斯坦利·卡维尔 (Stanley Cavell) 提醒我们："这些电影本身即是在调查这些对白的观点。"这种类型戏的出现可能与好莱坞电影制作中的音响改进有关，不过更有意味的如卡维尔所说，是因为"一种新型女性的出现，或说，新出现的一种女性……而电影史上的这个阶

---

❶　张爱玲：《惘然记》，第 172—239 页。

段是和历史上的女性自觉阶段分不开的"❶。这种类型深合张意，也是因为它提供了一个勾画上海都会女性的感受和知觉的新空间。由此，当张爱玲在《多少恨》的开头把女主人公安置在"电影"般的场景里时，也把女主人公的知觉放在了故事情节的中心位置上，那也决定了这个故事的女性主义式尾声：她没有跟她所爱的男人回家，去当现代小妾，虽然她那个没用的传统父亲鼓励她去。虞家茵还是离开那个男人，到另一个城市去谋新教职了。

不过，里面的问题比光从故事的开头和结尾推断出来的东西要远为复杂。其实这里的情节所泄露的，就像张爱玲的绝大多数小说那样，是围绕着婚姻和家庭人际关系的整个模式的。在中国小说里征用好莱坞类型剧，张爱玲其实已经在其中加了一系列的其他因素，这些因素在好莱坞喜剧中是没有得到充分表现的：婆婆和儿媳间的矛盾，亲戚间的诡计，还有那更重要的男性用情不专。换言之，在好莱坞模式上又加了一层家庭伦理维度。❷ 在这个熟悉的语境里，张爱玲的女主人公经历着求婚和结婚这些人生经历（在以后要讨论的《倾城之恋》里是再婚），它和常见的中国通俗小说里的"悲欢离合"之类情节相差并不大。不过，与此同时，就像卡维尔所诠释的好莱坞喜剧，张爱玲的故事也同样促使我们"再思考一下，当尼采说我们开始怀疑我们的幸福权，追求幸福的权利时，他到底发现了什么" ❸。可是，那不是尼采，而是张爱玲"叫我们拿出知觉的勇气来"，争取那被压抑的幸福权。有意思的是，在一篇《谈女人》的散文中，在一个不同的语境里，张爱玲站在

---

❶ Stanley Cavell, *Pursuits of Happiness*: *The Hollywood Comedy of Remarriage* (Cambridge: Harvard University Press，1981)，7，16.

❷ 郑树森：《从现代到当代》，台北：三民书局，1994，第二部分。

❸ Stanley Cavell, Pursuits of Happiness，131.

女性立场上取笑了尼采和男人：

> "超人"这名词，自经尼采提出，常常有人引用，在尼采之前，古代寓言中也可以发现同类的理想。说也奇怪，我们想象中的超人永远是个男人。为什么呢？大约是因为超人的文明是较我们的文明更进一步的造就，而我们的文明是男子的文明。还有一层：超人是纯粹理想的结晶，而"超等女人"则不难于实际中求得。在任何文化阶段中，女人还是女人。男子偏于某一方面的发展，而女人是最普遍的，基本的，代表四季循环，土地，生老病死，饮食繁殖。女人把人类飞越太空的灵智拴在踏实的根桩上。❶

很显然，尽管带着这些有意或无意的"贬低"，女人依然在张爱玲的小说世界里占据着中心位置。可能正是因为女人这么牢牢地根系在现实生活里，她们才会在追求幸福时被赋予了所有的苦痛和凄婉。

"参差的对照"：张爱玲谈自己的文章

不论是否真的借鉴了好莱坞喜剧，张爱玲无疑秉有一种自己的风格和感知方式，但这却容易让她的小说受到严厉批评。1943 年她的第一个小说集发表后不久，第二年年初《万象》就刊登了署名"迅雨"的作者（后来知道迅雨是著名的法国文学翻译家傅雷）写的一长篇批评文章。傅雷在文章里称赞了她的才华和技巧，但以她的《倾城之恋》为例，对她的小说内容大加批评：

---

❶ 张爱玲：《谈女人》，《流言》，第 84 页。

几乎占到二分之一篇幅的调情，尽是些玩世不恭的享乐主义者的精神游戏……美丽的对话，真真假假的捉迷藏，都在心的浮面飘滑；吸引，挑逗，无伤大体的攻守战，遮饰着虚伪。男人是一片空虚的心，不想真正找着落的心，把恋爱看作高尔夫与威士忌中间的调剂。女人，整日担忧着最后一些资本——三十岁左右的青春——再另一次倒账；物质生活的迫切需求，使她无暇顾到心灵。这样的一幕喜剧，骨子里的贫血，充满了死气，当然不能有好结果。❶

这一番批评自然也适用于斯特奇斯的喜剧。接着，傅雷又从对这篇小说的猛攻，转入了对她所有小说就整体而言的全面批判：

恋爱与婚姻是作者至此为止的中心题材；长长短短六七件作品，只是 variations upon a theme。遗老遗少和小资产阶级，全都为男女问题这恶梦所苦。恶梦中老是淫雨连绵的秋天，潮腻腻的，灰暗，肮脏，窒息与腐烂的气味，像是病人临终的房间。烦恼，焦急，挣扎，全无结果，恶梦没有边际，也就无从逃避。零星的磨折，生死的苦难，在此只是无名的浪费。青春，热情，幻想，希望，都没有存身的地方。川嫦的卧房，姚先生的家，封锁期的电车车厢，扩大起来便是整个社会。一切之上，还有一只瞧不及的巨手张开着，不知从哪儿重重的压下来，压痛每个人的心房。这样一幅图画印在劣质的报纸上，线条和黑白的对照迷糊一些，就该和张女士的

---

❶ 迅雨（傅雷）：《论张爱玲的小说》（1944），唐文标编：《张爱玲研究》，台北：联经出版事业股份有限公司，1986，第124—125页。

短篇气息差不多。

为什么要用这个譬喻？因为她阴沉的篇幅里，时时渗入轻松的笔调，俏皮的口吻，好比一些闪烁的磷火，教人分不清这微光是黄昏还是曙色。有时幽默的分量过了分，悲喜剧变成了趣剧。趣剧不打紧，但若沾上了轻薄味（如《琉璃瓦》），艺术给摧残了。❶

这番好意的但也是毁灭性的批评，等于是全然否定了张爱玲的创造性。她从一家杂志社抽回了她的一部原本准备连载的小说，而且，事实上直到该年12月，张爱玲一直都没有再发表任何其他小说。不过，傅雷那绚烂的文章和比喻，也到底引发了张爱玲写下一篇相当长的文章做微妙的回应。❷这篇文章极大地便利了读者一窥她的小说技巧和人生观。下文将不惜篇幅地引用她这篇《自己的文章》，张爱玲在里面做了这样的自我辩护：

> 所以我的小说里……他们不是英雄，他们可是这时代的广大的负荷者。因为他们虽然不彻底，但究竟是认真的。他们没有悲壮，只有苍凉。悲壮是一种完成，而苍凉则是一种启示。……我知道我的作品里缺少力，但既然是个写小说的，就只能尽量表现小说里人物的力，不能代替他们创造出力来。而且我相信，他们虽然不过是软弱的凡人，不及英雄的有力，但正是这些凡人比英雄更能代表这时代的总量。

---

❶ 迅雨（傅雷）：《论张爱玲的小说》（1944），唐文标编：《张爱玲研究》，第128页。
❷ 对于张爱玲《自己的文章》这篇长文是否因傅雷一文而写，后来有不同的看法。参见古苍梧：《今生此时 今世此地：张爱玲、苏青、胡兰成的上海》，香港：牛津大学出版社，2002。

　　　　这时代，旧的东西在崩坏，新的在滋长中……人们只是感觉日常的一切都有点儿不对，不对到恐怖的程度。人是生活于一个时代里的，可是这时代却在影子似地沉没下去，人觉得自己是被抛弃了……

　　　　……我甚至只是写些男女间的小事情，我的作品里没有战争，也没有革命。我以为人在恋爱的时候，是比在战争或革命的时候更素朴，也更放恣的……

　　　　我喜欢素朴，可是我只能从描写现代人的机智与装饰中去衬出人生的素朴的底子……只是我不把虚伪与真实写成强烈的对照，却是用参差的对照的手法写出现代人的虚伪之中有真实，浮华之中有素朴。❶

　　这番反思，对一个才二十出头刚开始写作的年轻作家来说，确实是令人震惊的。因为这不光是一种自我辩护，也是她的美学原则的最初表白。她的美学关键就是她称之为"参差的对照"的技巧：它同时暗示了一种美学概念和叙事技巧。这种"参差的对照"指的不是两种东西的截然对立，而是指某种错置的、不均衡的样式。这是她自创的一个术语，她不曾对此有过详细解释，止于暗示而已。金斯伯瑞（Karen Kingsbury）认为这个术语，"不仅是勾画主题和角色的手法，它也作用于叙事风格层面——叙述人那揶揄的语调；比如说，徘徊于自嘲和放恣，梦幻和现实，讽刺和同情之间"。❷ 我在此想借用香港评论家阿

❶　张爱玲：《自己的文章》，《流言》，第 21—23 页。

❷　金斯伯瑞把"参差的对照"硬译为 off-set opposition 和 uneven, unmatching contra-position，见《张爱玲的"参差的对照"和欧亚混合的文化创造》，该文系张爱玲世界会议上的宣读论文，台北，1996 年 5 月 25—27 日，第 17—18 页。

巴斯（Ackbar Abbas）的一个术语，把这种对照称为 decadence。这个英文词是"颓废"这个概念的一个国际双关语，我将证明它和张爱玲的美学是紧密相关的。

为说明"参差的对照"，张爱玲用了颜色打比方：那就像是宝蓝配苹果绿，葱绿配桃红，较之于红绿的强烈对照，后者的效果太具刺激性，decadence contrast（参差的对照）则更婉妙复杂。强烈的对照表达力，参差的对照是美。前者是幸福，后者是悲哀。而这种色泽感其实已成了她的技巧的一个最明显的特征。比如，她是这样描绘上海的"颜色"的：

> 市面上最普遍的是各种叫不出名字来的颜色，青不青，灰不灰，黄不黄，只能做背景的，那都是中立色，又叫保护色，又叫文明色，又叫混合色。❶

在《留情》中，张爱玲把这些颜色组合作了丰富的低调陈列：小黄树映着墨灰的墙；炭火从青绿烧到暗红；阳台上两盆红瘪的菊花；微雨的天气像只"棕黑的大狗，毛茸茸，湿答答，冰冷的黑鼻尖凑到人脸上来嗅个不了"。只在很偶然的时刻，我们看到"淡蓝的天上出现了一段彩虹，短而直，红、黄、紫、橙红"。但它也不过只出现于"一刹那，又是迟迟的"（着重号系作者所加）。❷ 这个典型的例子，用张爱玲的说法，自然不可能唤起什么"悲壮"或"壮丽"的情感。这种情感呈现在"强烈的对照"中，是革命和战争的情调。而张爱玲喜欢的是美学上的"苍凉"，她认为"苍凉"有启示性，它的显现会揭示素朴

---

❶ 张爱玲：《童言无忌》，《流言》，第 14 页。
❷ 张爱玲：《留情》，《传奇》增订本。

的真理。这个吸引人的表述也同时揭示了一种性别对照：如果说战争和革命中的力量和荣耀是男性的，那苍凉的美学境界则无疑是女性的。我们只有事先铭记这点，才能深入她的人物塑造和叙述风格。

一种通俗小说技巧

尽管她秉持"苍凉"的观点，张爱玲还是声称自己是个"通俗"作家。像所有的通俗作家一样，她很在意读者接受的效果：她几乎是发自肺腑地大讲了一番小说如何来吸引读者。她说如果一个作家，"将自己归入读者中去，自然知道他们所要的是什么。要什么，就给他们什么，此外再多给他们一点别的"[1]。她特别强调她自己和读者的同调，她的读者多半是上海"小市民"，滋养他们阅读习惯的是传统通俗小说和戏剧，以及礼拜六派的鸳蝴小说，而不是新文学作品或西方文学的译作。不过，问题是她那独特的苍凉观又如何"合乎"通俗的需求？在《惘然记》里，她曾谈到她对中国通俗小说的"难言的爱好"，她说那里面的角色是"不用多加解释的人物，他们的悲欢离合，如果说是太浅薄，不够深入，那么，浮雕也一样是艺术呀。但我觉得实在很难写（通俗小说）"。[2]如何在日常生活的原材料上雕琢艺术"浮雕"，并用它们召唤出苍凉的景观？怎样把这"多一点"的东西传达给她的读者，而不伤害中国通俗小说里被验证为万无一失的程式？这显然是她给自己的挑战。

在组成中国传统小说基本情节的喜、怒、哀、乐这四个喻象中，张爱玲似乎最喜欢"哀"："快乐这东西是缺乏兴味的——尤其是他人的快乐。"而一般的读者总是更能被不幸打动，尤其当这不幸是因"冲突、

---

[1] 张爱玲：《论写作》，《张看》，台北：皇冠，1976年，第271页。

[2] 张爱玲：《惘然记》，第97页。

磨难和麻烦"而造成的时候；它们也是戏剧的资源。❶ 换言之，悲哀和离别应该是欢乐和重逢的"前提"，因为如果不这样的话，就无从打动读者，引发他们的情绪。此即意味着，在传统中国小说里，角色在他们获得欢乐而幸福的重逢和奖赏前，总要经历一系列的苦难和折磨。然而，张爱玲的绝大部分作品都没有幸福的尾声。相反，她的那些常人般的角色经历的都是无边之情的温柔折磨，尤其是那一班在一个变迁的时代，经历着爱和婚姻的男男女女。不过，经常在故事快近尾声的时候，疾病和死亡也笼罩下来，生老病死是常见的人生循环。张爱玲似乎是不断地重复着某个故事，关于无回报的爱和不幸的婚姻岁月，她说这类故事"可以从无数各各不同的观点来写，一辈子也写不完"❷。

　　至于张爱玲小说技巧中的那"多一点"，不太容易在其他的通俗小说里找到，则几乎是一个无处不在的叙述声音。这声音不仅在角色身上盘旋或进入角色身上，还不停地以一种亲密而困惑的语调对他们做出评论。这个声音听上去可能有点屈尊的意味，仿佛它出自一个老练的旁观者之口；但它也点评琐屑的细节，有时还在意想不到的时候出现。在这样的时候，叙述语言就立刻出人意料地转入想象和比喻中去。比如，她写一个女人的脸"光整坦荡，像一张新铺好的床；加上了忧愁的重压，就像有人一屁股在床上坐下了"❸。而她形容另一个女人的手臂说"白倒是白的，像挤出来的牙膏。她的整个的人像挤出来的牙膏，没有款式"❹。这些几近离题的话，可能不过是张爱玲炫耀她的才智，它们在她喜爱的作家像毛姆（Somerset Maugham）、沃德豪斯（P. G. Wodehouse）、

❶ 张爱玲：《论写作》，《张看》，第 272 页。
❷ 张爱玲：《写什么》，《流言》，第 125 页。
❸ 张爱玲：《鸿鸾禧》，《传奇》增订本，第 24 页。
❹ 张爱玲：《封锁》，《传奇》增订本，第 382 页。

赫胥黎（Aldous Huxley）和其他的英国作家那儿也可以找到。但有时这种俏皮话也会变得相当有哲理，比如《红玫瑰与白玫瑰》里的这段话：

> 普通人的一生，再好些也是"桃花扇"，撞破了头，血溅到扇子上，就这上面略加点染成为一枝桃花。振保的扇子却还是空白，而且笔酣墨饱，窗明几净，只等他落笔。❶

形容一个角色的情感经历是"白纸一片"，而这白纸将承受一出清初著名历史剧的所有重量，未免太夸张了点。不过，依我之见，这正是张爱玲对她的读者施用小说魔法的地方：叙述者的声音游走于小说人物世界的里里外外，既从故事的叙述情境里也自外在视角里汲取灵感。托尔斯泰，张爱玲感兴趣且讨论过的另一个作家，在他的《战争与和平》里也采用了同样的"元评论"技巧。这种技巧的危险，如张爱玲所警示的，很容易流于说教和意念化。所以她说"让故事自身去说明，比拟定了主题去编故事要好些"。她举了托尔斯泰小说的例子，来说明作者原来是想"归结到当时流行的一种宗教团体的人生态度的"，但这作品在修改七次后，"故事自身的展开战胜了预定的主题"，而借此《战争与和平》也成了不朽的经典。❷

不过张爱玲小说里的那个全知的叙述人的"态度"，却更难定义更难阐释。它显然既不宣扬任何哲学或宗教，也不像传统小说那样去迎合阅读大众的流行习惯。当它出入于角色的思想过程时，它那"智慧的话语"也逐渐地染了点知识分子的重量，直到我们终于意识到它

---

❶ 张爱玲：《红玫瑰与白玫瑰》，《传奇》增订本，第 37 页。
❷ 张爱玲：《自己的文章》，《流言》，第 23—24 页。

其实暗含了作者自身的人生态度，一种"苍凉"的"哲学"。如金斯伯瑞所指出的，这个叙述声音的作用是界定"作家自身心理位置的视野，她不断增长的意识区域，这些都通过她的写作行为又反馈到她自身"。❶我们因此有必要继续追索在这苍凉的叙述声音后那更深广的含义。

"荒凉的哲学"

前面提到，在她的《传奇》再版自序中（《传奇》是她唯一的短篇小说集），年轻的张爱玲发出过奇特的呼吁："快，快，迟了来不及了，来不及了！"乍一看，这是她对迅速成名的渴望，但她的议论却带有更深刻的"哲学"意味："个人即使等得及，时代是仓促的，已经在破坏中，还有更大的破坏要来。有一天我们的文明，不论是升华还是浮华，都要成为过去。如果我最常用的字是'荒凉'，那是因为思想背景里有这惘惘的威胁。"❷把自己的个人声名和某种模糊的"荒凉"感相连，是多少有些古怪的，尤其是它出现在一本畅销书的序言里。

张爱玲的这番话的一个最直接的背景，自然是 1937 年全面爆发的抗战，以及 1942 年整个上海城沦为日占区。不过当她谈论"我们的文明"时，其所涵盖的东西显然更大更多。其中似乎她也指涉了现代性的匆忙步伐，一种直线演进的历史决定论观念，而破坏之力将最终把现时的文明变为过往。张爱玲是个禀赋独特、擅长暗喻的作家，她把这种"大叙述"比作极尽奢词繁调的交响乐，而她本人则更喜欢上海本地戏中花旦的素朴唱腔。在再版自序里，她兴致勃勃地描绘了她有一次

---

❶ 金斯伯瑞是以此来界定张爱玲的"参差的对照"的，不过我以为这更合适用来说明张爱玲的叙述声音和苍凉的境界。

❷ 张爱玲：《传奇》再版自序，《张爱玲短篇小说集》，第 3 页。

去看"蹦蹦戏"的经历，这种地方戏的对象主要是普罗大众。她描画了花旦活泼实在的语言和唱腔，符咒般地把她整个吸引了，让她立即和台下的普通大众融在一起。张爱玲接着发表了下面这番议论："将来的荒原下，断瓦颓垣里，只有蹦蹦戏花旦这样的女人，她能够夷然地活下去，在任何时代，任何社会里，到处是她的家。"❶

这个序言在多方面来说都是极不寻常的。如果寓言性地看张爱玲的这番陈辞，我们可以说，她的上面这番话不仅反现代性而动，而且也暗示了要回到本土资源中去寻求知识的滋养和美学的快乐。不过，同时，她对"文明""不论是升华还是浮华"的沉思却是无所不包的：它看来同时指涉了美学和物质文化、本土民间传统和她生活中的都会文化环境。易言之，在张爱玲的"知识背景"里，传统和现代性从来都互相并置，这是五四运动的"交响乐"指挥家们所不曾设想过的。

事实上，我们读着这个序言，就能意识到传统和现代性在《传奇》的封面上就已经呈现了"参差的对照"。这封面是张爱玲的朋友炎樱设计的，画的是一个现代女子倚栏窥视一间闺房。闺房是晚清样式的，里面坐着个幽幽弄骨牌的衣着传统的女人，旁边坐着奶妈，抱着孩子；而那个从栏杆外探进身子来的，比例不对的现代女子，以及她那好奇的神情把本来相当静谧的一幅图画搅得非常不安宁。但张爱玲说："那也正是我希望造成的气氛。"❷在张爱玲的描述中，这个被描成淡绿色的现代女子的存在就像鬼魂似的，她那超然的窥视让整个画面有使人感到不安的地方。不过，同样地，现代女子注视下的那幅传统画面也显得相当古怪，似乎它已失去了那属于另一时代另一世界的时空。传统

---

❶ 张爱玲：《传奇》再版自序，《张爱玲短篇小说集》，第5页。
❷ 张爱玲：《有几句话同读者说》，《传奇》增订本，第2页。

的作为一种文学样式的《传奇》，可以追溯至唐代的传奇和明代传奇。尤其是在唐代传奇中，记叙的那些奇特的事情常包括鬼魂般的人物或传奇的男女英雄。而清代的传奇剧比如《桃花扇》，则还包括历史罗曼史等其他主题。张爱玲显然对这个著名的谱系了然于胸，所以她说她写小说的目的是从传奇中发现普通人，从普通人中发现传奇。

那么，我们又如何来解释张爱玲小说中的普通和传奇？以及它们以何种方式和张爱玲反复思索的传统和现代、历史和小说之中所蕴含的更大的问题取得联系？《传奇》里的很多小说可以作为例证，不过我主要将以《封锁》和《倾城之恋》这两篇小说为例加以阐释。

写普通人的传奇

小说《封锁》于 1943 年发表，这是相当罕见的作品。故事的主要行动不是发生在室内，而是发生在空袭期的上海一辆电车上。不过我们不久便意识到，上海的这种最常见的交通工具已被改造成了室内空间中最为私密的部分——一个没有空袭则无所谓浪漫狂想的背景：

> 如果不碰到封锁，电车的进行是永远不会断的。封锁了。摇铃了。"叮玲玲玲玲玲"，每一个"玲"字是冷冷的一小点，一点一点连成一条虚线，切断了时间与空间。
> 电车停了……
> 电车里的人相当镇静……街上渐渐的也安静下来……这庞大的城市在阳光里眈着了，重重的把头搁在人们的肩上，口涎顺着人们的衣服缓缓流下去，不能想象的巨大的重量压住了每一个人。

上海似乎从来没有这么静过——大白天里！ ❶

　　如果寓言性地看，电车即是所谓的现代性交通工具，就像火车（这个熟悉的意象让我们想起刘呐鸥和穆时英的小说）一样是严格按时间作业的。❷张爱玲本人显然对电车很着迷：前面提过，她说听不到"电车回家"声是睡不着觉的。在故事中，"真实"混杂了寓言性的东西，张爱玲通过把声音符码化，给了读者一种历史的时空感，也赋予了他们一种超越时空的情感——"叮玲玲"的电车铃声就像符码线一样切割了时空。所以张爱玲在一笔之间营造了一个"梦幻"故事的展开背景：一个在电车里换位置的男人，发现他坐到了一个女子的边上；他们聊起天来；他们坠入爱河，并开始谈论结婚的可能性。几小时后空袭解除，电车又开了。"电车里点上了灯，她一睁眼望见他遥遥坐在他原来的位子上。她震了一震——原来他并没有下车去！她明白他的意思了：封锁期间的一切，等于没有发生。整个的上海打了个盹，做了个不近情理的梦。"❸因此，整个情节是现实框架下的一个梦，现实背景里的一种梦幻叙述。因为在这样的框架里，情感的"内核"也因之是"封锁"的，至少在那一刻和压在人心上的外界现实的无情压力是隔离的。因时间被置换成了空间，所以那一刻成为可能：仿佛时光静止了，那停在街上的电车成了一个从日常现实中搬移出来的奇特空间。

　　我们还可以把这部小说比作一部电影：现代小说语言就像电影手段一样，可以用意识流或蒙太奇的方法来打破平常时间的持续和顺序。

───────────────

❶　张爱玲：《封锁》，《传奇》增订本，第 377 页。

❷　张爱玲定然很明白此类指涉，因为她自己也曾说过"时代的车轰轰地往前开"。见张爱玲：《烬余录》，《流言》，第 54 页。

❸　张爱玲：《封锁》，《传奇》增订本，第 387 页。

虽然张爱玲在她的叙述语言中，从来不曾用过意识流技法，但她用散文风格所取得的效果一样可资比较。不过同时，张爱玲的故事是以上海的物质现实为依托的。周蕾在分析这篇小说时说，现代都会是情节和背景的关键："没有这个都会，没有她的电车，以及她所有的现代物质文化，《封锁》这个故事是绝无可能发生的。"❶ 历史"现实"也同样插手了这个故事：那暂时性封锁上海的空袭，是一个清晰的时间标志，提醒我们那只可能发生在 1943 年左右的日占时期的上海，也即这篇小说的写作时间。正是这种时空的特殊合作，使得张爱玲有可能把一个普通故事变成传奇。不过与此同时，小说也"掐断"了角色的浪漫幻想，把他们带回到现实中来。

故事中时空悬置的"封锁"状态，也是作者的叙述技巧所创造的一个人为框架。置身其中的人的感觉会变得敏锐，微小的细节会放大成一个多彩的存在。周蕾认为，正是这个美学空间给了故事里的女主人公一种自由，去想象一段现实中不可能存在的罗曼史。这样的一个封锁空间，也是张爱玲笔下女性人物之境遇的一个完美比喻，张爱玲的女性角色，总是在她们生存的幽闭空间里幻想爱和罗曼史，而同时心里又很明白爱的易逝和男人的不可靠。❷ 这里暗含了一个性别寓言，即"正常的"时间和空间是由男人确立的，他们的历史直线演进观，也左右了现代中国的国族建设大计。因此在她的小说叙述结构里，通过让她的女主人公去争取克服男性主导的时间性，张爱玲作为一个女性作家，借着她小说中的美学资源，也在试图超越她自身写作的历史境遇。因此，张爱玲凭着她的小说艺术特色，对现代中国历史的大叙

---

❶ 周蕾：《技巧，美学时空，女性作家》，是她在张爱玲世界会议上宣读的论文，1996 年 5 月，第 9 页。

❷ 周蕾：《技巧，美学时空，女性作家》，第 8—10 页。

述造成了颠覆。

在我看来，用来诠释张爱玲对"宏伟叙述"的美学颠覆的一个最完美的例子，也正好是前面提到的、被傅雷挑出来轰炸一番的那篇小说。尽管傅雷对这篇小说在道德上鄙夷不已，《倾城之恋》依然被证明是张爱玲最受欢迎的一篇小说：小说发表于 1943 年，比《封锁》稍早几个月，第二年就被改编成了剧本，后来又被搬上银幕。

乍一看，这个故事和张爱玲惯常的通俗小说叙述模式正好相反：故事基本发生在日本入侵前夕的香港；有一个幸福的结局；而且其中的角色也都相当世故。故事的背景是颇具异域风的香港浅水湾饭店，其本身就很像是舞台装置或电影布景，罗曼史的一方是受英国教育的花花公子，另一方是上海的一个年轻的离婚女子。这对上等人之间的罗曼史经历了在餐厅和舞厅、在饭店大堂和附近海滩，以及在女主人公房间里的一长串调情。这些场景很显然是借鉴了好莱坞"谐闹喜剧"。通过一个非凡的巧合成就一段再婚的故事，这也是好莱坞电影的一大类型。卡维尔对此卓有见识："我所谓的再婚类型是以某种方式求得认可，求得彻底的谅解；这种谅解是那样深沉，需要死亡和复活的蜕变，以及存在新前景的达成；这种前景自我呈现为一个地方，一个从城市的困扰和离婚中离析出来的地方。"❶ 对张爱玲的故事而言，美国哲学家的这番话是再好再合适不过的理解了。

《倾城之恋》有着像舞台剧似的开头——上海地方戏的风格。随着忧伤的胡琴在夜里哀泣，叙述声音升上来："胡琴上的故事是应当由光艳的伶人来扮演的，长长的两片红胭脂夹住琼瑶鼻，唱了，笑了，袖

---

❶ Stanley Cavell, *Pursuits of Happiness*, 19.

子挡住了嘴……"❶接着就引入了女主人公白流苏，似乎她是由那"光艳的伶人"所扮演的一个"角色"。张爱玲的这种民间戏剧式起承，在某种意义上是相当合适的，因为白家被描写成一个传统家族，落在了时光的后面，跟不上上海的现代世界了。不过几个场景过后，当流苏跪在她母亲的床前哭诉时，场景突然就"转入"了过去："她还只十来岁的时候，看了戏出来，在倾盆大雨中和家里人挤散了。"❷当她上楼回到自己的房间，扑在穿衣镜上端详自己时，是一个"特写"镜头，流苏亦被带到了另一个舞台上："依着那抑扬顿挫的调子，流苏不由得偏着头，微微飞了个眼风，做了个手势。她对镜子这一表演，那胡琴听上去便不是胡琴，而是笙箫琴瑟奏着幽沉的庙堂舞曲……她走一步路都仿佛是合着失了传的古代音乐的节拍。"❸这些"镜头"的叠加有效地为以后的，在流苏渡海去和她的追求者花花公子范柳原相会时，在异域风的香港背景里的那些更电影化的镜头组合做了铺垫。

当他们在浅水湾饭店相遇时，场景完全改变了：他们的传奇因此是在一个最为罗曼蒂克的环境里发生的。在张爱玲的描述中，香港是一个彻底异域化的地方，全然没有上海的那种本土景观和声色——那是张爱玲的读者所熟识的一个小说世界。不过相应地，香港也很自然成了一个"传奇"的背景——这个罗曼史以老练的调情和机敏的应答开头，而流苏则被塑造成一个近文盲的传统女子，且几乎没什么个性。在现实主义的层面上，要想象一对背景如此悬殊如此不相称的情侣是很困难的，所以也便不难证明只有在电影中他们的传奇才有可能性。我相信张爱玲是把好莱坞"谐闹喜剧"的叙述模式，挪用来表现角色

---

❶ 张爱玲：《倾城之恋》，《传奇》增订本，第 152 页。

❷ 张爱玲：《倾城之恋》，《传奇》增订本，第 156 页。

❸ 张爱玲：《倾城之恋》，《传奇》增订本，第 158—159 页。

在最初的求爱阶段中那误置的企图和个性的冲突。不过，通常这类电影的叙述程式是，男女主人公都很聪明地各有立场，在长长的复杂的求爱游戏中，他们历经互相的不信任和误会，只有到了最后一刻，当电影情节快收尾时，他们才会真正地爱上对方，并最终结婚。

然而，在张爱玲这个故事中，一直要到这对情侣经历了一场真实的因日侵导致的"死亡和复活的蜕变"后，他们才取得了"彻底的谅解"。这种战争经历，显然和好莱坞喜剧中的大萧条背景截然不同，因为它不会被虚构的奢华和悠闲的背景抹去。范柳原和白流苏在这个"借来的时空"里彼此以身相许，尤其是对白流苏而言，已不可能再求奢华和悠闲。这个故事的情境比起好莱坞喜剧来，也要更不同寻常，因为男女主人公是因了战争而相爱的，而不像30年代的好莱坞喜剧或歌舞剧与战争无关。而张爱玲也正是选择了如此不寻常的情境，来演绎超乎谅解的、爱之"苍凉"的最终境遇。她是如何演绎的呢？对此，我们需要从一个传统的角度，来重新检阅故事的情节和人物。

在《倾城之恋》中，再婚不是出于个人的选择，而是社会必需。在流苏而言，她从来都不是什么"快乐的离婚女人"，她的处境也无甚魅力。作为一个住在自己家的离婚女子，流苏因她失败的婚姻而不停地遭受亲戚们的讥嘲。这种传统的环境逼迫她去寻觅新的婚姻前途。故事的开头写到，她在上海的自己家里时，曾经在镜子里仔细地打量过自己。这可以被解释为是一种自恋行为。不过，当她在镜子前"表演"时，也同时发生了一种微妙的转换："她忽然笑了——阴阴的，不怀好意的一笑，那音乐便戛然而止。"而传统的胡琴拉出来的故事，那些"辽远的忠孝节义的故事，不与她相关了"。[1] 她看来已准备好了要投入一

[1] 张爱玲：《倾城之恋》，《传奇》增订本，第159页。

个新世界去扮演一个新角色。因此"扮戏子"不仅是"谐闹喜剧"情节里的一个结构性成分，更重要的是，这是她寻求身份的一个必要前奏行为。当亲戚把她介绍给范柳原这个刚从英国回来的富裕的花花公子时，白流苏因急于摆脱她的家庭束缚，就采取了一个不同寻常的举动，去香港和他相会。而香港就是那个可以"从都市困扰里摆脱出来"的地方，那里的"价值系统"极端不同，她传统家族中的那种人际伦理网在这里也不再起作用。她得靠她自己去扮演一个完全异于她个性的非传统的角色——一个"快乐的离婚女人"，设下"温柔的陷阱"去俘获她的男人。摆脱了家族伦理，流苏也就被迫去确立作为一个非传统女子的个人主体性。因为在传统中国小说里，绝大多数的妇女角色都不是离婚的。因此，为了寻求新的婚姻前景，流苏同时也在寻求她作为女人——一个被两个世界撕扯的女人——的自我身份。

现在流苏孤独地到了一个完全异域的地方，她如何来确立自己呢？仿佛是突然地，她被塞入了一出"话剧"的现代舞台或一部好莱坞喜剧中，她要做的"表演"，和她在上海地方戏中的花旦角色，自然是大相径庭的了。她很努力地去适应那些现代社交礼仪——跳舞，在西式饭店用餐，沿海滩漫步，甚至还得和柳原的"旧情人"，一个印度公主打交道——同时她又是永远地处于别人的目光下。在她的那个有点困惑的追求者的"殖民"注视之中，后者似乎一直都很清楚她在演戏，把她看作是一个异域的东方女人。不过，即使如此，柳原还是发现自己渐渐地爱上了她。那是何以成为可能的呢？自然，浪漫爱情是一种现代奢侈，是好莱坞式喜剧的必备前提。但在传统的中国小说里，爱情不过是人际关系的一个侧面，而人际关系则受普遍的人之常情的支撑。柳原和流苏之间的爱，包含了这两面因素以及那个"多一点"，这"多一点"似是加诸通常情节上的。但也正是这"多一点"，使得这个故事非比寻常。为了说明它的重要性，我需要完整地引述几段求爱场景。第一次求爱发生在他俩散步的时候：

> 柳原道："我们到那边去走走。"流苏不做声。他走，她就缓缓的跟了过去。时间横竖还早，路上散步的人多着呢——没关系。从浅水湾饭店过去一截子路，空中飞跨着一座桥梁，桥那边是山，桥这边是一堵灰砖砌成的墙壁，拦住了这边的山。柳原靠在墙上，流苏也就靠在墙上，一眼看上去，那堵墙极高极高，望不见边。墙是冷而粗糙，死的颜色。她的脸，托在墙上，反衬着，也变了样——红嘴唇，水眼睛，有血，有肉，有思想的一张脸。柳原看着她道："这堵墙。不知为什么使我想起地老天荒那一类的话。……有一天，我们的文明整个的毁掉了，什么都完了——烧完了，炸完了，坍完了，也许还剩下这堵墙。流苏，如果我们那时候在这墙根底下遇见了……流苏，也许你会对我有一点真心，也许我会对你有一点真心。" ❶

这段插曲显得稍稍有点古怪，因为里面的一个微小的细节几乎和情节无关：那堵"灰砖砌成的墙"，冷而粗糙，死的颜色，仿佛是过往时代的遗留物。和这堵墙的邂逅标志着一个神性的时刻，它使柳原这个没有文化和历史感的花花公子，用他只记得半句的中国旧诗句"地老天荒不了情"去想象"世界末日"。这句诗不断被征引来颂扬永恒的爱情，因此某种程度上它已成了陈词滥调（它还成了一部好莱坞电影 The Magnificent Obsession 的中文片名）。柳原的说辞是极具反讽意味

---

❶ 张爱玲：《倾城之恋》，《传奇》增订本，第 170 页。

的。一方面，这是他第一次在他漫长的调情过程中动了点真情，所以显得更为深刻。其情感的力量来自于对那旧诗句的生动想象——地老天荒了——但在其中还暗含了一点迂回的意思：只有到了那时候，真正的爱情才会开始。而另一方面，柳原的话又充满了启示性：他说到有一天"我们的文明整个的毁掉了，什么都完了——烧完了、炸完了、坍完了"！这种不祥的"荒原"感不仅和柳原的性格毫不相称，而且，即使环境使然，他也不可能说出那样的和诗句原义相反的话来。在现代世界里，爱是没有最终结局的，因此也就根本无所谓什么"永恒的爱"。柳原所漏掉的那三个字——不了情——因为它们的缺席，而变得更加具有暗示性和反讽意味：真正的爱只有在世界末日才有可能，在那个时间终端，时间本身便不再重要。正是在那样的时刻，张爱玲的"苍凉"美学才是可以想象的，它也即是那堵墙的颜色。

如果说情感的真实可以在世界末日前夕得到确认，显然那时已然太晚，因为死亡的威胁早已清晰地写在了那堵墙上，而永恒的爱只能意味着死亡。在这样反讽性的逻辑里，柳原和流苏在世界末日之际，还会再次相遇吗？这让我们再次想起了前面引过的张爱玲在《传奇》再版自序里的话："将来的荒原下，断瓦颓垣里，只有蹦蹦戏花旦这样的女人，她能够夷然地活下去，在任何时代，任何社会里，到处是她的家。"像流苏这样的一个女子，因为是照着蹦蹦戏花旦塑造的，所以显然可以一样地夷然地活下去，但范柳原却不行。似乎在生活的、更大的寓言层面上，张爱玲为她的半传统的女主人公留了特殊的一席之地，不一定是她的性别关系，而是因为在一个变迁时代，在中国文化中她的性别所代表的东西。

对传统的中国小说读者来说，前面引到的墙的意象，还会令人想到《红楼梦》中的一个插曲——林黛玉突然听到了明代戏剧《牡丹亭》

唱词中的两句，她一下就呆了："原来姹紫嫣红开遍，似这般都付与断井颓垣。" ❶《红楼梦》是张爱玲自己最钟爱的一部作品，她后来写过一部《红楼梦魇》。她对这部经典小说的借鉴不仅见诸她作品中的直接引用，而且也对这部小说的情感做了现代回应，在一个截然不同的背景里进行"重新呈现"：20世纪40年代的香港对应18世纪的北京。但是，如果说直线的时间和历史是可以超越的话，我们便能从两部作品的平行文化肖像——黑夜降临前，夕照的最后辉煌——中一眼看出命运的类似威胁。

在《红楼梦》中，黛玉和宝玉的爱情是在作者曹雪芹的个人身世背景下演绎的：他的家族的凋零，以及以"大观园"为象征的贵族高雅文化的没落。因为这种惘惘的威胁笼罩着故事，小说中的两个年轻的主人公，尤其是黛玉，一直被自我折磨和无形的宿命感撕扯着。他们对天荒地老的追求最终落了空，但他们的感情却以诗歌和戏剧的形式留下了大量的抒情纪念。

张爱玲的《倾城之恋》也给人一种相似的美学情感，也即是说，因时光之旅和空间的更改而从原著中截来的一种情绪。故事的开头，就已经暗示了历史无情的脚步越来越快地向更宏伟的进行曲或交响乐迈进，并将很快把凄凉的胡琴声淹没掉。不过，张爱玲的女主人公却并不哀叹时代的变迁，她倒是渴望着从中解放自己。所以怀旧并不是这个故事的主题。相反，过去只是为预言现代性的灾难而存在的某种神话：那在劫难逃的世界并不是传统中国，而是满是战火和革命的现代世界。由此可见，张爱玲的苍凉美学无疑是和"主流"中国现代文学和历史完全悖反的。不过，在这个故事里，张爱玲既不是全然的怀

---

❶ 曹雪芹：《红楼梦》，见第二十三回"西厢记妙词通戏言，牡丹亭艳曲警芳心"。

旧（老保守派的姿态），也不是全然的悲观（怀疑和虚无派的姿态），她选择了喜剧和反讽来演绎她的故事。

在那堵墙的插曲后，在饭店客房里有一个关键的调情场景；小说还由此进入了诱引的高潮戏，并成就了一次求爱。所以感情的收尾早在故事最终结束前就已完成了。在那个调情的场景里，作者很聪明地征用了饭店房间里的现代便利品电话，这样男女主人公甚至都用不着面对面就能聊天。似乎是看电影般的，我们看到深夜流苏躺在床上翻来覆去睡不着，而正当她有点睡意蒙眬时，床头电话铃大作：是柳原的声音，他在那头说"我爱你"。然后就挂断了。而当她刚好把听筒放回原处时，电话铃又响了，柳原在那边问道："我忘了问你一声，你爱我么？"这个突然的电话可以被视为范柳原求婚的前奏。他似乎是被迫说出那句在所有的浪漫喜剧（但从不在中国传统小说里）里都会出现的套话："我爱你。"但这个场景并非就此打住，也没像典型的好莱坞时尚那样来个电话接吻收场，因为他们在不同的房间里。虽然相当不合乎他个性地，柳原接着开始引用《诗经》中的一首：

> 流苏忙道："我不懂这些。"柳原不耐烦道："知道你不懂，若你懂，也用不着我讲了！我念你听：'死生契阔——与子相悦，执子之手，与子偕老。'我的中文根本不行，可不知道解释得对不对。我看那是最悲哀的一首诗，生与死与离别，都是大事，不由我们支配的。比起外界的力量，我们人是多么小，多么小！可是我们偏要说：'我永远和你在一起；我们一生一世都别离开。'——好像我们自己做得了主似的！"

柳原的突然引用《诗经》确实谜一样难于解释。一个在国外出生在国外受教育的人，"中文根本不行"，如何可能突然记起一句中国古诗？为什么在无数的诗行中单挑了这一句？顺着罗曼史的程式，我们可以把它看成是一种婚誓的形式，至少这个故事的英译者（"Life, death, separation—with thee there is happiness；thy hand in mine, we will grow old together."）是这样认为的。因为它也一样可以译为更能被普遍接受的译文："In life and death, here is my promise to thee：thy hand in mine, we will grow old together." ❶而我们还可以加上，"直到死亡把我们分开"。但柳原自己接着又说，"那是最悲哀的一首诗"，而他接下来的那番议论，显然是在回应灰墙插曲所呈现的苍凉的景观和心绪。作为一个浮浅空虚的纨绔子，柳原本人是说不出这种话来的，即使是在他情感的巅峰状态也不可能。一个怀疑人生的花花公子，是不太可能去宣誓永恒的爱和投入的。所以流苏听了他的话后才会说："你干脆说不结婚，不就完了，还得绕着大弯子，什么做不了主？" ❷这种谈话自然不是为着决定婚姻，因为作为一种传统程式的婚姻，在张爱玲自身的视野里，并不一定是罗曼史的最终结局。

在浪漫喜剧中，调情只会导致诱引。这个故事中诱引场景的"编剧"是那么精细，小到每一个细节，所以它看上去就像是电影"镜头接镜头"的序列。一天晚上，当流苏在她的饭店客房准备就寝时，她一脚踩在了柳原的鞋子上，这才发现他在她床上，接着就是他吻她："他还把她往镜子上推，他们似乎是跌到镜子里面，另一个昏昏的世界里去

❶ 见金斯伯瑞的脚注，《译丛》（Renditions），第45卷，1996年春，第82页。
❷ 张爱玲：《倾城之恋》，《传奇》增订本，第177页。

了，凉的凉，烫的烫，野火花直烧上身来。"❶这些"镜头"可以说是从一系列的好莱坞电影移植来的，尤为常见的是镜子照出来的女人虚荣，而由隐秘的摄影机来拍摄镜中的女主人公亦是习见的花样——视觉自恋的"双重拍摄"。不过，镜子又是时常出现在张爱玲小说中的一个点缀性道具，特别是在《倾城之恋》中。小说前面的那个流苏，在家里照镜子的插曲，无疑为这个场景里的"镜子镜头"做了铺垫：当一个男人"把她往镜子上推"时，她作为女性主体的意象就被涂抹了。但当他们跌入镜中的世界时，他们便进入了一个现实不再起作用的世界。这是欲望和苍凉的昏蒙世界，这里的欲望即苍凉。换言之，它成了"苍凉"的神秘世界。在那里，燃烧的激情全都折射在"冰冷的镜子"上。如果接在前面所引的那句"地老天荒"后，这个意象只能让我们感到悲凉：当野火花般滚烫的激情熄灭后，它的灰烬（张爱玲最爱用的另一个比喻）便只能用来点缀世界末日"地老"时"冰冷"的景观了。在张爱玲的苍凉世界里，用鲁迅的话来说，激情只能是一团"死火"。

不过，尽管出现了所有这些苍凉的暗示，张爱玲还是允许了最终的幸福婚姻。这不是那两人传奇的结果，而是因为外在战争的干预。第二天，也就是他们做爱后的次日，柳原告诉她，他一礼拜后就要上英国去，很显然是要把她留在香港做他所"供养的情人"。在情节的这个关键时刻，历史又一次插手进来，就像《封锁》中的情形一样，只是这一次的结尾是相当"幸福的"。柳原的旅行，因战争的爆发被取消了，他们于是决定结婚。在《倾城之恋》的结尾，叙述声音在层层反讽中这样说道：

---

❶ 张爱玲：《倾城之恋》，《传奇》增订本，第181页。我曾经长篇论述过张爱玲的小说技巧和电影的亲缘性，而且用游戏的笔墨为这个场景虚构了一组电影镜头。见本书另一篇文章《不了情：张爱玲和电影》，也是我在张爱玲世界会议上宣读的论文。

　　香港的陷落成全了她。但是在这不可理喻的世界里，谁知道什么是因，什么是果？谁知道呢？也许就因为要成全她，一个大都市倾覆了。成千上万的人死去，成千上万的人痛苦着，跟着是惊天动地的大改革……流苏并不觉得她在历史上的地位有什么微妙之点。她只是笑吟吟的站起身来，将蚊烟香盘踢到桌子底下去。

　　传奇里的倾国倾城的人大抵如此。❶

　　张爱玲在结束这个故事时所指涉的"传奇里的倾国倾城的人"，事实上传达了她自己的最终历史批判，以及以普遍反讽的方式对小说的肯定。如果说传奇是一种浪漫类型，一种在传统上被认为是超乎历史书写和超乎信仰的类型，那它为什么不可以在历史本身超乎信仰的时候，也插手虚构的作品呢？谁知道惊天动地的改革来临时会发生什么？流苏在追求幸福的途中，被赋予了一个幸福的结局，张爱玲借此再次赞美了中国的地方戏花旦和传奇中的美人。不过，在写现代小说时，她逆转了著名古典传奇中的人物命运。据说周幽王因为太想讨他美丽妃子的开心，就在长城上点了烽火，骗他的部下相信有蛮族入侵。当各路军队赶到时，这儿戏逗得他的妃子开心地笑了。这样愚蠢的游戏玩过几次以后，外族真的来入侵了，但即使烽火再点，他的军队也不会来了，如此他的王国就陷落了。后来流传的"一顾倾人城，再顾倾人国"诗句，描写的就是此类传奇美人。张爱玲的现代感自然不会让"红颜祸水"这样的传统偏见再度登台。就像小说中引用的《诗经》一样，张爱玲为这个熟悉的传奇加了一个反讽的变形——她颂扬了流苏的胜利：似乎这个都市的陷落就是为了成全她的传奇，给她的故事一个幸

---

❶ 张爱玲：《倾城之恋》，《传奇》增订本，第 190 页。

福的结局！在那个战争和革命的特殊时代，她的女性人物，尤其是流苏，应该得到点幸福，不管这幸福会多么短暂。

《倾城之恋》发表后一年，张爱玲写了散文《烬余录》，谈到了香港被困时她的自身经历。她那时还是个学生，住在香港大学宿舍里。如散文中所描绘的，她和她的同学对轰炸的反应是令人吃惊的漠不关心：她的朋友炎樱甚至还冒死上城去赶了场电影！在危险和灾难时保持冷静也许是一种勇气，但张爱玲所描述的漠不关心则一点都无关乎勇气，她要表达的是另外一种东西：

> 围城的十八天里，谁都有那种清晨四点钟的难挨的感觉——寒噤的黎明，什么都是模糊的，瑟缩，靠不住。回不了家，等回去了，也许家已经不存在了。房子可以毁掉，钱转眼可以成废纸，人可以死，自己更是朝不保暮。像唐诗上的"凄凄去亲爱，泛泛入烟雾"，可是那到底不像这里的无牵无挂的虚空与绝望。人们受不了这个，急于攀住一点踏实的东西，因而结婚了。❶

这最后一句的情绪，无疑很契合柳原和流苏决定结婚时的心情。《倾城之恋》是张爱玲写的关于香港的第四个故事。张爱玲写这些故事显然是因为，在她于1942年回到上海后，她对香港这个沦陷之城的记忆依然新鲜，而且她愿意把她的香港故事献给她心爱的上海。她很清楚在她的生活和艺术中，香港一直是上海的一个补充，她小说世界中的一个"她者"。这种自我指涉的联结也契合我们的目的，因为她越是把香港异域化，那香港也就越清楚地镜子般地折射着她的上海。凭着她

---

❶ 张爱玲：《烬余录》，《流言》，第47页。

惯有的预见，张爱玲在这个"双城记"里，注入了那么多的文化意蕴，使我们至今还在体会它们。

颓废美学

我把张爱玲的小说视为"颓废艺术"，可能会引起争议。我的一个基本论点是：张爱玲在她的小说中是把艺术人生和历史对立的，她在《传奇》再版自序中就开宗明义地说：

> 个人即使等得及，时代是仓促的，已经在破坏中，还有更大的破坏要来。有一天我们的文明，不论是升华还是浮华，都要成为过去。如果我最常用的字是"荒凉"，那是因为思想背景里有这惘惘的威胁。❶

张爱玲的"荒凉"感，正是她对于现代历史洪流的仓促和破坏的反应，她并不相信时间一定会带来进步，而最终会变成过去，所以她把文明的发展也从两个对立的角度来看：升华——这当然是靠艺术支撑的境界；浮华——则无疑是中产阶级庸俗的现代性表现。她小说中的上海在表面上仍是一个"浮华世界"。

如果现代性的历史是一部豪壮的、锣鼓齐鸣的大调交响乐（张爱玲的这个譬喻颇为恰当，因为交响乐本来就是西方19世纪发扬光大的产品），那么张爱玲所独钟的上海蹦蹦戏奏出的则是另一种苍凉的小调，而这个小调的旋律——张爱玲小说中娓娓道来的故事——基本上是反现代性的，然而张爱玲的"反法"和其他作家不同：她并没有完全把

❶ 张爱玲：《传奇》，北京：人民文学出版社，1986，第349页。

现代和传统对立（这是五四的意识形态），而仍然把传统"现代化"——
这是一个极复杂的艺术过程。因为她所用的是一个中国旧戏台的搭法，
却又把它做现代反讽式的处理；旧戏台的道具不是写实的，而人物也
都是神话传奇式的角色（但并不排除人物本身行为和心理的写实性）；
张爱玲的短篇小说都像是一台台的戏，所以手法也不全是写实的，象
征意味甚浓。她非常注重舞台上的细节（detail），周蕾曾在一本书中
把这种细节和张爱玲的"女性"艺术联系在一起，❶ 但张爱玲的"女性"
艺术精神又是什么？我觉得在谈女性主义之前，恐怕还是要先谈谈张
爱玲艺术上的现代性，因为她在细节的布置上融入了不少时间和历史
的反思，而这种反思的方式绝对超出中国戏曲的传统模式。换言之，
张爱玲小说的戏台所造成的是一种"间离效果"：它不但使有些人物和
他们的历史环境之间产生疏离感，而且也使观众（读者）和小说世界
之间产生距离。这个距离的营造就是张爱玲的叙事手法，是十分现代的：
在故事开头往往提供一个观点，而在故事进行过程中处处不忘把景观
的细节变成叙事者评论的对象；有时把东西拟人化，而更惯用的手法
却是把人身的部分——如嘴唇、眼睛、手臂——"物质化"，使我们阅
读时感受到一种观看电影特写的形象的乐趣。有时候，我们不仅在观
看人体，也同时在窥视人身内部的心理。

　　张爱玲小说中有些"道具"——如屏风、旧照片、胡琴、镜子——
都具有新旧重叠的反讽意义：它从现代的时间感中隔离出来，又使人
从现代追溯回去，但又无法完全追溯得到。我们似乎在这些小物品中
感觉到时间过程，但它又分明地放置在现代生活的环境里，甚至造成
一些情绪上的波动和不安。那么，这种不安的原因又何在？我认为张

---

❶ Rey Chow，*Woman and Chinese Modernity*，Chapter4.

爱玲小说中所道出的是好几层故事：人物在日常生活中的悲欢离合当然是最表层的，而这个表层的故事也不外是悲欢离合，和旧小说无大差异。然而当我们再检视这个日常生活的背景，就不难发现另外一个层次——我称之为前景和背景的重叠和交错。张爱玲小说中的人物几乎都是放在前景，但这些人的行为举止和心理变迁却往往是在一个特定的背景前展开的，而这个特定的背景就隐藏了历史，是现代的，而不是旧戏中的古代。譬如《封锁》这个故事，男女在电车中相逢相爱，电车停止是因为日本人占领上海时期的封锁，这种战争时期的做法，当然是特定历史条件下的产物。一般写实或革命小说会把这个抗日的历史背景渲染得很厉害，甚至变成前景；但是张爱玲却把它淡淡几笔交代进去，而更着力于描写这两个孤男寡女在一个静止的时空中间所爆发的感情，这是现实生活中很难发生的事，但又那么自然地发生了！这是张爱玲把写实和传奇两种模式交融在一起的技巧，使我们感到一个平凡的爱情故事的可贵。如果只有前景而没有背景——把故事放在无固定指涉的时空——它的"苍凉"效果也可能大减。

张爱玲的小说中我认为最具有"时代性"的矛盾意义——也就是用"传奇"的艺术手法来反述历史——的作品是《倾城之恋》。这篇小说一开头就把时间放进故事的情境里：

> 上海为了"节省天光"，将所有的时钟都拨快了一小时，然而白公馆里说："我们用的是老钟。"他们的十点钟是人家的十一点。他们唱歌唱走了板，跟不上生命的胡琴。
>
> 胡琴咿咿哑哑拉着，在万盏灯的夜晚，拉过来又拉过去，说

不尽的苍凉的故事——不问也罢！ **❶**

　　所以，故事和历史，在张爱玲的小说世界中显然是互相冲突的，之所以称为"传奇"，就是因为故事可以拉过来又拉过去，可以超越时间和历史。所以这篇小说中的两个主角都不尽写实，而是传奇性的人物。如果说他们之间的爱情游戏是故事的前景，那么这个前景的背后却含蕴了一个复杂的"背景"——我认为它是神话和历史的交织，但神话却又处处冲出历史背景的约束。这两种背景的交织最突出的意象表现是范柳原和白流苏在浅水湾碰到的一堵"灰砖砌成的墙"，这是一段极具象征意义的描述：

　　　　柳原靠在墙上，流苏也就靠在墙上，一眼看上去，那堵墙极高，望不见边。墙是冷而粗糙，死的颜色。……柳原看着她道："这堵墙，不知为什么使我想起地老天荒那一类的话。……有一天，我们的文明整个的毁掉了，什么都完了——烧完了，炸完了，坍完了。也许还剩下这堵墙。流苏，如果我们那时候在这墙根底下遇见了……流苏，也许你会对我有一点真心，也许我会对你有一点真心。" **❷**

　　我们仔细研究这一段描述，不难发现这是和张爱玲在《传奇》再版自序中的两句话呼应的："将来的荒原下，断瓦颓垣里，只有蹦蹦戏花旦这样的女人，她能够夷然地活下去……" **❸** 这断瓦颓垣的意义，正

❶　张爱玲：《倾城之恋》，《传奇》，第 58 页。
❷　张爱玲：《倾城之恋》，《传奇》，第 80—81 页。
❸　张爱玲：《倾城之恋》，《传奇》，第 351 页。

是张爱玲颓废艺术的精神所在，它又使我们忆起《红楼梦》中的断瓦残垣。在这个抒情时辰中，柳原悟到的是一个超越时代的神话（从写实立场而言，他这样的浮华公子是想不出这种哲理的），整个文明的毁灭，是一个反文明、反进步的世纪末式的幻想；而将来的荒原却又使他想起地老天荒的那一类话——当我们读到这四个字，自然会加上三个字来补足这一句诗：地老天荒不了情！所以，这句话的意义不是此情不渝直到永久，而是只有在文明毁灭后的地老天荒的"荒原"（张爱玲应该知道艾略特的名诗）才会产生真正的不了情，这岂不是"颓废"的最佳意义？！而真正有不了情的人，我想不会是范柳原这样的男人，而是"蹦蹦戏花旦这样的女人"；所以白流苏这个角色，也像是人生舞台（蹦蹦戏）上的一个花旦，这一层的象征意义非常完整。因此，当真正的历史——日本炮轰香港——在故事中展开后，它非但没有把这对情侣拆散（革命小说或传统言情小说一定会如此），反而成全了他们的婚姻，这当然是极端反讽的：传奇终于"战胜"了历史，所以故事最后的评述就很顺理成章了，也更反讽地点出了"倾城"之恋的现代意义（与古代的一顾倾城、再顾倾国的传统意义恰好相反）：

> 香港的陷落成全了她。但是在这不可理喻的世界里，谁知道什么是因，什么是果？谁知道呢？也许就因为要成全她，一个大都市倾覆了。成千上万的人死去，成千上万的人痛苦着，跟着是惊天动地的大改革……流苏并不觉得她在历史上的地位有什么微妙之点。……
>
> 传奇里的倾国倾城的人大抵如此。❶

---

❶ 张爱玲：《倾城之恋》，《传奇》，第105—106页。

　　这真是一段妙不可言的结尾，它完全达成了张爱玲在卷首所谓的"在传奇里面寻找普通人，在普通人里寻找传奇"的艺术目的。

　　如果从历史的眼光再把颓废的故事演下去，张爱玲所说的"惊天动地的大改革"，仿佛臆测的就是中国革命，而成千上万的人（又岂止成千上万）真的已经死去。终于到了 20 世纪之末，距《倾城之恋》又过了半个世纪了，我们真的也面临整个文明毁灭的危险。甚至西方所有"后现代"的理论，似乎都在否定历史。那么，在 20 世纪末谈颓废，其意义又何在？

　　我不禁又想到台湾出版的一本书《世纪末的华丽》，这本书的作者朱天文显然熟读过张爱玲的小说，否则怎么会产生如此绝妙的臆想？在这个故事的结尾，我们看到另一个白流苏——一个后现代的米亚，生活在一个和时间竞赛却也有瞬即过时危险的时装世界里，她最后的臆想，总算回答了范柳原，甚至所有男人的问题：文明毁掉了以后是否还会有真情？年老色衰，米亚有好手艺足以养活自己。湖泊幽邃无底洞之蓝告诉她，有一天男人用理论与制度建立起的世界会倒塌，她将以嗅觉和颜色的记忆存活，从这里并予之重建。❶

---

❶　朱天文：《世纪末的华丽》，台北：远流出版公司，1992，第 192 页。

不了情：张爱玲和电影

张爱玲的小说《多少恨》是这么开始的：

> 现代的电影院本是最廉价的王宫，全部是玻璃，丝绒，仿云石的伟大结构。这一家，一进门地下是淡乳黄的；这地方整个的像一只黄色玻璃杯放大了千万倍，特别有那样一种光闪闪的幻丽洁净。电影已经开映多时，穿堂里空荡荡的，冷落了下来，便成了宫怨的场面，遥遥听见别殿的箫鼓。

这一段精彩的描写，俨然像一幅电影场景——既然是以电影院为背景，在小说叙事上则成了巧妙的自我指涉，《多少恨》原来就是根据张爱玲编的一出电影剧本《不了情》改写的，所以更成了文学、电影两种文体的双重互相指涉，从而衍生出来的一部通俗小说。如果我们把这段描写作为一种电影式的联想分析，这家现代电影院的意象则是一幢玻璃王宫——令人想起童话"玻璃鞋"仙履奇缘的故事——而其基调是乳黄色的；"像一只黄色玻璃杯放大了千万倍"，这一层层玻璃意象的堆砌，在文字上似乎并不太明显，但在电影手法上，就可以作蒙太奇式的呈现了，譬如用希区柯克式的大前景镜头先"推"入影院门口，然后转接或"溶入"玻璃、丝绒、仿云石的内景，最后则可把"黄色玻璃"放大变形（distortion），用一种特殊镜头……

我的这一串电影联想，想不至于太过唐突，因为故事本从电影院开始。而电影院本来就是"最廉价的王宫"——通俗的娱乐场所。换言之，张爱玲在本篇中所采用的通俗小说形式和技巧，已经融会了通俗电影的手法，而这篇小说中的人物，也附带地添上一层电影角色的"幻丽洁净"。女主角虞家茵的登场，用的也是一种电影手法（括弧里我试着加上镜头）：

　　（远景，镜头由上往下拉）迎面高高竖起了下期预告的五彩广告牌，下面簇拥掩映着一些棕榈盆栽，立体式的圆座子，张灯结彩，堆得像个菊花山。上面涌现出一个剪出的巨大女像，女人含着眼泪。（中景，镜头跟着人物）另有一个较小的悲剧人物，渺小得多的，在那广告底徘徊着，是虞家茵，穿着黑大衣，乱纷纷的青丝发两边分披下来（此时镜头转为特写），脸色如同红灯映雪。

然而，走笔（或"走镜"）至此，我们却又发现一个难题——张爱玲对于虞家茵的美的描写，是一般电影手法无法表现的："她那种美看着仿佛就是年轻的缘故，然而实在是因为她那圆柔的脸上，眉目五官不知怎么的合在一起，正如一切年轻人的愿望，而一个心愿永远是年轻的，一个心愿也总有一点可怜。"这段话可谓典型的张爱玲笔法，她把一张女人的脸先做文学式的解构，然后又把它引申成一种年轻人的愿望，这一种"跳接"，仅仅以"正如"两个字就那么轻而易举地带过去了，而"正如"后面的句子，是无法用电影的视觉手法来表现的。当然，可以用幕后旁白，但是张爱玲的某些叙述或评论式的句子念起来似乎有点做作，和她的道白句子的自然写实恰成对比。譬如下面的句子就很难成为旁白：

> 她独自一个人的时候，小而秀的眼睛里便露出一种执着的悲苦的神气。为什么眼睛里有这样悲哀呢？她能够经过多少事呢？可是悲哀会来的，会来的。

换言之，用一句普通话来说，张爱玲小说中的"文学味"仍然十足，并不能用电影的视觉语言来代替，特别是她所独有的"寓言"（metaphor）式笔法。即使在这篇小说的第一段，明眼的读者就不难发现，她可以把电影院空荡荡的穿堂，"冷落了下来"之后，一走笔"便成了宫怨场面，遥遥听见别殿的箫鼓"，一瞬间就从现代回到古代，从电影院回到汉唐的宫殿。（电影怎么拍？）我们甚至想到那些无数被打落冷宫的宫女（也许已早生白发），在悄悄听着别殿的歌舞作乐的声音；唐明皇又在吹箫击鼓了，旁边斜倚着半裸的杨贵妃……

当然，张爱玲的这段寓言式的描述，似乎也别有用意，为女主角在故事中的地位略作暗示：她的悲哀，何尝不像唐朝宫女的"宫怨"？然而她毕竟是一个现代女子，不愿意做商人之妾。她和夏宗豫的邂逅是在这家玻璃王宫电影院，但是她毕竟不能回归传统，而他也使君有妇，宫中有人，她终于不听父亲势利的劝告做他的姨太太而忍痛离开。而从现代人的思想论之，虞家茵还是太过以男人为中心，不够独立，更不像五四时期所标榜的娜拉典范。

张爱玲自称她对于通俗小说"一直有一种难言的爱好；那些不用多加解释的人物，他们的悲欢离合。如果说是太浅薄，不够深入，那么，浮雕也一样是艺术呀"。什么是浮雕式的小说？如果"深入"是指心理深度的话，没有深度的、浮雕式的悲欢离合又怎么写？这一个问题本身，看来浮浅，但我认为对研究通俗小说和通俗媒体——电影——是至关重要的。

　　如果要研究"通俗性"的问题，势必牵涉到读者或观众。最简单的说法是：作者在创作的过程中处处考虑到读者的口味，而非如现代主义的作者可以是一个天才，可以"独创"出一己的艺术世界，可以不顾读者，甚至以作品的难懂来揶揄或震撼读者。然而，通俗式的写法并不一定要处处迎合读者的低级趣味。张爱玲在《论写作》一文中就提到："存心迎合低级趣味的人，多半是自处甚高，不把读者看在眼里。"她认为要迎合读者的心理，办法不外两条："（一）说人家所要说的，（二）说人家所要听的。"然而，说来容易，做起来却不简单，因为它牵涉到一个"集体"（人家）的阅读习惯问题，而阅读习惯和一个时代的文化背景和文类（genres）有关。文类是经由作者创出来的，经过读者接受而"通俗"以后，其本身也产生一种常规，后来的作者往往以此常规作为典范继续翻版下去。张爱玲深得此中奥妙："将自己归入读者群中去，自然知道他们所要的是什么。要什么，就给他们什么，此外再多给他们一点别的——作者有什么可给的，就拿出来……作者可以尽量给他所能给的，读者尽量拿他所能拿的。"就以小说而言，张爱玲深知通俗小说的常规，就是故事性；除此之外，她还特别强调戏剧性："戏剧就是冲突，就是磨难，就是麻烦"，而"快乐这东西是缺乏兴味的——尤其是他人的快乐"。换言之，阅读通俗小说可能是一种快乐和乐趣，但必须建立在别人的冲突、磨难和烦恼上。所谓悲欢离合，可以说是晚清以来所有通俗小说的故事常规，其"戏剧性"往往从悲和离出发，或生离死别，或悲离之后经过种种磨难才最终来一个大团圆的欢合。悲欢离合这个故事模子最不可或缺的因素就是"情"，但用之不当就容易流入煽情，张爱玲把英文单词 sentimental 译作"三地门搭儿"，它对读者和观众的直接效用就是涕泪交零——一把鼻涕一把眼泪。

然而张爱玲的小说显然并没有落入这个涕泪交零的俗套，她的故事"俗"而不"套"，正因为她多给了读者一点别的。但这一点"别的"是什么？一般研究张爱玲的学者都提到她独特的语言和人物刻画的心理深度，此处不拟多说。我想要探讨的是张爱玲的另一面：她如何结合两种完全不同的通俗文类——中国旧小说和好莱坞出产的新电影——从而创出新文体。兹先从电影谈起。

周蕾最近出版了一本有关电影的新书 ❶，在该书第一章中她特别提到这一种新的视觉媒体往往不为五四作家所重视，而研究中国现代文学的学者亦复如此。这个说法，用以批判中国自古以来"文"以载道的传统——文字才是正统——是一针见血的。周蕾也提到：五四以后，不少作家在写作中用了电影手法而不自觉，仍奉文字艺术为圭臬。到了三四十年代，上海的都市作家才开始重视电影，有些人——譬如"新感觉派"的刘呐鸥和穆时英——特别嗜爱电影，非但在其作品中运用大量电影技巧（譬如穆时英的《上海的狐步舞》），而且对电影美学都颇有研究，后来也从事电影工作，可谓为张爱玲开了先锋。然而二人的作品，似乎太过洋化，内中的电影技巧直接从好莱坞电影照搬过来，此处不能详论。张爱玲的特长是：她把好莱坞的电影技巧吸收之后，变成了自己的文体，并且和中国传统小说的叙事技巧结合得天衣无缝。这就牵涉到她对这两种艺术——电影和小说——本身的了解问题。

张爱玲写过不少中英文影评文章，也编了几个电影剧本，这是众

---

❶ Rey Chow, *Primitive Passions: Visuality, Sexuality, Ethnography, and Contemporary Chinese Cinema* (New York: Columbia University Press, 1995), Part 1.

所周知的"史实"。从这些历史资料——特别是郑树森教授的研究成果 ❶——可以看出，张爱玲十分熟悉20世纪30年代好莱坞的爱情"谐闹喜剧"（screwball comedy）。根据郑树森的研究分析，这种喜剧的特色，"就是对中产（或大富）人家的家庭纠纷或感情纠葛，不加粉饰，以略微超脱的态度，嘲弄剖析。情节的偶然巧合和对话的诙谐机智，在这类作品里，也是不可或缺的要素"。张爱玲编剧的《太太万岁》，就是借鉴于此。郑树森又指出"是否借鉴在艺术创作上原难落实"，况且《太太万岁》也"掺杂一些三十年代中国电影常见的题旨，例如婆媳摩擦、亲友势利、见异思迁等"。这些皆是不争的洞见。我只能再补充一两点意见。

好莱坞20世纪三四十年代出品的这种"谐闹喜剧"电影，有的格调甚高，其喜剧效果不在插科打诨，而是借重对话的文雅和机智，斯特奇斯（Preston Sturges）导演的作品更是如此。除此之外，这种喜剧多以大都会（譬如纽约或费城）为背景，不论在布景、服装和人物举止谈吐上都有相当程度的世故（sophistication），我认为正符合张爱玲本人的都市女性的气质和品位。然而张似乎更关心比中产或大富阶级更低一层的小市民，或逐渐没落的中产或大富阶级（如《金锁记》），所以颇自觉地在她的人物身上加上一点温情，而这种温情，是斯特奇斯式的好莱坞喜剧绝无仅有的。张爱玲又把这种温情落实在以家庭为轴心的中国日常生活中，所以人物之间的冲突和摩擦，完全是出自中国伦理道德，而剧情的发展（包括情节的偶合）也颇似中国通俗小说。但是，张爱玲毕竟又多给了一点别的：她采取了一个"略微超脱的态度"，在嘲弄剖析的叙事语言中加了一些电影蒙太奇的意象，使得读者在阅

❶ 郑树森：《从现代到当代》，台北：三民书局，1994，辑二。

读过程中似乎看到了更多的东西。换言之，不论她的小说前身是否为电影剧本，我们似乎在脑海中看到不少电影场面，也就是说她的文字兼具了一种视觉上的魅力。此处且以大家最熟悉的《倾城之恋》为例子略加分析。

我认为这篇小说是中国"才子佳人"的通俗模式和好莱坞喜剧中的机智诙谐及"上等的调情"的混合品。故事一开始就是一个电影镜头，背景音乐是胡琴的咿咿哑哑，银幕上出现的应当是一个由伶人扮演的光艳袭人的女子，"长长的红胭脂夹住琼瑶鼻，唱了，笑了，袖子挡住了嘴……"这个意象和气氛，四十年后在香港导演关锦鹏的《胭脂扣》一片的开场似乎看到了三分，而许鞍华拍的《倾城之恋》反而毫无张爱玲的意味。张爱玲显然是把这个爱情故事作为一种"传奇"戏曲的形式呈现，但表现出来的却像一部电影。故事中白流苏的几场戏，完全是电影镜头。

故事开始不久，受三爷和四奶揶揄后，"流苏突然叫了一声，掩住自己的眼睛，跌跌冲冲往楼上爬……上了楼，到了自己的屋子里，她开了灯，扑在穿衣镜上，端详她自己。……阳台上，四爷又拉起胡琴来了。依着那抑扬顿挫的调子，流苏不由的偏着头，微微飞了个眼风，做了个手势。她对着镜子表演……她向左走了几步，又向右走了几步……她忽然笑了——阴阴的，不怀好意的一笑，那音乐便戛然而止"。

这一段白流苏在镜子前水仙花式的自哀自怜的整套动作，都像在演戏，难怪范柳原后来说："你看上去不像这世界上的人。你有许多小动作，有一种罗曼蒂克的气氛，很像唱京戏。"但这场戏的主要道具是镜子，指涉的是电影，不是京戏。

张爱玲在小说中特喜用镜子，当然令人联想到中国旧小说中的镜花水月。然而，镜子更是好莱坞电影中惯用的道具，女主角在镜前搔首弄姿，而摄影机在她身后拍摄，镜头对着镜子而不露痕迹，原是好莱坞电影发明的技巧。张爱玲在故事中段另一场旅店幽会的情景描写，也以镜子为中心，场景调度的用心处处可见：

> 海上毕竟有点月意，映到窗子里来，那薄薄的光就照亮了镜子。（此处灯光照明要特别柔和！）流苏慢腾腾摘下了发网，把头发一搅，搅乱了（像是好莱坞女明星——如嘉宝——的动作），夹叉叮吟当啷掉下地来。……柳原已经光着脚走到她后面（特写先照着他的脚），一只手搁在她头上，把她的脸倒扳了过来，吻她的嘴（又是好莱坞的招式）。发网滑下地去了。……流苏觉得她的溜溜转了个圈子（镜头可作三百六十度摇转），倒在镜子上，背心紧紧抵着冰冷的镜子。（镜头跟着推进）他的嘴始终没有离开过她的嘴（依当时好莱坞电影的习惯拍法，此处可以用近景但不宜用大特写）。他还把她往镜子上推，他们似乎是跌到镜子里面（最好用特技，把镜面变成水波，两人由此跌到镜湖中；法国导演柯克托曾在他的《奥菲》一片中用过类似的镜头），另一个昏昏的世界里去了（柯克托就是用此手法使奥菲进入另一个世界），凉的凉，烫的烫，野火花直烧上身来（这句情欲的隐喻，以当时的电影尺度，恐怕无法拍，只好以"溶出"或"淡出"结束这一场戏）。

傅雷在他的那篇名作《论张爱玲的小说》一文中，曾对《倾城之恋》有下列的批评："几乎占到二分之一篇幅的调情，尽是些玩世不恭的享乐主义者的精神游戏；尽管那么机巧、文雅、风趣，终究是精炼到近乎病态的社会产物。"如果说这种玩世不恭的享乐游戏得自好莱坞"谐闹喜剧"的灵感，是值得批评的话，我们甚至可以进一步把这种"仿效"

（mimicry）视为一种被殖民种族对殖民文化的臣服表现，越是表现得惟妙惟肖，越显露出小说中的被殖民心态。而好莱坞电影在上海的盛行，也可以说是西方殖民主义对中国文化的摧残和"物化"的例证。如以"第三世界"反殖民论述立场视之，则更应该强调"第三世界电影"的模式与好莱坞模式的大相径庭，前者是自然的、纪录写实的，后者却是以纯熟的电影技巧创造出一个假象或幻想的现实世界，以此引观众上钩。

如果用这种意识形态的尺度来衡量，《倾城之恋》这部作品——不论作为小说或电影来看——都是要不得的。而大部分张爱玲的作品，用傅雷的话说，描写的都是"遗老遗少和小资产阶级，全部为男女问题这恶梦所苦。恶梦中老是淫雨连绵的秋天，潮腻腻的，灰暗，肮脏，窒息与腐烂的气味，像是病人临终的房间。……她阴沉的篇幅里，时时渗入轻松的笔调，俏皮的口吻，好比一些闪烁的磷火，教人分不清这微光是黄昏还是曙色"。傅雷的这几句话，可以说比后来左派的任何批评文字都精彩，而最后的磷光譬喻——教人分不清这微光是黄昏还是曙色——更是神来之笔，令人想起意大利左派知识分子葛兰西（Gramsci）的名句："旧的已死，而新的却痛不欲生。"这句话后来被另一个左派导演约瑟夫·罗西（Joseph Losey）引用，把它放在罗西导演的歌剧影片——莫扎特的《唐·乔万尼》——的片首作为题辞。似乎没一个现代艺术家（更遑论意大利的几位著名的左翼导演，从维斯康蒂到贝托鲁奇）不心慕"青黄不接"——不知是黄昏还是曙色——的时代，张爱玲何尝不是如此？所以她常用苍凉、苍茫等字眼；她知道身处的是一个青黄不接的动乱的时代，"将来的平安，来到的时候已经不是我们的了，我们只能各人就近求得自己平安"。我想张爱玲把自己的小说题名"新传奇"，意义就在于此，它所展露的是一种世纪末的华丽，一种浮华的喜剧，所以"没有悲剧的严肃、崇高和宿命性"。《倾城之恋》正是这个浮华世界的代表作。

从这个角度来看，张爱玲借鉴好莱坞喜剧电影的手法，非但不影响其艺术成就，而且恰相匹配，相得益彰，因为她的"传奇"也是一种神话，并以之超越历史的局限，正像20世纪三四十年代好莱坞的喜剧电影和歌舞片一样，塑造的也是一个神话，却以之来逃避现实（20世纪30年代初美国经济大不景气，所以柏克莱所导演的歌舞片特别流行，美女如云，场面豪华，以补偿对现实的不满）。然而，好莱坞的这类影片浮华玩世有余，却缺乏一种内在的感情因素，而张爱玲之能吸引大批中国通俗读者，恰在于她小说中的感情内涵。这种感情，出自《红楼梦》以降的言情小说，而在她那个时代真正得其真传的反而不是五四的浪漫作家，而是像周瘦鹃这种鸳鸯蝴蝶派人物，张爱玲的第一篇小说就刊登在周瘦鹃所编的《紫罗兰》杂志上。列位看官可知道这本杂志何以以《紫罗兰》为名？因为周瘦鹃要纪念他一辈子最挚爱（但未成婚）的一个女友，她的英文名字就叫作 Violet——紫罗兰！周也是一个影迷，曾经写过不少电影文章，也可能是当时上海电影院所分发的西片说明书的执笔者之一，而当时不少好莱坞影片片名的中译，都颇带点中国旧诗词的古风，譬如《魂断蓝桥》《恨不相逢未嫁时》《一曲难忘》（原是一部描写肖邦的音乐片，后来张爱玲在港编剧的一部喜剧片亦袭用此名）。

所以，我在此要做一个大胆的推论：鸳鸯蝴蝶派的通俗小说和好莱坞的某些言情和喜剧电影，在当时的上海同受观众、读者欢迎，是有其共通的原因的，而不少读者可能先看了旧式的通俗小说后，以其既有的阅读习惯去看好莱坞电影，西片中有"合乎国情"的，讲悲欢离合的，似乎更受欢迎。但把西片改编成国产片的时候，正如郑树森所说，则更掺杂一些家庭伦理成分，例如婆媳摩擦、亲友势利、见异思迁等。张爱玲当然更得内中奥妙，《多少恨》和《倾城之恋》的前半部，都有这种掺杂的成分。

然而，前面说过：中国旧小说中最显著的特色，也是大部分好莱坞电影所欠缺的，就是一个"情"字——从男女之情，到亲情、友情、情欲，以至于情与色、情与理等等关系，无所不包。而张爱玲小说中的情的内涵，更是超过了一般旧小说中的"煽情"（sentimentalism）。因此，我必须再从《倾城之恋》之中举一个例子。

《倾城之恋》中最关键的一场戏是：柳原和流苏从浅水湾饭店走过去在桥边看到一堵灰砖砌成的墙壁，"柳原靠在墙上，流苏也就靠在墙上，一眼看上去，那堵墙极高极高，望不见边。墙是冷而粗糙，死的颜色"。这堵墙显然是一个重要的意象，甚至象征一个苍老的文明，不禁使我联想到《红楼梦》第二十三回黛玉初听《牡丹亭》"原来姹紫嫣红开遍，似这般，都付与断井颓垣……"的句子，下面一句是："良辰美景奈何天，赏心乐事谁家院。"林黛玉感伤的这两句所意味的正是好景无常，而《倾城之恋》中的灰墙，则可以说是一个"好景无常"之后的象征显现，怪不得柳原虽不懂古书却突然想到地老天荒不了情那一类的话。

事实上，张爱玲是借了柳原之口来探讨情的真义，所以她要柳原引用《诗经》上的句子向流苏求爱："死生契阔——与子相悦，执子之手，与子偕老。"希望在地老天荒之后仍能求得此情不渝。他的话虽不合他早年留洋已不谙中文的身份，却是印证了这个故事的主旨：在一个大时代中的小人物如何处理"情"的问题。所以他又说："生与死与离别，都是大事。不由我们支配的……可是我们偏要说：'我永远和你在一起，我们一生一世都别离开。'——好像我们自己做得了主似的！"（这又像电影的台词）

　　傅雷对于这篇小说的批评，是基于一种高调文学的立场，注重的是文字和人物的真实性，所以他受不了取自好莱坞喜剧电影的技巧——"美丽的对话，真真假假的捉迷藏，都在心的浮面飘滑"。他也引了上面关于墙的片段，却斥之为大而无当的空洞。我想傅先生精通西洋文学，恐怕不见得喜欢看中国才子佳人式的旧小说，否则他不会不了解"悲欢离合"这个俗套的重要性。我想傅先生也不大喜欢看好莱坞的电影，否则他不会不了解这种电影的基本模式就是浪漫的"传奇"——一种渲染的幻象——而电影的魔力就在于能够"复制"幻象，使群众"入迷"（distraction，本雅明语）。《倾城之恋》这个故事就像是一个电影脚本，它故意虚构出一个现代才子佳人的传奇，令读者沉醉于扑朔迷离的浪漫世界之中，所以读起来脑海中呈现出一段接一段的电影场景，这种视觉上的愉悦，是一般小说家——包括鸳鸯蝴蝶派的作家——所达不到的。在好莱坞影史上，偶尔会有一两部根据文学名著而拍摄的影片，比原著更为伟大动人，最有名的例子当然是《乱世佳人》。《倾城之恋》的骨架也与《乱世佳人》相仿，甚至有异曲同工之处（譬如郝思嘉初遇白瑞德时的调情情节，就颇像流苏和柳原，二片皆以战乱为背景），不过，张爱玲技高一筹，她已经把想拍的电影放在小说里，因此使得她这种既有文字感又有视觉感的独特文体，很难再改拍成电影。《倾城之恋》毕竟比《多少恨》《不了情》更高明。

　　作为张爱玲的一个不太忠实的读者，她故世以后，我除了望（太平）洋兴叹之外，为了纪念她，只能不断重读《倾城之恋》，而终于逐渐在幻想中进入柳原的角色，为自己制造另一个水仙花式的电影幻象：

　　　　这天晚上，她回到房里来的时候，已经两点钟了。在浴室里晚妆既毕（我则有足够时间偷偷地爬到房中床上），熄了灯出来……

一脚绊在地板上的一双皮鞋上，差一点栽了一跤，正怪自己疏忽，没把鞋子收好，床上忽然有人笑道：（这是我的第一句台词，已经背得烂熟，但仍心跳不已）"别吓着了！是我的鞋。"流苏停了一会，问道："你来做什么？"（下一句我却念来念去总是念不好）柳原道："我一直想从你的窗户里看月亮。这边屋里比那边看得清楚些。"

香港：张爱玲笔下的"她者"

——张爱玲以香港为背景的小说与电影

> 我为上海人写了一本香港传奇……写的时候，无时无刻不想
> 到上海人，因为我是试着用上海人的观点来察看香港的。只有上
> 海人能够懂得我的文不达意的地方。

以上是张爱玲在一篇文章《到底是上海人》中的自白。半个世纪
后在香港再来品味这几句话，就会很自然地想到几个问题：什么是上
海人的观点？上海人眼光中的香港是什么？她文不达意之处难道只有
上海人才能够懂？香港人读来是否会发现更多文不达意的地方？她所
要表达的意义到底是什么？20世纪50年代后张爱玲自己也离开了上
海，并且为香港电影公司写了几部电影剧本，她是否仍用上海人的观
点来察看香港？

以上的这一连串问题，是我看了张爱玲编剧的三部影片试映后有
感而发的。这三部影片——《南北喜相逢》《情场如战场》和《小儿
女》——都是以香港为背景，然而我认为都比不上她编剧的《太太万岁》。
后者我是几年前看的，记不得背景是香港还是上海，但印象中讲的似
乎是上海的故事。张爱玲对上海的人和文化情有独钟，这是众人皆知、
无可置疑的事，但是如果没有香港的因素（如果《倾城之恋》的白流

苏和范柳原没有从上海到香港的浅水湾酒店谈恋爱的话），她的传奇故事是否同样的精彩？张爱玲作品中的"香港"到底要如何阐释？且让我从这三部旧片谈起。

《南北喜相逢》中人说的是南腔（广东话）北调（普通话），双方竟然完全听得懂，似乎不近情理。故事套自宋淇的《南北和》，但并未突出异乡人流落到香港的心态，换言之，如果把这个故事的背景搬到上海，以上海话和北京话作为"南北喜相逢"，也未尝不可。《情场如战场》的故事（原来改编自百老汇的喜剧《温柔陷阱》）主要发生在一幢别墅里，把这幢房子放在上海法租界的郊区，可能更适合。《小儿女》中的学校倒有香港风味，但故事又使我想起发生在上海的《哀乐中年》（这部影片虽挂名桑弧编导，但据郑树森的考证，极可能出自张爱玲手笔）。总而言之，这三部片子似乎仍然脱离不了上海的影子，或者说张爱玲把上海的小市民和有钱阶级的世界移植到了香港，也许这就是以上海人的观点看香港的典型手法。

然而也不尽然。我发现有几个场面是张爱玲的小说中所罕见的：《南北喜相逢》中梁醒波这个香港人男扮女装，权充美国归来的华侨富婆；《情场如战场》中的游泳池和两三次落水镜头；《小儿女》中尤敏乘船到外岛和最后那场墓地的暴风雨，这些似乎都是上海的公寓和弄堂生活中所不易发生的"怪"事。上海的天气不大会有暴风雨，这似乎是亚热带异国情调的特征之一，张爱玲看过的毛姆小说中比比皆是，暴风雨非但带来恐怖，也可以是情欲的前奏曲。上海虽是海港，但张爱玲作品中鲜有坐船到外岛的情节，上海的世界自成一体，不必去什么外岛，要不就干脆乘船到香港（而到了香港以后，老板们又要乘飞机去新加坡）。到外岛的意义是什么？在《小儿女》中两位女主角在外岛码头互诉真情，这是情节发展的关键，似乎只有在这化外之地才能有真理时刻（moment of truth）。至于游泳池的场景，除了抄袭好莱坞影片之外，恐怕也和上海和香港两地的天气有关；上海人常去公园，但很少有私家游泳池，而坐落在南加州洛杉矶的好莱坞，当然四季如春，制片家和大明星人人都在私家游泳池旁开派对。

倒是《南北喜相逢》中的男扮女装较为独特，说不定是张爱玲的创举，即使抄袭比利·怀德（Billy Wilder）的《热情似火》（杰克·莱蒙扮演的女角走红后，模仿的片子当然层出不穷），仍然饶有风味。妙的是它不但为喜剧名角梁醒波提供大展身手的机会（说不定就是为他而写），而且也把香港人喜剧化了，为什么不让这个男扮女装的角色说普通话和上海话？

我重读张爱玲以香港为背景的小说，竟然又有所发现。张爱玲的小说中，上海饭馆的描写很多，但以旅馆为重心的故事大都发生在香港，《倾城之恋》如此，《南北喜相逢》的结尾也在旅馆。是否旅馆的意象反映了人物的无根性或临时性？是否暗示了（从一个上海人的眼光看来）香港本身就是一家豪华旅馆？这不禁又引导我重读《沉香屑：第一炉香》。那一幢香港半山上的白房子，是葛薇龙自愿失身之处，其实是她姑母开的高级妓院，却是充满了神奇和荒诞的色彩，尤超过浅水湾大酒店。张爱玲在这篇小说中说"但是这里的中国，是西方人心目中的中国，荒诞、精巧、滑稽"——用现代的理论语言来说，就是一种特意自制的东方主义（Orientalism）。

张爱玲在《茉莉香片》中说："香港是一个华美的但是悲哀的城。"但她没有再细加引申：华美——是一种非道地中国（或上海，其实在张爱玲眼中上海就是中国）而极富东方主义色彩的华美，所以才会华美得荒诞；悲哀呢——也并非是她惯有的荒凉式的悲哀，而是一种近乎心理病的悲哀，一种压抑的欲望一旦爆发后无可收拾而造成的悲剧。

《茉莉香片》如此，《沉香屑：第二炉香》亦如此。当然，《沉香屑：第一炉香》和《倾城之恋》似乎都以喜剧终场，但我认为发生在香港的喜剧都是维持不久的，暴风雨终将到来，喜剧也会变成悲剧（所以，我也禁不住为《倾城之恋》写了一个悲哀的续集）。

香港的意义尚不止此。在上海的现实中不能发生的事，特别是关于性和欲望方面的事，都可以在香港发生，它的一草一木，似乎都充满了"异国情调"。《沉香屑：第一炉香》中的奇花异草，"色彩的强烈对照给予观众一种眩晕的不真实的感觉"，也只有在这种"奇幻的世界"中才可以尽情地表现肉体的欲望，甚至把弗洛伊德式的恋母嫉父情结（《茉莉香片》）或恋父嫉母情结（《心经》，故事发生在上海，但张爱玲却列入为上海人写的香港传奇之中），当然更有长期性压抑后的歇斯底里（《沉香屑：第二炉香》），都发挥得淋漓尽致。记得一位研究白先勇小说的年轻学者提出一个观点：在《纽约客》这个小说集中的故事，因为发生在异国，所以关于性的描写（包括同性恋）更直接大胆。这个说法似乎更适用于张爱玲的小说。《倾城之恋》可谓总其情和欲的大成：人到了香港，在酒店住下来以后，白流苏和范柳原非但可以眺望蓝色的海，而且可以在"野火花"树下尽情地调情。他们二人联合演出的几场戏，简直可以拍成好莱坞式的电影，或者说这些场景都是受到电影的影响和启发。好莱坞影片中有一种喜剧型，专门是以钓金龟婿为情节的，妙语如珠，但追求的是婚姻。最有名的例子是普雷斯顿·斯特奇斯的《淑女伊芙》（*The Lady Eve*），与《倾城之恋》的部分情节如出一辙，而张爱玲更胜一筹的是，那一场白流苏在梳妆镜前被范柳原拥吻的几个镜头——"他们似乎是跌到镜子里面，另一个昏昏的世界里去了，凉的凉，烫的烫，野火花直烧上身来"——把情、欲和张爱玲的苍凉美学汇为一炉，点出一个真正传奇的高潮。

走笔至此，恐怕拥护张爱玲的"张迷"们会说我大逆不道、胡言乱语了。干脆胡言到底，且借用当今欧美"胡人"理论家的时髦话语做个总结：如果上海是张爱玲的自身的话，香港就是她的"她者"（other），没有这个"异国情调"的"她者"，就不会显示出张爱玲如何才是上海人。

从《温柔陷阱》到《情场如战场》❶

——谈张爱玲的改编艺术

我妻和我都是张爱玲迷，有一天她问我：为什么张爱玲的小说中有不少是悲剧收场，但她写的电影剧本却鲜少悲剧，而以喜剧为多？当然最简单的回答是：为了顾及当年的票房价值和20世纪五六十年代香港电影观众的趣味取向，尤其是像《南北一家亲》（1962年）和《南北喜相逢》（1962年）之类的电懋公司影片。论者甚众，不必多谈。

但是张爱玲的电影剧本显然受美国好莱坞影片的影响甚大，张爱玲自己也是影迷，我想她必看过不少好莱坞喜剧片，不仅是20世纪三四十年代的"谐闹喜剧"，而且还有20世纪50年代的几部出色的"喜剧歌舞片"（musical comedies，其实歌舞片本身也不脱喜剧的类型），其中三部可能直接对张爱玲的第一部电影剧本《情场如战场》（1957年）有影响：《温柔陷阱》（*The Tender Trap*，1955年）、《愿嫁金龟婿》（*How to Marry a Millionaire*）和《绅士爱美人》（*Gentlemen Prefers Blondes*，后二片皆出品于1953年，而且皆由当年好莱坞性感女神玛丽莲·梦露

❶ 《情场如战场》已收入下列集子：

张爱玲：《张爱玲典藏全集》第十四卷，台北：皇冠，2001；张爱玲著，子通、亦清编：《张爱玲文集·补遗》，北京：中国华侨出版社，2002；张爱玲著，陈子善主编：《沉香》，天津：天津人民出版社，2005，其他收入剧本为《不了情》《太太万岁》《一曲难忘》和《伊凡生命中的一天》（内中《不了情》乃陈子善从影片中一字一句转抄出来，弥足珍贵）。

主演）。

　　张爱玲自称《情场如战场》（原名《情战》❶）的剧本改编自百老汇名剧、后来又搬上银幕的《温柔陷阱》，该剧原作者有两位：麦克斯·舒尔曼（Max Shulman）和罗伯特·保罗·史密斯（Robert Paul Smith）。电影剧本的改编者是朱里叶斯·爱泼斯坦（Julius Epstein）（原是《卡萨布兰卡》的编剧之一），导演是擅长此类影片的查尔斯·沃尔特斯（Charles Waiters，曾导过艾丝特·威廉斯主演的《简单爱》和改编自《费城故事》的歌舞片《上流社会》）。张爱玲只提到舒尔曼的名字，而她看的可能是舞台剧，1955 年秋她抵美，可能就在纽约百老汇看过此剧，也可能看过剧本，但是否看过 1955 年出品的《温柔陷阱》则不得而知。我之前只看过此剧的影片（据称颇忠于原著），却尚未看过剧本。我初步的结论是：张爱玲的灵感虽出于此剧，但不尽然，经她改写而成的《情场如战场》（1956 年），早已面目全非，内中反而有两部梦露影片的影子。且举一个最明显的例子：《情场如战场》中有一场戏，女主角（林黛饰）在游泳池旁边穿着游泳衣，展露全部曲线，又将“大腿完全裸露”的镜头，银幕上演的是林黛，但原型却是梦露和简·拉赛尔（Jane Russell），《绅士爱美人》中就有一场船上室内游泳池的歌舞镜头，简·拉赛尔曲线毕露和众男士——美国参加奥林匹克竞赛的游泳员——载歌载舞。

　　我是在近日重看这两部好莱坞影片的影碟后，才联想到张爱玲的《情场如战场》影片，不禁莞尔，遂把她写的剧本拿来重读。1998 年我曾经看过《情场如战场》影片，目前坊间却无影碟，不能重温，但记忆仍然是清晰而温馨的。

---

❶　剧本收入 1983 年 6 月台北皇冠文化出版有限公司出版的《惘然记》，才题《情场如战场》。不过据这一剧本所摄影片于 1957 年 5 月公映时即名为《情场如战场》。——编者注

我认为张爱玲的《情场如战场》剧本，非但不比舒尔曼的原著逊色，甚至尤有过之，至少主题较原剧开明得多。如从一个女性主义的立场看来，舒尔曼和史密斯则显得十分温情而保守，把一个坑弄女性的花花公子（"瘦皮猴"法兰克·辛纳屈饰）作为主角，而最终却被一个极保守的小女子——她只相信于短期内钓到一个好男人，然后结婚生子——所征服，几乎不近情理，而饰演女主角的黛比·露诺（Debbie Reynolds）在片中演一个在百老汇初试啼声的演员，竟然没有唱歌跳舞，"瘦皮猴"只唱了一首主题歌，实在令人失望。

我不知道张爱玲对此剧和影片的观感如何，又为何选择舒尔曼这出剧本改编，也许当年舒尔曼的名气不小，他写小说，后来又写过电视连续剧《学府趣事》（*The Affairs of Dobie Gillis*，1953 年），我看过几集，一无是处。当年张爱玲在作家营初识她的第二任丈夫赖雅时（1956 年），不知这位美国左翼作家、布莱希特的朋友如何看待舒尔曼的保守喜剧？

《温柔陷阱》片中的温情大部分来自花花公子的老友——一个中西部来的乡下佬（大卫·韦恩饰），而且已婚。他到纽约访友，糊里糊涂地爱上公子四周群芳中的另一位，倒是一位既美丽又世故的纽约女郎（西莱斯特·霍尔姆饰），她偏偏不受花花公子的垂青，和乡下佬日久生情。这一对情侣最终还是散了，因为乡下佬惦记着老婆，要回家！这显然反映了 20 世纪 50 年代美国文化的保守心态，以中西部的家庭代表美国中产阶级的价值；乡下女郎进城，除了找工作外，就是找一个适合的丈夫。妙的是这一套价值系统，早在 20 世纪三四十年代就被几部十分世故的"谐闹喜剧片"批判得体无完肤，名编剧家斯特奇斯是此中名手，乔治·库克导演的《费城故事》又是此中经典，张爱玲在上海时代可能也看过，《倾城之恋》就有这类喜剧的影子。我曾写过

专文讨论。❶

　　在这些以富人为主角的影片中，婚姻像是儿戏，只有再婚时，才了解幸福的真谛，一对欢喜冤家，不容外人插手，而往往以乡下佬为揶揄对象，最明显的例子就是《女友礼拜五》(*His Girl Friday*, 1940年)。

　　《温柔陷阱》则歌颂乡下佬的纯洁，除了大卫·韦恩（David Wayne）饰演的中西部来的朋友外，黛比·雷诺斯（Debbie Reynolds）演的年轻女郎的耿直，成了重点，竟然在"瘦皮猴"的诸般引诱之下不屈服而保持贞洁，最后竟能反客为主，让这个花花公子陷入她的"温柔陷阱"并与之成婚。我边看边摇头，这种缺乏幽默和世故的喜剧，实在乏味，还不如另两部同一类型的歌舞片《愿嫁金龟婿》（除玛丽莲·梦露外，真正主角却是劳伦·白考尔）和《绅士爱美人》，至少此二片把金钱放在首位，揭穿了《温柔陷阱》中的真正意涵：嫁人的目的不外经济上的安定。当然，舒尔曼在字里行间也对此略作讽刺，但最终还是被温情取代。

　　张爱玲改编而成的《情场如战场》，却把男主角之一陶文炳改成了一个"中产的写字间作者"，他要追求富家女叶纬芳，所以向他的朋友史榕生借用一幢郊外别墅约会，以显耀他的财富，却没想到这幢别墅正是纬芳的家，而史榕生是她的表哥。换言之，男女主角的角色颠倒了，而且把重点放在富人身上。我觉得张爱玲写此剧时说不定也看过《愿嫁金龟婿》，因为后者也是以三个女郎暂借一间豪华公寓来钓金龟的。

　　此剧与原剧唯一相似之处，就是"女人是主动者也是成功者"，❷但这个"主动者"的身份、背景、个性和取向则完全不同。我认为张

---

❶　李欧梵：《〈倾城之恋〉与〈费城故事〉》，香港《苹果日报》，2001年2月4日。

❷　周芬伶：《张爱玲与电影》，子通、亦清编：《张爱玲文集·补遗》。

爱玲塑造叶纬芳这个富家女的形象，表面上似是为林黛"度身订造"的，其实远超过当时香港观众的"喜剧想象"，反而从好莱坞的世故喜剧片得到更多的灵感。纬芳的任性与独立，和《费城故事》中的女主人翁相仿；她的玩弄男性，则又似《愿嫁金龟婿》和《绅士爱美人》（前者导演让·尼古拉斯科也是名编剧家，后者则由此中名手霍华德·霍克斯导演，他的另一部喜剧片《女友礼拜五》中的女主角更独立）。纬芳既是富家女，又"美艳，擅交际"；富家女的身份使她免于平庸低贱，而"交际花"的角色更似《愿嫁金龟婿》和《绅士爱美人》中的几个女主角，这类人物必须出自大都会的环境，也必须具备相当的世故（梦露在世故之中又显现天真，则是美国所谓"dumb blonde"的变形）。有了家世、金钱和世故，才有足够的本钱来玩弄男性，如果三样本钱中有一两样不足（譬如无钱、出身中产或贫穷家庭），则要装作有钱人去骗钱（《淑女伊芙》）和"钓金龟"。美国此类喜剧片每每把贫富悬殊的资本主义社会用另一种间接方式加以讽刺，也更加强调女主人公的自主性和主动性，中产阶级的观众看她玩弄有钱的笨男人，既会开心又觉得安慰，这才是喜剧片的真谛。其情节的类型也往往是两男或数男追一女，而非传统中国文化中的一男拥两女，譬如一妻一妾。

　　张爱玲把这个喜剧模式搬到 20 世纪 50 年代的香港，倒的确冒了一点风险，因为现实生活中的中国女性大多不会如此开放而独立，所以只好安排她在最后爱上表哥史榕生，这一段戏虽然情有可原，但却不符合这个角色和造型本质。在《情场如战场》影片中林黛虽使出浑身解数，但还是演不出这个彻头彻尾的"摩登女性"。在 20 世纪 30 年代的中国电影中，此种自由自主摩登女大多是舞女或交际花，出身高贵或富家的并不多，原因无他，30 年代的上海尚未到"高等资本主义"（high capitalism）的程度，50 年代的香港更是如此，还不算是国际大都市，也没有大批的单身女郎上班族，和50年代的纽约大异其趣。

然而20世纪五六十年代的电懋和邵氏公司出品的影片，抄袭好莱坞的甚多，也变成《情场如战场》改编纽约舞台剧的明显借口，但又如何能把这些美国式的人物和场景"本地化"？有了富家女必须有高贵的场景，于是发现青山真有一座别墅，可以作为外景，而原剧本的室内游泳池也变成在室外，这更符合好莱坞影片的模式。第十场文炳误跌入游泳池的戏，更是好莱坞喜剧片的俗套。纬芳在池畔卖弄肉体并不全是卖座噱头，《费城故事》中的凯瑟琳·赫本（Katharine Hepburn）和《上流社会》中演同一角色的格蕾丝·凯利（Grace Kelly），都有穿了泳装在露天游泳池畔展露身段的重要镜头。其实游泳池只不过是郊外别墅的一部分，是一个财富的象征，和衣橱内的高尔夫球棒、附近青山酒店举行的化装舞会同出一辙，然而这一系列的道具和场景皆出自好莱坞影片，和50年代香港的现实相去甚远，怎么办？

我认为张爱玲改编的方法就是在人物和情节上下功夫，再辅之以电影技巧，正如吴国坤在其一篇学术论文《香港电影半生缘：张爱玲的喜剧想象》❶中所言："在通俗电影的叙事框架下，剧作家放弃了迂回的人物心理描写，反而着重利用镜头角度和运动、时空的剪接，以及场面调度（mise-en-scene）去烘托人物的心态。"在《六月新娘》中如此，在《情场如战场》中亦是如此。可惜的是《情场如战场》的导演岳枫较《六月新娘》的唐煌保守，把几场男女机智风趣的对话改成男角向女角说教，大煞风景。郑树森在《张爱玲的两个片种》❷一文中早已指出，香港影

❶ 吴国坤：《香港电影半生缘：张爱玲的喜剧想象》，收录于上海张爱玲学术会议论文集。
❷ 郑树森：《张爱玲的两个片种》，《印刻文学生活志》二卷一期（2005年9月）。
郑树森：《张爱玲的电影艺术》，见苏伟贞编：《张爱玲的世界·续编》，台北：允晨出版社，2003。

评家林奕华亦论道：在林黛的星光掩照下，影片中所呈现的是一个淘气而俏皮的女明星，更甚于张爱玲原著中工于心计的"坏女人"。❶

　　这种工于心计的坏女人，在好莱坞电影中也早已有之，1957 年出品的《风流记者》(*Designing Woman*)，劳伦·白考尔主演，文森特·明奈利导演，张爱玲写此剧时大概还没有看过。但工于心计的女人典型，张爱玲并不陌生，早在《金锁记》中已展露无遗，关键是如何把她放在一个现代都市的场景中，这倒真要"调度"场景了。《情场如战场》片中的郊外别墅是一个绝佳的安排，因为是在郊外，所以顺理成章必须有汽车(第十四场)、游泳池花园(第二十四场)和走廊(第二十八场)，可以让陶文炳和何启华教授在此大打出手（这一场戏是名副其实的插科打诨，slapstick comedy，又是出自好莱坞电影）。但整个剧本的场景还是以客厅、卧室、饭厅等内景居大多数，可以在影棚中拍摄，方便得多，而这种内景场面当然出自舞台剧。在《温柔陷阱》中主要就是男主角的公寓 (bachelor's flat)，典型之至。张爱玲却把这些内景大多变成了家庭中钩心斗角的场面，更安排了数场纬芳、纬苓姐妹争风吃醋的情节，包括一个纬芳故意用缝衣的针刺痛姐姐的精彩场面 (第二十九场)，但拍片时被删，恐怕导演认为太过分了，因此也减弱了纬芳的"坏女人"和任性的一面。

　　《情场如战场》的原名是《情战》，所以"战场"的譬喻很明显，在这里爱情不是温柔"陷阱"，而是斗来斗去的"战场"，如果要斗得好，男女角色必须势均力敌。在这一方面，《温柔陷阱》实不足道，反而《费城故事》更佳，此片中非但有两对男女，而且有一场三个男人

❶ 林奕华：《片场如战场：当张爱玲遇上林黛》，见黄爱玲编《国泰故事》，香港：香港电影资料馆，2002。

在别墅的游泳池花园旁边大打出手的戏（却只打了一拳），是全片的高潮。相较之下，张爱玲在《情场如战场》片中安排一个教授人物和陶厚饰演的陶文炳打来打去，却不够精致，说不定这也是一个向商业妥协的行为吧。她的用意显然是在"情场追逐"：先是两男追一女，后来是女追男逃，追来追去才有戏。说不定这倒是得自《温柔陷阱》的灵感，因为内中的花花公子也被女人追，后来轮到他追女人却一无所获，勉强和女配角订婚，但又心不在焉，最后还是和更保守的女主角结婚。这个喜剧情节对张爱玲是否真有吸引力？我看不见得，张爱玲借用的只不过是追逐的场景，把一间别墅变成了"战场"，但对于纬芳为何会突然宣布喜欢表哥，却没有交待，可能也不必交待，因为喜剧的结构必须有一个赢家：纬芳必须在这场"战争"中最后得胜，如果最后连表哥也逃走了，岂不成了悲剧？

　　既然没有足够的心理动机描写，就更要注意"场面调度"，这大半是导演的责任，但编剧也插了手，指示了不少镜头调度的安排，如第一场的"特写""镜头拉过来，看蒸汽迷蒙的玻璃窗"，还有 L. S.（远景）和 M. S.（中景）等镜头标示，周芬伶认为这是在早期电影剧本中所没有的。甚至在第三十四场中榕生幻想做和尚的画面也加进镜头之中："画面上角现出一个圆圈，圈内另一个榕生已剃光头……"榕生转身走，"上方的圆圈缓缓相随"——这套"超现实"式的想象镜头，可能出自默片，但我不记得该片中是否引用。我读过的两篇评论《情场如战场》文章中，观点恰好相反，林奕华持批判态度，认为此片是向林黛和商业趣味妥协之作，而周芬伶则认为张爱玲在小说中不能施展的喜剧才华，反而在电影中施展无遗，而且"剧情紧凑，节奏明朗，充满悬疑……戏里充满爱的狂想和猜疑，怪不得叫做《情场如战场》"。❶ 我较为接近周芬伶的看法，反而觉得此片导演并不能体会剧本的妙处和那股轻松如狂想曲的节奏，但我认为电影不尽成功，这反而是导演的过失，如果换上刘别谦（Ernst Lubitsch），情况又会大不相同。也许我对好莱坞喜剧片也痴迷过度，才会写出这篇文章。

❶ 周芬伶：《张爱玲与电影》，子通、亦清编：《张爱玲文集·补遗》，第322页。

苍凉的启示

在报上看到张爱玲去世的消息和她的遗嘱，内中几个字附有英文，竟然排版时拼错了，但我仍可猜出原意：她要把自己的骨灰洒在任何荒野的地方（desolate spot）。这个字眼是所有的"张迷"所熟知的，desolate 表面上指的当然是荒野之地，但它内在的意义何尝不就是张爱玲所最喜欢的"苍凉"？

苍凉的意义究竟何在？

张爱玲在《自己的文章》中写得很清楚：

> 力是快乐的，美却是悲哀的，两者不能独立存在。……我不喜欢壮烈，我是喜欢悲壮，更喜欢苍凉。壮烈只有力，没有美，似乎缺少人性。悲壮则如大红大绿的配色，是一种强烈的对照。但它的刺激性还是大于启发性。苍凉之所以有更深长的回味，就因为它像葱绿配桃红，是一种参差的对照。

她喜欢用"参差对照"的写法来写小说。这种对照并不强烈，而是一种日常生活中的对比："极端病态与极端觉悟的人究竟不多。时代是这么沉重，不容那么容易就大彻大悟。"所以她的小说里，除了《金锁记》里的曹七巧，"全是些不彻底的人物。他们不是英雄，他们可是这时代的广大的负荷者。因为他们虽然不彻底，但究竟是认真的。他们没有悲壮，只有苍凉。悲壮是一种完成，而苍凉则是一种启示"。

这一段话我曾在课堂上讲述，而且还是在洛杉矶加州大学的课堂上——一门专门研究张爱玲小说的课。当然，我知道她长住洛杉矶，但却不知道住得那么近！我虽不能算作"张迷"或张爱玲专家，却在她的小说中得到许多启示。启示之一就是张爱玲一直在写世纪末的主题，而别的作家，特别是革命作家，却拼命在"时代的浪尖"上摇旗呐喊，展望光明的未来。然而这种 20 世纪中国的雄伟壮烈的乌托邦心态，终于经过几段悲壮的集体经历而回归"苍凉"。唯独张爱玲看得开，她从不相信"历史的洪流"，却从日常生活的小人物世界创造了另一种"新传奇"。时代可以像"影子似的沉没下去"，但张爱玲的小说艺术，却像神话一般，经过一代代的海峡两岸作者和读者的爱戴、诠释、模仿、批评和再发现而永垂不朽。

我想，当张爱玲一个人在她那间没有家具的公寓中冥思时，当会深深感受到"苍凉"的可贵。昔时的上海早已随波而去，而两相对照之下，今生今世似乎也"有点儿不对，不对到恐怖的程度"。电视机上每天播放着审判辛普森谋杀案的荒唐闹剧；室外到处是汽车，在几条漫无边际的"自由道"上呼啸而去；远处的警车和救护车上的尖笛刺耳，扰人清梦。唉！这又如何作一种"参差的对照"呢？室内的静和寂仍然敌不过室外的力和动。

干脆仰卧地上，裹着毯子，一眠不起。

1995 年 9 月 17 日

张爱玲与好莱坞电影

很多学者都曾经讨论过张爱玲电影与好莱坞电影的关系问题，包括我自己。借用陈子善先生的话来说是"永远的张爱玲"，我们研究张爱玲，还是有很多东西可以挖掘。比如说陈子善先生编的书中借助了上海的一个会谈，并据此提出了很多观点。张爱玲说她自己最喜欢的作家是斯特拉·本森（Stella Benson），各位大概很清楚斯特拉·本森是谁，和香港有什么关系，以及相关的一些问题。先卖个关子在这里。张爱玲又说她喜欢看赫胥黎（Huxley）和毛姆（Maugham）的小说。而赫胥黎刚好是夏志清先生最喜欢的作家。

借助这些极为"凤毛麟角"的指示来看，事实上，张爱玲有另外一个世界，这个世界广义地说是西方通俗文化的世界。在通俗文化里，并没有分雅和俗。所以在张爱玲的世界中，也从来没有将雅和俗判然分开。

最近通过和徐克导演交谈，我有一些感受，似乎大家心目中的印象，张爱玲是苍凉的。其实，张爱玲另外一面是很喜剧化的。其实世故里面一个重要的部分是喜剧性的事物，也就是把人生看作喜剧。我们可以清楚地看到在张爱玲所编的剧本里面，大部分是喜剧，当然其中有一两个悲剧，但不多，比如《魂归离恨天》，是从原来的好莱坞电影改编过来的。

这样，我们很自然地做一个猜测——张爱玲是否受到了好莱坞喜剧的影响呢？我们都知道张爱玲喜欢看电影，在一次座谈会上，她说自己以前经常看电影。20世纪三四十年代的上海，时人最常接触到的外国影片就是好莱坞电影。后来她到了香港也经常看电影，到了美国更不用说，经常和她的第二任先生赖雅一起去看。

从一系列蛛丝马迹来看，事实上，张爱玲喜剧与好莱坞电影有密不可分的关系。现在的问题在于怎么做进一步研究。一种方法就是做细致的文本分析，比如讨论哪个电影的哪个部分和张爱玲喜剧的哪个部分有关系。当然我们现在不能肯定地说一定受到了影响，因为还没有确凿的证据。一个例子是《一曲难忘》，用的名字是《肖邦的故事》中的《一曲难忘》(*A Song to Remember*)，可是里面的故事显然是《魂断蓝桥》的故事。

如果把好莱坞的喜剧片和好莱坞的伦理片合在一起的话，资源恐怕相当可观。我鼓励大家多看老电影，我是响应夏志清教授的号召。我列过一个图表，我个人认为，图表中这些电影可能张爱玲看过。即使她没有看过，我认为也代表了张爱玲时代中的喜剧片和伦理片的精华。

郑树森有句话非常重要，那就是张爱玲把好莱坞的喜剧片改编之后，加入了中国家庭伦理的成分，比如《太太万岁》，基本上讲的是中国式的家庭伦理故事，而不是西方好莱坞式的东西。这两个部分怎样在张爱玲的剧本以及小说中结合起来，变成了一种独特的艺术，有待进一步的考证。

我们可以从一个基本的方向来看：在我看来，张爱玲的人生喜剧哲学可以用"人有悲欢离合，月有阴晴圆缺"一句词来概括。也就是说阴晴圆缺和悲欢离合总是在一起。而"悲欢离合"是所有才子佳人通俗小说背后的一个重要主题。可是也要看怎么理解，是悲、欢、离、合，还是悲欢、离合呢？张爱玲小说永远不会仅仅取一面，而舍弃另外一面，而是一种中间性的近似调和的东西，这一点非常有意思。

一般来说，我们看"悲欢离合"就是哭哭啼啼，基本上都是注重"悲"和"离"，而不注重"欢"与"合"的。可在中国传统的戏剧中，虽然中间尽有曲折，近似悲剧的片段，但结局也有欢喜会合，以大团圆收场。这当然和中国人的通俗人生观有关系。简单来说，或许现实生活太辛苦了，所以叙事结构到了最后必定给一个大团圆的结局来作为对现实痛苦的安慰。但是现代小说正好相反，在张爱玲的小说里面，常常故意让它不能够"合"，比如《半生缘》。

张爱玲对传统的悲欢离合主题的变奏造成了这种生命历程中的所谓"阴错阳差"，所谓"参差"，形成的部分效果，不见得是悲剧，而是喜剧。这涉及我个人对张爱玲喜剧的看法。我认为在张爱玲喜剧中，大团圆结局并不重要，有的时候这个大团圆结局很勉强，我甚至认为《倾城之恋》中两个人勉强结婚了，而以后可能离婚。

那么她为什么要这样写？因为在中国人传统观念中的悲欢离合是一个循环式的东西，大家普遍认为，在错点鸳鸯谱之后，应该给予一个理想的圆满的结局。可是到了现代社会，现代文学，包括西方文学，把人和环境疏离了。人与人处在一个日常环境中，也不可能那么圆满，于是产生了这些参差不齐的东西。既然现实是参差的，那么就需要修补，所以张爱玲的喜剧做的基本是"修补"的工作。怎么修补呢？生活本来是破碎的、不如意的，可是她却将日常生活在某些方面补得稍微完善一点，但是出发点是从破碎开始。值得一提的是做修补"破碎"的工作的基本都是女人，没有男人。虽然在中国社会中，是以男性为中心，可是能够让日常生活中的一些不如意靠个人的力量，补得差不多，依靠的是女性的努力。所以我个人与徐克导演一样，最喜欢的剧本是《太太万岁》。

从这个角度看，我想到一个非常有意思的问题：日常生活中的残缺不全是否可以弥补？从张爱玲的人生哲学中可以看到什么人生大道理呢？

在陈子善编的当时电影界对张爱玲编剧的电影的反应的文集中，包括洪深，基本上是主题先行，持五四的论调。我们知道张爱玲对五四并不热心，她是生活在另外一个层次中，这个层次刚好可以和好莱坞 20 世纪三四十年代最好的喜剧片互相验证。不是雷同，而是互相验证。好莱坞最好的几部喜剧片，不只是我个人这样看，哈佛大学哲学系的一位著名教授斯坦利·卡维尔（Stanley Cavell）写了三四本书，讨论好莱坞电影。

其第一本很重要的著作 *Pursuits of Happiness*，也就是《追求幸福》，对我的影响非常大，其基本观点是：好莱坞喜剧基本的论题是结婚，但不是第一次结婚，而是再婚。并且他认为好莱坞喜剧基本的主角是女人，不仅仅因为当时喜剧中演女主角的演员演出非常精彩，如嘉宝、赫本，而且与电影的主题相关。他特别举出了《费城故事》（*The Philadelphia Story*），这部电影上映于 1940 年，张爱玲可能看过。其讲述一个富家女和她的第一任丈夫离婚后，又要和另外一个男子结婚，可最后还是接受了前夫的爱。这就是一种再婚。再婚的过程让女主角知道，她需要的是什么，她的人生的自觉就是从再婚的过程中获得的。在一系列喜剧场景中，她的个性得到完成。表面来看是男人为主，其实男人是在辅助她完成这个思想成熟的过程。

这个论点是相当独特的，让我想到《倾城之恋》。我认为再婚这个主题，和离婚只差一点点：结婚和离婚，都有喜剧的元素，关键在于怎么处理。好莱坞的电影中有很多表现离婚主题，其中有些离婚事件可以非常快乐，比如电影《快乐的离婚者》（*The Gay Divorcee*，

1934 年）和《风流寡妇》（*The Merry Widow*，1934 年）。这种喜剧上的世故是如何产生的呢？就是靠再婚、离婚、阅人无数、看透世情，最后找寻到自我。我认为张爱玲从自己的人生体验出发，和好莱坞的喜剧片有不谋而合的地方。

在此我们要面对第二个问题。这毕竟是西方的喜剧片，而且这些喜剧片的背景基本都是富贵人家，不是有钱的男人受骗，就是有钱的父母亲受骗。这里斯坦利·卡维尔又提出一个很有意思的观点，当再婚的女子要完成人生的这个过程的时候，她的父亲永远是站在她的一边，而不是站在反对她的一面。可是在中国传统的戏剧里面，父母或者其中之一人往往是持坚决反对态度的，故事经常是两小无猜，等到要结婚的时候，遭到家长的阻挠。可以说，西方喜剧电影对伦理问题特别是父母和子女之间的伦理问题，反而没有张爱玲处理得复杂。

换言之，斯坦利认为，在喜剧中，母亲往往是不出现的或不重要的。而在另一种类型中，也就是 melodrama，一种家庭伦理剧，这种戏剧内中就有谋杀、阅人无数，当然最后也可以团圆。《涕泪交流》（*Contesting Tears*）这本书中列举了四部电影专门讨论这个问题。斯坦利认为所谓高级喜剧和这种涕泪交流式的悲剧家庭伦理在西方是相辅相成的。当一个女人在爸爸的帮助下重新找寻自己的幸福的时候，另外一个女人可能在另外一个家庭中受母亲或者父亲的迫害，甚至是受丈夫的迫害。这个里面产生了一系列的问题，这两种东西都是为了表现西方中产阶级对人生价值的取舍。

这现象到了张爱玲编剧的电影中变得非常有意思，我们或许可以推测她的电影的几个场面和她自己的家世略微有联系。众所周知，张爱玲小时候，她父亲的婚姻关系很复杂，可以说重婚又再婚，她母亲去了英国，后母和她的关系非常差。我们可以猜测，她写喜剧的时候，在伦理这个层次上除了以家庭主妇为主角之外，是不是又突出了父母和儿女之间的关系？这是我目前正在思考中的课题。比如《小儿女》和《六月新娘》都是这方面的代表作。

《六月新娘》中是否有张爱玲父亲的影子有待考证。《小儿女》的视角显然并非以家庭主妇为主角，而是反过来，是从儿女的立场来看父母。爸爸爱上一个小学教师，要娶其为妻。这里面产生了一个新的层次。这个层次在一般的中国观众心中变成了"哭哭啼啼"，可是这不合喜剧的风格，因为喜剧的内涵不是哭哭啼啼。喜剧的基本构造——无论在张爱玲喜剧还是好莱坞喜剧中，都是一种理想中的完整性，可是这种理想中的完整显然不可能在现实生活中实现，所以要贴贴补补，尽可能修补得恰到好处。

所以再仔细看《太太万岁》中几个非常细微的场景，可以看出张爱玲颇有用心。当然可能我这里是过度阅读。比如一开始为什么女工把碗打碎之后，这个太太要把碎片掩饰起来，藏在沙发垫子下面。这个时候我们不知道太太的性格是什么，只知道这个女工不小心打碎了碗。这个里面一个小的主题显示出来：或许东西碎了，这个太太要修补一下。由此联想到她的婚姻整个过程就是贴补，贴家用，然后补足她丈夫的不足。以一个中国式的说法来概括中国家庭伦理故事的一个主题：在家庭生活中，不是女人个人得到自己的幸福，而是女人使得整个家庭得到幸福，在补足他人的过程之中得到她个人的某种满足。这个层次要比西方喜剧更高一层，因为中国家庭毕竟比西方的典型家庭复杂得多。所以从这个角度我认为还大有研究的余地。

张爱玲的英文问题

——谈《雷峰塔》英文版中的中文元素

读者翘首期待的《雷峰塔》英文版 *The Fall of the Pagoda*[1] 终于在 2010 年由香港大学出版社出版了，这是张爱玲的一部半自传体的英文小说。从传记文学的角度来看，该书的出版确实是一件大事，相应的中文译本[2] 也同时问世。张爱玲的半自传体小说总题为《易经》(*The Book of Change*)，分为两个部分，《雷峰塔》是其中的第一部分，内容几乎涵盖了女主人公前 20 年的生活，重点是 6 岁到 16 岁的生活场景。作为读者，我们已经阅读过她的中文作品，特别是散文和最近出版的《小团圆》，在读过《雷峰塔》后不禁有种似曾相识的感觉：《雷峰塔》里的大部分情节在她以前的作品中都出现过，虽然这一次的描写更全面些。

众所周知，张爱玲成长在一个业已衰败的显赫的大家族中。这个家族从天津迁来上海，拥有一所房间众多的公寓，张爱玲就生活在其中。《雷峰塔》回忆了她童年生活和成长过程中的点点滴滴，直到她离开上海，考入香港大学学习并成长为一个崭露头角的作家。

张爱玲自己、"张迷"们和众多的传记作者以前都多次讲述过这段往事，但一个显著的问题是：把这段往事写成英文小说，将西方读者

---

[1] Eileen Chang, *The Fall of the Pagoda* (HK：Hong Kong University Press，2010).

[2] 张爱玲：《雷峰塔》，赵丕慧译，台北：皇冠，2010。

预设为受众，是否成功了呢？换句话说，对于第一次读到这篇小说的西方读者来说，是否值得一读？对此，我持审慎的态度。《色，戒》拍成电影，轰动一时，它的英文译本也相继出笼，靠了电影导演李安手法的影响，中文原文和英文译文的"可读性"似乎也增强了不少。比较起来，英文的《雷峰塔》的大部分叙事几乎没有转折和悬念，情节也较为琐碎而平淡，很可能会让读者失望。就如王德威在对这篇小说精彩的介绍（值得一读！）中指出的那样："《雷峰塔》以喜剧方式开场，逐渐演化为哥特式的惊悚。"在这个演化的过程中，发生了许多故事，但看起来都是琐碎的家事，彼此纠结，导致女主人公做出离家远行的决定。读者必须对这种慢节奏的叙述有耐心，因为这种"喜剧方式"的展开用了很长的篇幅（全部 26 章的 20 章）。直到最后几章，狂暴的父亲在后母的默许下把她关进空房，她最终逃离这个大家庭，才达到了"哥特式的惊悚"的高潮。在阅读的过程中，我们会产生几种情绪的交杂：如果要偷窥大家族的世界，就会感到愉悦；如果通过一个年轻少女的眼睛体会家族衰落的悲惨经历，就会感到痛苦；但作为一个普通的读者——特别是不谙中国习俗的西方读者——也许会感到枯燥乏味，因为即使是"惊悚"的部分也没有多少惊天动人的悬念。

以前作为香港大学出版社的特约审读，我读过《雷峰塔》的原稿。这次重读，我力图悬置故事情节，着力探讨能体现中英双语技能的小说技巧。虽然用英文写作，但《雷峰塔》充满了中文元素——从人物到故事，从词语到句法，都可见这是一部创作和翻译交杂的作品。

小说所有重要内容都是中国的，张爱玲是怎样把它用英文写出来的呢？她是否先用中文写成草稿，自己再翻译成英文？如果是这样，这部作品是否应该被当作"第一人称叙事的虚拟翻译"？更积极的考虑是：英文小说展现的形式和视角的原创性，是否连她的中文作品，包括新发现的中文小说《小团圆》也有望尘莫及的地方？要回答这些问题，我们必须先深入作品做出细致的梳理和分析。

让我们首先看一个最基本的问题——人名。在小说的开始，张爱玲描述公馆里的仆人们，她为他们起了短而怪的名字，如 Dry Ho、Dry Chin、Dry Tung、Sunflower 和 Aim Far 等。她尽力对这些名字加以解释，如："何干（Dry Ho）被称为'干'（Dry）是用以区别奶妈（wet nurse）"❶，实际上"干"译作"Dry"的这种直译方式并不能完全表达张爱玲的本意。在中文里，"干"是上海方言，指的是仆人，例如在张爱玲的《私语》里，多数仆人就被称为什么什么"干"。特意把"干"加在人姓后作为修饰语，我认为实际上传达了又一层象征意义：年老的仆人的身体已经"干枯"。正是这些忠诚的"干枯"的仆人们，特别是何干，把琵琶（Lute）抚养成人，而不是琵琶的生母和后妈。

这个小例子表明，张爱玲试图通过变化和扩大中文人名的字面意思同时又巧妙地增强其含义的方法，去解决在英语语境里中国的人名问题。另外的一些人名则采用了别的方法，如小说里主要人物的英文名字好像是中文意思的直译，虽然也是同样地有着象征性的标记，但字面上不用音译。如琵琶（Lute），榆溪（Elm Brook, 琵琶的父亲），露（Dew, 琵琶的生母），荣珠（Honor Peal, 琵琶的后妈），秋鹤（Autumn Crane, 亲戚）等。看到这些名字，懂得中英双语的读者会很容易地感到一丝讽刺的意味：名为"榆溪"的父亲，实际上是没落家庭里的一个暴君，既没有挺挺"榆树"（elm）的高大，也没有潺潺"小溪"（brook）的亲切（至少在中文里）。姨太太式的后妈也没有任何"光荣"（honor）的资本。其他人名如"昌盛"（Prosperity）和"秋鹤"（Autumn Crane）

---

❶ Eileen Chang，*The Fall of the Pagoda*，2.

也暗示着与字面相反的意思。

　　张爱玲也努力使用中文里的双关语，如，仆人们经常描述琴是如何呼唤何干的："您整天叫着'何干''何干'，说不定哪天'河'真的干了。"她在文中解释道："River was also Ho."（中文的"何"音同于"河"）。她也同样努力把中文谚语和俗语转化成符合西方读者阅读习惯的英语韵文，如：

> The mouth of the green bamboo snake,
>
> The needle on the yellow bee's heart,
>
> Neither of these is poisonous,
>
> The most poisonous is the woman's heart.❶

> 青竹蛇儿口，
>
> 黄蜂尾上针。
>
> 两者皆不毒，
>
> 最毒妇人心。❷

　　多数时候，这种转换是成功的。但是，有些谚语在英语里并不是惯用的，如"打破砂锅问到底（To break the pot to get at the bottom）"，这样的写法可能是必要的，甚至是可行的。然而它可能"异化"了懂得中文的读者，觉得这是为了讨好洋人而把中国文化故作"珍奇猎怪"（chinoiserie）来看。张爱玲在她的早期的英文文章中，确曾采用外国人的姿态来对中国同胞的举止和习惯做出评论。这种技巧和写法也许可

---

❶　Eileen Chang, *The Fall of the Pagoda*, 150.

❷　张爱玲：《雷峰塔》，第 186 页。

以迎合英语世界的读者，但纯从英文字面上看，这句话还是很难窥测出中文本身的真正意义，对英文读者而言，读来也有点别扭，仿佛中国人说话都充满这类不三不四的成语。张爱玲在她另外的英语散文中，也经常把中国当作"异域"，这是一种对中国文化故作"东方主义"式的反讽。

英语读者可能较为熟悉理解张爱玲描述的中文场景，但不可避免的是，这样的人名直译用词，却可以使这类角色的个性也变成单向度的。我们可以体会到，虽然张爱玲努力地在两种文化和两种语境之间寻求对话和平衡，然而成效却参差不齐。当用整段的文字进行描绘和叙述时，她只好采用英文的体式。但在相对流畅的英文语义结构里，她的英文句子读起来还是有点像中文，因为句子里充满了中文惯用语法和表达方式。从读者个体文化的立场看，这种写法有利有弊。但从文体的效果上看，却是不能承受之重，因为过多的中文惯用语和谚语蒙蔽了流畅英文的写作。我想，这也许是其作品被美国出版界拒绝的原因之一吧。

从为我们所熟悉的张爱玲的中文创作出发，我们可以欣赏她把自己的一些独特的小说技巧置换进这部英文小说的尝试，例如抽离而冷眼旁观的叙事观点，愤世嫉俗的口吻（在她的英文文体中有些减弱），对场景和动作微妙而切实的描绘，通过随意的对话和看似不经意的陈述暗示相关的主题和主要情绪（如仆人们对雷峰塔的倒掉的评论，就是对盛府命运的明显象征），所有这些都要求作者对两种语言有超凡的掌控能力。学者和"张迷"们都承认张爱玲有独特的中文天赋和无可比拟的中文风格，但是，她在英文中还能否达到这样的高度？她可以用英文模仿自己的中文风格吗？让我们看以下一段的描述：

Lute was reading in the large dark room next door. She had no idea how long it would take to burn three joss sticks. Time felt strange when it was measured by incense. What year was this, what century? Sunlight floated shinning white on the outside of the windowpanes. Tram bells clattered but not loudly, car horns bleated, breathless ricksha coolies made little cries of warning that sound in the distance like "Hup-up-up" like soldiers drilling. A big sale was at the cloth shop across the street. The Depression was still on. The brass band hired by the store had just burst into *Oh！Susanna Don't You Cry*, a tune that all the bands seemed to know and played in parades and funeral processions...❶

琵琶在隔壁阴暗的大房间里看书，三炷香要燃多久？拿香来计时，感觉很异样。该是几年？几世纪？窗玻璃外白花花的阳光飘浮着。电车铃叮铃响，声音不大，汽车喇叭高亢，黄包车车夫上气不接下气，紧着嗓子出声吆喝，远远听来像兵士出操。对街的布店在大拍卖。各行各业还是不见起色。布店请的铜管乐队刚吹了《苏姗不要哭》，每支乐队似乎都知道，游行出殡都吹这曲子。❷

这是一段充满各种景象和声音的描写，可以唤起奇妙的感觉！但是，英语的运用也会令人偶尔感到生硬，读起来像是翻译，我们在较优秀的中文散文里能读到同样的景象和声音的描写。熟悉张爱玲小说和散文的读者也会轻易地判断出这段描写的出处，但这段描写反而不

❶ Eileen Chang, *The Fall of the Pagoda*, 173.

❷ 张爱玲：《雷峰塔》，第 213 页。

如她的名作《中国的日与夜》和散文集《流言》里的描写更能体现她刻画细微差别的深厚功力。选择用英文写作，张爱玲有着先天的不足，她只有用比较性的、变化的英语句式或者事无巨细的细节描写技巧去弥补这种不足。一旦不能随心所欲地运用比较性的、变化的英语句式，她就只有求助于事无巨细的细节描写技巧。下面这一段小说开头的一章就是一个典型的例子，繁复描写不同物事来突出富丽堂皇的盛府的沉闷和压抑：

...It being summer the shutters were half drawn and the bamboo blinds lowered on the veranda. The dark front rooms were spread with dresses, perfumes, fabrics, photograph albums, boxes of old letters, sequins and beads in bottles and packets, slipper patterns, ostrich feather fans and sandalwood fans, rolled carpets, antiques that could be given as presents or sold in a pinch, little bamboo boxes stuffed with cotton, sometimes empty, sometimes with an unset jewel nestling in the cotton, old books in brocade casings, obsolete bankbooks, green tea in tall zinc cans.❶

是夏天，窗板半开半闭，回廊上的竹帘低垂着。阴暗的前厅散着洋服，香水，布料，相簿，一盒盒旧信，一瓶瓶一包包的小金属片和珠子，鞋样，鸵鸟毛扇子、檀香扇，成卷的地毯，古董——可以当礼物送人，也可以待善价而沽之——装在小小的竹匣里，塞满了棉花，有时竹匣空空的，棉花上只窝着一个还没收拾的首饰，

---

❶ Eileen Chang, *The Fall of the Pagoda*, 5.

织锦盒装的古书，时效已过的存折，长锌罐装的绿茶。❶

　　这一段奇妙而稠密的文字，全用琐碎的古董和小东西堆砌而成，这就是所谓的"女性细节"！只有异常锐利的眼睛和超敏感的感觉力才能观察到这一切，这是她花了极大功夫而得来的文字艺术效果。

　　她也尽最大的努力去活灵活现地表现仆人们的喋喋不休，以及她父母亲——特别是继母——说话的方式。通过运用成语、诗歌和谚语，她力图重现上海方言生动的韵律。但如果大声读出来，这些英文描写会得到同样的共鸣吗？我觉得大部分未必能达到。下面是一场女儿和继母之间充满火气而最终爆发的争吵：

　　"Niang," she said smiling.

　　"You never told me you weren't coming home last night."

　　"I telephoned," Lute said taken aback. "I told father."

　　"You didn't even tell me when you went out. Am I nobody in your eyes?"

　　"You weren't there. I told father."

　　Before she got the words out Honor Pearl had slapped her.❷

　　"娘。"她笑道。

　　"你昨晚不回来，怎么不告诉我一声？"

　　"我打了电话。"琵琶吃惊道，"我跟爸爸说了。"

---

❶ 张爱玲：《雷峰塔》，第 24 页。

❷ Eileen Chang, *The Fall of the Pagoda*, 236.

> "出去了也没告诉我。你眼里还有没有我？"
>
> "娘不在。我跟爸爸说了。"
>
> 一句话还没说完，脸上就挨了荣珠一个耳刮子……❶

这几句英语对话很流畅,但只是把《流言》里的两句对话稍作改变,原句是:

> "怎么你走了也不在我眼前说一声？"
>
> "对父亲说了！"
>
> "你眼睛里哪儿还有我呢？"

很显然,英语书写还不具有中文口语的穿透力（虽然中译本的译文十分流畅）,特别是最后一句 "Am I nobody in your eyes?",与 "你眼睛里哪儿还有我呢？" 比较起来,还是中文比英文生动。这是一个小节,虽无足轻重,然而我们会得到一个鲜明的印象:张爱玲虽然精通英语,或许是为了保持小说里原有的中国语调和声音,而不得不牺牲英文的惯用语,有时候读来却令人很不舒服。诚然,如今根据学院里最时髦的翻译理论,应该保持原文的"异国性",这样不够生动的语言更适合这种理论。我关心的是:在可见的英语书写和不可见的中文元素之间,如何能做到恰到好处的"对位"？ 我想这恰恰是张爱玲在《雷峰塔》和其他英文作品中做出的尝试,而读者则必须感悟到内中隐含的"复调"语言,才能品味出全部意义。这就对读者提出了更高的要求,否则确实就会起到相反的效果:不懂英文的中文读者体会不到英

---

❶ 张爱玲:《雷峰塔》,第 285 页。

语写作的韵味，不懂中文的英文读者注意不到暗含的中文的话外音（或者是话内音）。必须承认，张爱玲是中文作家中少有的双语写作者之一，但是，在我看来，她在这部小说中双语的尝试结果却是功过参半的。

除了这些语言方面的问题外，这部小说依然保持了张爱玲在叙述方面、讲故事或者是重复讲故事方面的特点。

王德威早已指出，张爱玲刚刚 18 岁时，就在上海的《华美晚报》上发表英语散文，第一次讲述被父亲囚锁的事件。在后来的中文作品里，她也几次回忆起这次童年的创伤，这个哥特式的情节也被她写进了名作《半生缘》和最近出版的《小团圆》，也以视觉方式表现在了传记电影《滚滚红尘》和电视连续剧《上海往事》里。有了这些，再用英文追忆是否还有价值？答案是肯定的。因为正是英文版的《雷峰塔》用了接近 30 页的篇幅最全面地描绘了这段往事 ❶，并且，从各方面看，这段幼年的惊恐的再描述，仍然是精练的杰作，充满了可怖的细节和女孩子的奇想，所有的一切都是借助于那个只有 16 岁的琵琶的超然抽离而敏锐锋利的眼睛。

作者以一种全知全能的视角，作洞彻的观察：琵琶被毒打囚锁的内心感受，是通过第三人称来表现的，并借助于《私语》中的部分内容和中国通俗流行小说如晚清的《九尾龟》的技巧来加强。这样，年轻女主人公被专制父亲凌辱的可怕故事就营造出一种交杂着残酷悲剧和荒诞喜剧的气氛。同时，又因为是小说，比起自传要求的"事实"又多了许多自由。如琵琶的弟弟就不像现实中张爱玲的弟弟，而是个更加可悲的人物，他在故事结尾时死去（而现实中他并未死），成为琵琶离家远走的辛酸的对照。像在《小团圆》里那样，有些细节描写延

---

❶ Eileen Chang, *The Fall of the Pagoda*, 236–261.

伸到琵琶的内心灵魂和她被压抑的性自觉。如在第 18 章描写褚表哥来看望琵琶，琵琶却梦到在自己的新婚之夜，新郎有着一张油腻腻的橘红色的脸，好像是褚表哥，又好像不是，且看中译本的文字：

> 她躲避着那带酒气的呼吸，又推又打又踢……非要她不可，不然就不是男人。没人想要，却人人要。理所当然是一股沛之莫能御的力量。她还是抗拒。过后就什么都完了。抗拒本身就像是性爱本身，没完没了，手脚缠混，口鼻合一变成动物的鼻子寻找她的脸，毛孔极大的橘皮脸散发出金属味。
>
> 这时又是拉裤腰的拉锯战。❶

当然，这是一个在传统大家庭里成长起来的 16 岁少女的幻想。然而内中很浓的嘲弄意味，读来却酷似一个成年人的观察和评说，这是典型的张爱玲风格：在这本英文小说中活灵活现，可以媲美《小团圆》中描写女主人公和她的未婚夫做爱的类似段落。张爱玲很少用这样带着自嘲的口吻正面描写做爱的场景，只是在她晚期的作品中，好像才松开禁欲的羁绊，出人意料地恣肆起来。而这正是这部小说几个令人真正惊奇的地方之一。

对于张爱玲最后的英文小说，我的评论不管有多么零碎和挑剔，至少表达了我的敬意，诚然，这部作品虽不能和她最精彩的中文作品相提并论，但在她的小说第二部分——仍然叫作《易经》（*The Book of Change*）——面世之前，我还是不应该妄下定论。这部小说讲的是张爱玲在香港读书的经验以及与她的生母的关系，它将会带给我们另外

---

❶ 张爱玲：《雷峰塔》，第 248 页。

一个视角，以利于我们换个角度来看张爱玲的人生和传奇。

　　一个问题依然困扰着我：为什么张爱玲那么沉湎于过去、固执再三地描写同样的场景？这是一个无人能解开的谜。在早期的作品中，虽然也执迷于怀旧，但对其他人还有些许兴趣，特别是对她的上海同胞，她也经常把这些上海人写进作品中。到了在洛杉矶公寓里隐居遁世的晚年，她与世隔绝，往昔岁月的回忆完全统治了她，此时重写过去的意义何在？难道她要通过不断的重写来更好地保存记忆、日久弥新？难道英语——这另外的一种语言——能提供更新的洞察视角？或者这种借助英语的"晚期风格"代表了一个作家无处栖身也没有其他题材可写的末路？很久以来，我一直在思考这些问题。我必须承认，不管我怎样反复阅读《雷峰塔》，我都没有找到上述问题的答案。也许张爱玲自传的第二部分《易经》能给我们更多的线索。

跨语境跨文化的张爱玲：一些感想

我认为20世纪中国有三学：一个是"曹学"，曹雪芹的《红楼梦》学；一个是"鲁学"，即鲁迅学；还有一个可能就是"张学"了，因为此次研讨会的主题就叫作"张爱玲学重探"❶，似乎这个"张学"的地位已经奠定。既然成了一门"学问"，当然就有商榷讨论的空间，此次讨论她的时候，我不免要做一些批评，请各位"张迷"见谅。

最近我对张爱玲后期的作品和生活经验感兴趣，有两个原因。其一，阅读这个时期的张爱玲及其作品时，我们进入到另外一个语境，即美国的英文语境，也就是身跨两种文化，我对这个现象一直都有兴趣。另一个原因是个人的因缘，20世纪90年代她住在洛杉矶时，我刚好任教于加州大学洛杉矶分校，距离她的住处不到十分钟车程。我知道她的地址，但为了尊重她的隐私权，绝不登门拜访，只在学校开了一个研究生的研讨课（seminar），那是我第一次公开讲授张爱玲，并作为研究她的开始。记得我班上的几位高才生，包括黄心村、陈建华和王斑，现在都是学界名人，他们对张爱玲产生兴趣，可能是这门研讨课引起的。因此可以说：我研究张爱玲也和她住在洛杉矶有点关系。

张爱玲于20世纪50年代到美国之后，到底面临什么困难？关于

---

❶ 此文为作者在纪念张爱玲诞生95周年的国际研讨会（2016年7月1—2日在台北举行）上的主题发言，经林幸谦教授笔录，收入他主编的会议文集：《千回万转：张爱玲学重探》（台北：联经出版事业股份有限公司，2018）。此次的修正稿，删除了不必要的口语枝节，并改正错误。

这一点，"张学"的研究者似乎不太重视。从夏志清先生出版的《张爱玲给我的信件》里可以看出，她到美国后，主要计划以卖文为生，即是将自己的作品翻译成英文出书和投稿。然而出书谈何容易！张爱玲在写给夏志清的书信里面特别提到七家重要的出版社，包括美国的克诺夫（Knopf）、兰登书屋（Random House）、诺顿（Norton）、格鲁夫（Grove）、新方向（New Directions）、霍顿•米夫林（Houghton Mifflin），以及日本的塔特尔（Tuttle），大多是第一流的出版社，内中的格鲁夫出版社，似乎对另类的文学作品颇有兴趣，曾出版日本作家三岛由纪夫和大江健三郎的小说。然而张爱玲的运气不佳，她改写自《金锁记》的英文小说 *Pink Tears* [《粉泪》，后改名为 *The Rouge of the North*（《北地胭脂》），中文版为《怨女》] 被克诺夫出版社的一位编辑退稿，可能是这部小说描写的中国旧社会"封建"味道太浓，让这位美国编辑受不了。张爱玲自己分析《粉泪》的失败，认为原因在于"英文本是在纽英伦乡间写的，与从前的环境距离太远，影响很坏"❶。可谓语义深长，值得仔细推敲。"纽英伦"指的当然是美国东北部的新英格兰（New England）几个州，她曾在新罕布什尔州的一个作家营（McDowell Colony）居住，并在此遇到她的第二任丈夫赖雅（Ferdinand Reyher）。这个地方与上海相距十万八千里，空间的距离也拉长了时间，写作环境和以前在上海的生活环境相隔太远。这也牵涉到一个非常严重的跨越两种文化和语境的问题：如何把自己魂牵梦萦的"老上海"用英文再现，让外国读者看得懂？这是她意想不到的挑战。众所周知，张爱玲自幼就可以用英文写文章，加上在港大所受的英国文学教育，其对于中英双语写作，应该毫无问题。然而偏偏问题就出在美

---

❶ 夏志清编注：《张爱玲给我的信件》，第 16 页。

国的出版环境。

她为了谋生，出书和投稿，双管齐下，然而投稿也发生问题。当时夏志清介绍她尝试投稿给《宗派评论》，因为他兄长夏济安先生的《耶稣会教士的故事》（*The Jesuit's Tale*）就是在那上面发表的，但她不想投给曲高和寡的精英式刊物。当年最受美国一般读者欢迎的杂志是《读者文摘》（*Reader's Digest*），后台老板一度是赛珍珠（Pearl Buck），可是张爱玲似乎没有走《读者文摘》的路线，没有投稿给它。她感兴趣的是比较有品位的"中等"杂志，像《星期六晚邮报》（*The Saturday Evening Post*）、《老爷》（*Esquire*）、《纽约客》（*The New Yorker*）等。但这些杂志大多刊登成了名的大作家的作品，而她在美国还没有成名。她似乎特别关心《星期六晚邮报》，然而该刊物门禁森严，发表稿件要靠关系，很少人投稿。这个美国出版界的情况，可以解释为什么张爱玲遇到这么多困难，和她在上海的处境完全不一样。

张爱玲投稿屡屡遭受失败，那么与她同时期的其他外国作家在美国的境遇又如何？我想到卡夫卡（Franz Kafka）的例子。卡夫卡的名字，起先在美国鲜有人知，后来他的德国出版商 Schocken 为逃避纳粹党而迁移到美国，并于 20 世纪 50 年代初把翻译成英文的卡夫卡作品重新出版，这才引起美国精英知识分子像菲利普•雷夫（Philip Rahv）等人的兴趣，才使得卡夫卡成为美国学院的宠儿，后来经由英文的普及本传到台湾。《现代文学》第一期（1960 年）的卡夫卡专号，就是根据这类的普及本，前面有美国学院教授写的序言。张爱玲没有这么幸运，没有一家中文或亚洲出版社支持她——台湾的《皇冠》杂志的销售网也到不了美国，更不用提美国出版社了，只有一家 Charles Scribner's Sons 出版了她的英文小说《秧歌》，颇受好评，那还是因为冷战的时代背景。这家出版社却也把《粉泪》拒绝了。二战时期，最受欢迎的描写中国的作家是赛珍珠——其因中国抗日而走红，后来还得了诺贝尔文学奖。而留美的中国作家中，美国读者只知道一个林语堂。张爱玲可能想做第二个林语堂，但依然不可能和林语堂那样，作品列入畅销书排行榜。❶

最后还是得益于美国汉学界的朋友帮忙，张爱玲才在美国学院求得职位。夏志清为她大力推荐，又介绍她认识了刘绍铭，1966年刘绍铭介绍她到美国中部俄亥俄州的迈阿密大学任教，但教书不适合她的个性。1969年她去了加州大学伯克利分校，做当代中国研究中心的研究员，但她根本不适合做这种研究工作，从信件中能够看出她当时和陈世骧先生相处并不太好，和她的前任夏济安不同。1971年她迁居洛杉矶，直到1995年逝世。这些事实，大家都很熟悉，不必多说。我本人和张爱玲只见过一次，谈话不超过一个钟头，那是20世纪60年代末期她到印第安纳大学开比较文学会议的时候，如今成了记忆，有时偶尔在"张迷"们面前加油加醋地演绎一番，竟然也变成一个小传奇。

另外一个跨文化的问题，就是张爱玲的中外文学品味。从上海时代开始，直到远赴美国，这期间她自己对于西方文学的兴趣是什么？最喜欢哪几位西方作家？对这个问题，我个人非常感兴趣，因为我们在讲到所谓世界文学的时候，要扩大张爱玲的文学语境。一方面，张爱玲对中国传统通俗文学的兴趣非常大，特别是张恨水的小说和《海上花列传》等，更不必提《红楼梦》。这一方面已有许多人研究，可是在西方文学方面，却很少人注意。她从在上海的中学念书开始，就看英文小说，后来在香港大学念英国文学，最后到美国定居，将近40年，

❶ 宋以朗、符立中主编：《张爱玲的文学世界》，北京：新星出版社，2013，附录"张爱玲大事记"，第171页。

当然也看了不少西方的作品，她对西方文学的品味究竟如何？看了什么书？这个问题似乎没有什么人探讨。据她自己所言，她喜欢的一些作家，大部分是英国作家，而在这些英国作家里面，她经常提到的几个名字，却是学界看不上眼的，例如奥斯丁（Jane Austin）、毛姆（Somerset Maugham）与赫胥黎（Aldous Huxley）。而学界——特别是女性理论家——最推崇的作家伍尔芙（Virginia Woolf），她似乎没有提到，可能也没有读过。她只提到一位名叫斯特拉·本森（Stella Benson）的作家，不知道在座各位有多少人听过这个名字？我最初是从佩里·安德森（Perry Anderson）教授那里听到的。佩里·安德森又是谁呢？他是著名的历史学家，我在加州大学洛杉矶分校任教时的同事，他的哥哥本尼迪克特·安德森（Benedict Anderson），就是大家熟悉的《想象的共同体——民族主义的起源与散布》（*Imagined Communities: Reflections on the Origin and Spread of Nationalism*）一书的作者。他们两兄弟的继母就是斯特拉·本森。而本森自己也曾在伯克利住过，这位非常独立而有主见的英国女作家后来又只身到了中国，大概在上海认识了詹姆斯·安德森（James Anderson）——从清朝传到民国的大清帝国税捐局的最后一任总监。两人结婚后去过香港，后来又去过云南、越南等地，结果他早逝。本森写了不少作品，包括有关中国的游记和散文。我时常半开玩笑式地提到本森这个例子。据说在日据时代的上海，张爱玲参加一次游园会，一位记者问她最喜欢的外国作家是谁，她就说出这个名字来，好像在唐文标编的《张爱玲资料大全集》中也提到过这件事。因而触发了我的兴趣，可是我自己也没有进行研究。剑桥大学图书馆收藏了全部斯特拉·本森的日记和书信。斯坦福图书馆收藏了她的一些书的文稿，数量不多。据闻加州大学伯克利分校也有，但我不确定。那么，怎样进行比较研究呢？不如先从毛姆谈起。

毛姆是位很有争议的作家。他一生喜欢旅行，从欧洲到亚洲，特别是南太平洋、马来西亚和新加坡，他都去过，还留下大量以此为背景的短篇小说。他也是第一位到中国访问的现代英国作家。❶他于1919 年 9 月—1920 年 10 月在中国各处旅行，当时正值五四运动风起云涌的时代，然而在他的那本中国游记《中国一幕》(*On A Chinese Screen*，1922 年）中，并没有看到什么新气象。他受到中国官员很好的招待，还见到一位会说英文的大儒，但他对于中国人民却完全不了解，就好像抗战期间到中国访问的奥登（Wystan Hugh Auden）和伊舍伍德（Christopher Isherwood）一样。毛姆还写了一本以中国内地和香港为背景的小说《面纱》(*The Painted Veil*，1925 年）,在此书的第一章，他把香港的英国殖民官员的通奸生活揶揄了一番，几乎引起官司。他的东方视野也可以说是一个英国殖民视角，是从一个殖民者的眼光来看当地的风土和人情。当今美国学院的"后殖民理论家"，当然对他没有一句好话。那为什么张爱玲喜欢他？而且不只是张爱玲，直到现在还有很多人——包括我自己——看毛姆的作品。这是一个很值得研究的问题，有些作家在学院里非常不受欢迎，可是一般的读者——特别是受过教育的"中级读者"——非常喜欢。也有几位作家，如格林（Graham Greene）和奈保尔（V. S. Naipaul），对他颇为推崇。奈保尔的早期小说，以他的家乡特立尼达岛（Trinidad）为背景，有不少效仿毛姆作品的痕迹。奈保尔也饱受批评，因为他对第三世界缺乏同情，当然那是另外一回事。我所好奇的是：毛姆和本森的作品到底和张爱玲的作品有无关系？表面上没有，但如果仔细分析，说不定在故事的

---

❶ 见他的传记：Jeffrey Meyers, *Somerset Maugham: A Life* (New York: Vintage Books, 2005), 149.

铺陈和场景的描写上能发现蛛丝马迹。在此我要脱离我的所谓学者身份，再讲一段我个人的记忆。多年前，我到上海演讲，观众席中有位老先生提问，说他第一次看《倾城之恋》的时候，就觉得有几段张爱玲的文字使他想到毛姆的小说。他一语惊醒梦中人，我就开始看毛姆小说来找，直到现在我还找不到到底是哪一篇哪几段，因为毛姆的小说太多，我读的还不够，更可能的是张爱玲的艺术高超，早已把她听到或看到的资料融入她的小说中了。毛姆是一个很会讲故事的小说家，在他描写太平洋岛屿和东南亚的小说里，我们可以看到一个贯穿其中的"情意结"：殖民者在这种"不毛之地"生活久了，被压抑的欲望使得他们心理变态，甚至做出强奸和谋杀的罪行。有一篇著名的毛姆的小说《雨》（*Rain*，1921 年）曾被改编成好莱坞电影《军中红》（*Miss Sadie Thompson*，1953 年），就是以此为题：一个道貌岸然的传教士，为了拯救一个风尘女郎的灵魂，竟然在一个风雨之夜忍不住强奸了她，最后传教士畏罪自杀。张爱玲写过一篇小说《第二炉香》，描写一对在香港的英国年轻男女，男主角是英国的殖民官员，在新婚之夜竟然自杀。显然背后的原因和性压抑有关，几乎整个场景都跟毛姆很相似。张爱玲有些小说也写了外国人，在《连环套》里还写了印度人。这类题材值得继续研究。我觉得张爱玲的技巧往往超越毛姆，因为她虽然使用中文，但比毛姆的语言更耐人寻味，以一种非常独特的疏离叙事观点把这种外国殖民主义者在香港和上海的境遇和心态写了出来。可是她在这方面着墨不多，《阿小悲秋》又是一例，从一个老妈子的眼光看一名外国单身汉。《连环套》因受到批评没有写完，十分可惜。这些都是我正在摸索的话题，但至今从未做过仔细的研究。

张爱玲喜欢毛姆的作品，到底意义何在？张爱玲终其一生，就喜欢毛姆这一类的所谓 middlebrow 的畅销作家，我把他们称为"中级作家"，他们善于说故事，对人物的刻画也颇有一手，但他们的英文文体和语言并不耐读，"文本"自身并无深意。张爱玲的中文小说韵味无穷，远在毛姆之上。但她的英文小说是否可以在这个"中级作家"的层次创出一己的名声？可惜她还是没有完全成功，最后还是靠她的早期中文小说的英译本，终于在美国学院和高级知识分子圈中占了一席之地。金凯筠（Karen Kingsbury）翻译的《倾城之恋》和其他几篇小说的英译本虽然早已完成，但直到 2007 年才由纽约书评出版社（New York Review Books）出版，显然是配合电影《色，戒》所造成的轰动，而《色，戒》的英译本【蓝诗玲（Julia Lovell）译】也同时由兰登书屋出版，可惜张爱玲看不到了。

我在这里要为各位引一段她自己写的话，大约是她在美国时候写的。她说："我自己也喜欢看一些并不是什么好的书，或者是完全不相干的书，例如考古学与人种学，我看了好些，作为一种逃避，尤其是关于亚洲大陆出来的人种。"这句话是她看完詹姆斯·米切纳（James Michener）的半报道文学《叛舰喋血记》（*Mutiny on the Bounty*，1935 年）的读后感。米切纳还写过一本畅销书叫《夏威夷史诗》（*Hawaii*，1959 年），讲夏威夷的历史的，张爱玲读过。在这些太平洋的岛屿白人跟土人的关系是一大主题。从她在《皇冠》杂志发表的杂文可以发现，她喜欢读这一类的书，也许她为了赚稿费，也许出于个人兴趣——我猜是出于个人兴趣。她喜欢读的当时的美国作家还包括马宽德（John Marquand），皆是稍有名气的中等作家，但不能算是大师。妙的是她的第二任丈夫赖雅，却是一位品位极高的作家，他也是德国剧作家布莱希特（Bertolt Brecht）的朋友和在美国的代理人，然而赖雅比张爱玲还穷，所以张爱玲还要养活他。为什么布莱希特后来在美国不走红呢？非常明显的是因为冷战。我猜张爱玲从来没有看过布莱希特的作品，对于布莱希特所代表的欧陆左派现代主义的传统，她也不感兴趣。友人郑树森曾经告诉我，美国研究布莱希特的学者曾经访问过张爱玲，希望得到一些一手资料，但空手而归。那么卡夫卡呢？我猜张爱玲从来没有读过，对他也不会有兴趣。

我不知道张爱玲当时有没有读过海明威的小说，可是她阴差阳错地翻译了《老人与海》，而且翻译得非常好，我知道稿费很优厚，因为是当时在香港美国新闻处负责出版的老友戴天发的，当时他负责主编《今日世界》，介绍出版一系列的当代美国文学名著，包括《老人与海》。当时我也很穷，戴天也照顾我，让我翻译了一篇评论《老人与海》的学术文章，我记得这位学者名叫卡洛斯·贝克（Carlos Baker），是普林斯顿大学的教授，研究海明威的作品。所以我这一篇译文竟然可以和张爱玲的翻译出现在同一本书里，真是毕生有幸。

2010年张爱玲的遗世之作《雷峰塔》（*The Fall of the Pagoda*）和《易经》（*The Book of Change*）英文原著在香港大学出版社出版的时候，特别邀请王德威写了一篇很长的序。王德威的观点非常有价值。他提出了一个理论，认为张爱玲在移居美国以后写的所有的作品，包括英文小说，都是一种derivative discourse，我不知道中文如何翻译为好，大概指的是某一种"自我写作"（self-writing），就是把自己的过去，把同一件事物、同一个场景和同一种回忆不停地进行改写。所谓的derivative就是把原来的东西重新"衍意"，可是她将这种衍意改写到英文语境里了。如果各位有兴趣，可以把《小团圆》的细节和这两本英文小说的细节进行仔细对照，就会发现不少相似之处，但文体不同。她的英文语言中似乎失去了她的中文文体中特有的"世故"感（sophistication），也就是洞察人世的一种修养。这种修养是用她的文笔带进来的，不见得完全是愤世嫉俗式的揶揄，也包含一点同情和反讽。

这是张爱玲所独有的文笔，这种文笔怎么通过英文表现出来？我认为张爱玲表现得不太成功。我在另外一篇文章中指出，当她把自己的中文文字变成英文的时候，似乎在她的脑海深处使用的还是中文。然而当她把英文翻译成中文时，例如她翻译海明威的《老人与海》时，我认为就没有这个毛病，在这方面她是第一流的高手。如何从理论上探讨张爱玲中译英／英译中的问题，还待解决。

在理论上，这种情况下的翻译也可以称作"自我翻译"(self-translation)，也是双语写作 (bilingual writing) 的一种，但自己把自己的作品翻译成英文时为什么不得心应手？很少有作家在把自己的作品从母语翻成英文时取得成功，除非是改写。纳博科夫 (Nabokov) 也是位双语作家，早期用俄文写作，移民美国后用的是英文，他的小说《洛丽塔》(Lolita) 完全用美式英语，和俄文世界毫不相关，他自己也从来没有把它翻译或改写成俄文。米兰·昆德拉 (Milan Kundera) 先以捷克文、后来用法文写作，但自己从来没有把捷克文的小说再改写成法文的，只批评别人的翻译本不好，但自己也没有办法把原文译得更好。

当然还有其他的例子。我觉得最有意思的例子，是最近有一位美国籍的印度女作家裘帕·拉希莉 (Jhumpa Lahiri)，她喜欢文艺复兴时代的艺术，遂学习意大利文，还在意大利住了一年，最后用意大利文写出一本书，内容有散文也有小说。余英时夫人专门寄了一本给我，我读了大为佩服。这本书的英文名字叫作 In Other Words (2015)，直译就是"另一种文字"，作为常用的英文片语就是"换句话说"或"换言之"的意思，语义双关，但并不是说英文和意大利文可以互换。她在书中只承认意大利文的有些发音和她的印度母语相似而已，但依然是两种完全不同的书写语言，指涉两个完全不同的话语世界。所以她没有自己翻译或改写，而是请别人把这本书从意大利文再译成英文，两种语言并列。我认为这才是真正的 bilingual writing。这位女作家也承认自己可能走进一个死角：回到美国之后，她是不是还要继续使用英文写作呢？她自己也不知道，但我相信她一定会恢复用英语写作。妙的是她似乎从来没有用印度的任何一种语言写作。

这个问题也可以衬托出张爱玲当时所面临的困难，她不像拉希莉一样可以完全把自己放在另一种文化——不论是美国或是意大利——之中，而她用英语写的小说大多以在美国的印度人为题材，他们保有不少印度习俗，但也要适应美国的生活。张爱玲的英文小说并没有展现这一个"美丽的新世界"，也没有提到什么文化冲突。当然，这并不是双语写作的必要条件。

我个人认为这部英文小说的续集—《易经》—比《雷峰塔》更精彩，叙述的是她在香港大学读书和生活的经验。内中有一段讲她看望母亲的情节，晚上回到学校，走在港大的旧房子前，独立苍茫，当时为防日本人轰炸的探照灯突然照在她身上，她觉得自己好像在一个舞台上演戏，成了主角。写得真是出神入化，令人击节。然而我们又会想到她那篇著名的散文《烬余录》。《易经》也把她母亲带上前台，她母亲在香港等于是一个交际花，和她交往的都是毛姆小说中的那种殖民统治地区人物，都是一些外国官员、警察之类。当然张爱玲在《倾城之恋》之中把这类场景浪漫化，把一个华侨范柳原带了进来。范柳原是一个什么人？表面上是华人，可是他在英国住了那么久，回来竟然还可以背诵《诗经》？这是不可能的事，但张爱玲把他"小说化"（fictionalize）了。如果张爱玲把《倾城之恋》改写成英文的话，说不定会相当精彩，但她没有改写，因为这篇小说一出版就非常成功，她自己把它改编成话剧，之后也不停地有人再改编，包括香港的陈冠中和毛俊辉（Federic Mao）。

我们可以看出，在张爱玲的中文文体里，至少有一部分是跨语境的，她把西方的事物，包括场景、对话和类似好莱坞电影里的一些东西——甚至异国情调——带进了她的文本，这不仅是跨语言、跨文化，而且是跨媒体了！我一直认为，张爱玲的小说中有一种独有的"视觉感"（visual sense），怪不得有导演（如许鞍华）愿意把她的小说拍成电影。欣闻《第一炉香》已经开拍了，我们拭目以待。

张爱玲对香港颇有感情，可是她对于香港的了解，她个人的经验还比不上她书写的动人。后来她在一篇英文散文《回到前线》（"Return from the Frontier"）里面写到她喜欢香港的一种布料，可以在上环的一家店铺买到。我猜她当年在香港的活动区域也仅限于港岛——可能九龙和新界都没有去过，后来她短期住在宋以朗父母亲家里，住所是在九龙，但我猜她极少外出，那一区住了不少电影明星，她却没有交往。她对台湾印象很浅，虽然她去台湾访问的时候，受到隆重招待，而她自己却只是把台湾当作一个搜集小说（《少帅》）资料的对象而已。那篇英文散文的题目也大有冷战的意味：台湾和香港是围堵中国大陆的"前线"。

我们都知道，张爱玲独居在洛杉矶公寓的那些年，除了到邮局拿信，都不大出门，也很少在作品里面提到洛杉矶的情况（除了在私人通信里面）。记得我第一次到洛杉矶游历的时候，就向庄信正询问她的情况，庄信正那时候正在帮张爱玲找房子，不停地找。他说张爱玲从伯克利搬到洛杉矶的主要原因是天气，因为整个湾区太冷了。她基本上是生活在一个书写回忆和想象的世界里，这个世界萦绕了她一辈子，使得她终其一生没有办法适应美国的新环境，或在英文创作上获得最终的成就和解脱。

第二部分　睇《色，戒》

《色，戒》的回响 ❶

李安改编张爱玲小说《色，戒》的影片公映后，引起巨大反响。在香港成为"全城热话"，台湾的反应更强烈，据闻北京的知识分子对此片大加批评，上海的情况尚不明朗，可能会较北京正面一点。美国影评家毁誉参半，欧洲誉多于毁，新马（新加坡和马来西亚）的情况有待了解。此片在新马和中国大陆放映的应是删节本（由李安亲自执刀），情况当然不同，甚至可以说，那是另一部新电影。

在过去数月，我不知不觉之间竟然一口气写了多篇文章，仍觉意犹未尽。在茶余饭后与不少友人闲话之间，谈的又不离《色，戒》，大家热烈讨论，有时还争得面红耳赤。我当然从不同的意见中获益良多，觉得自己写过的文章内容太过肤浅，实在有深入修正的必要，于是一不做二不休，在吾妻鼓励之下，动了出版这本小书的念头。在此要先向我听过和看过的与我持不同意见的朋友和专家致谢，因为这些意见不仅令我心神振奋，我喜欢言论"众声喧哗"的场面，而且更刺激我的思绪，本书中的一部分内容，皆是在这种刺激之下写出来的。巧的是本书的编辑林道群就对这部电影的改编有所保留，但仍为我火速出书，在此要向他特别致谢。

综观所有我所收集到的不同看法（当然以香港的反应为主），大略

---

❶ 《睇〈色，戒〉》一书，2008年原由香港牛津大学出版社出版，此次收入本书，仍保留原书的序。

有下列几个方面：

典型的"张爱玲迷"大多认为此片比不上原著，而且脱离原著的精神和艺术成就甚远。内中学者型的论者甚至对李安的过度感情化的处理手法不表赞同，因为原著是张爱玲作品中最冷酷无情的一篇，岂能将之改编成一个浪漫的爱情故事？李黎的《失色之戒：李安 VS 张爱玲》一文便是其中出色的作品。这就牵涉到如何解读这篇名著的问题，我在后文中还会评论。

也有少数"张迷"（包括我个人在内）认为《色，戒》并非张爱玲最好的作品，用老友刘绍铭的话说，就是这位"祖师奶奶"在小说中欲语还休，吞吞吐吐，把"色"情藏在几个意象（如乳房）中；郑培凯则认为"故事粗枝大叶，只有一个轮廓，可以编出很多花样"。从这个对原著有所保留的立场看来，我实在对李安编出来的花样大表激赏。

另一类不属于"张迷"，但有历史癖的人（当然也包括既是"张迷"又是历史专家的人），则从影片中去找寻日军占领上海时期汪精卫伪政府的点点滴滴，反复引证片中与史实不合之处。特别是两个主要人物易先生和王佳芝，在长相、身世、风度、作为等等方面与"原型"不同，更有人指出不少细节不妥之处，诸如汪伪政府的"国旗"设计，当年上海女人的旗袍式样、打的麻将是否十六圈等等。这种考证功夫，我做不到，但我对于片中的部分场景（如平安戏院、凯司令咖啡店和香港的中环）也有挑剔，但不属于"索隐派"。

还有一类历史论述者则以政治正确、主题先行的立场，直斥张爱玲和汉奸胡兰成的夫妻关系，指责李安竟然把爱国青年和汉奸坏蛋同样描写得如此有人性，甚至动了真情，真是匪夷所思，从而大加挞伐。当然还有少数人认为此片或可引起为汪伪政府翻案的风气。历史归历史，几番沧桑云烟散后，也许可以用较持平的态度来重新评价。说不定京沪的某些知识分子会有此看法。

　　还有不少香港的影评人和艺术家，则完全不顾历史因素，而以当代人的眼光大谈片中的三场床戏。有人戏言易先生和王佳芝在三场"肉搏战"之中谁胜谁负；有人暗讽内中不少性动作暗藏同性恋倾向；有人认为李安摆布两位演员太过分，使得这三场床戏毫无"性"趣可言，而最不可饶恕的是没有充分表达"女性主体"的欲望。我认为这些观点皆是当代文化理论，特别是"性别"（gender）理论影响下的产物。有不少创意，因为在理论推引之下，对于王佳芝这个角色的心理有更深一层的见解，因此也显示出李安"媚俗"（讨好一般观影大众趣味）的痕迹。事实上，我并不认为李安媚俗，此片在美不太叫座的原因之一，可能就是一般美国人觉得太过沉闷，甚至网上人士还说除了三场床戏较刺激之外，无甚可观。当然美国人（包括影评家）不会想到中国的历史问题，什么 Wang Ching-wei（汪精卫）可能连听都没听过，在美国学界研究这段历史的学者真的凤毛麟角。

　　只有一位我的美国友人（在某大学出版社任人文学科书籍的总编辑）在来信中谈到片中的"感情"（emotionality）时问，是否太过压抑，或时放时收，吞吞吐吐？这位朋友也是特别喜欢香港电影的美国影迷，他认为《色，戒》还比不上王家卫的《花样年华》。这个观点是否有代表性，则不得而知，可能有些美国人认为此片比不上《断背山》。

　　当然还有其他我尚未读到或听到的观点（谩骂的文章我一向不看）。这真是一件幸事：一部影片能够引起如此众多的争论，如果我是李安，一定额手称庆。为什么会产生这个《色，戒》现象？

　　本书虽以《色，戒》为分析的主要文本（文学和电影，两种"版本"），但也有不少旁敲侧击、引述其他作品之处，这是我一向的"比较"作风。因为作为一个人文主义的观赏者，一部作品时常在脑海中引出其他作品，构成一个人文的网络。然而我也知道，个人主观的兴趣和爱好，往往也会影响我对一部作品的"客观"看法。

其实并无完全客观可言，人文主义的基本态度还是欣赏（甚至批评分析也包括在内），为的是"照明"（illuminate）一些相关的文化因素和背景。至少对我而言，这种方法不是"上纲上线"或主题先行式的评头论足，更不是文化研究学者常施的"故伎"——套用一大堆西方理论来证明自己的思想"正确"。对我而言，理论并不能先行，而是用来帮助我思考和求索，也许有"照明"的作用。《色，戒》原著的文本绝对可以用理论来分析它，影片亦然，但我故意不用这类"武功"，在此点到即止，为的是不让先行的理论影响我的看法。说来有点对理论不敬，我生平最不喜欢服从权威——特别是理论的权威，所以我只能算是个"杂家"，写出来的文章（即使是学术文章）也大多是杂文。

然而不论如何，我还是应该对于我的主观倾向和杂家方法有所解释和交代。

一般人看文学作品或电影，大多用的是一种常识性（commonsense）的态度：喜欢或不喜欢，全靠个人感性或经验上的认同，其基线是作品的人物和故事是否"合理"（make sense）——情节是否连贯，人物是否可信。这种方法，学者认为是"印象式"的，不足为训。当然，即使是"common sense"或"常识"也要靠累积而来，甚至学者也不例外。有时候我宁愿看影迷（movie buff，不是捧明星的影迷）写的文章，因为在看了无数影片之后，他们的电影常识是有来历的，往往还夹杂着一股可遇不可求的观影热情。文学的情况亦然，可惜目前一般的"小说迷"只会看通俗小说。我个人对于文学并非科班出身（原来专攻的是思想史），对电影更是外行，但的确看过无数部古今中外的影片，堪称是一个标准的影迷。影迷的论点可能不够深刻或所谓的"专业化"，但大概不会太离谱或钻理论的牛角尖而胡说八道。

我在此特别选了一篇一位年轻学者郭诗咏的文章，她以齐泽克（Slavoj Žižek）的理论作为"照明"，却不照本全搬，因此言之有物，我读后觉得是所有看过的讨论《色，戒》影片的论文中最扎实而细致的一篇，所以特征得作者同意，放在本书附录，以便有心读者参照。

我个人的方法与郭诗咏的不尽相同，因为太杂，当然弊病不少，未免太过主观，偏见更在所难免，可以说这种主观作祟的看法，出自我个人的文化经验——包括阅读和观影经验——的积累，甚至牵连到个人的性格。我一向珍重情感，看文学作品或电影时，往往先从普通人的"感性"去接触它，然后再反复重读重看，继续思考。在其过程之中就掺杂了别人的观点和理论上的借鉴和照明，但最终还是以个人的好恶为依归。李安的导演风格，恰合我的口味；对于其他人，可能相反，就是不对劲，原因之一可能就是他太重感情了（据说拍完《色，戒》最后一场戏，他甚至忍不住哭了，要主角梁朝伟来安慰他）。

此片在香港公映时我第一次见到李安，一见如故。事后思之，可能因为我们有某种共同的文化背景：都是在国民党统治下的台湾长大的，当时的党文化对我们不免产生相当的影响，此种"阴影"仍然存在于我们这一代（我比他虚长十岁左右）心灵的深处，所以构成一种共通的"感情结构"。因此我喜欢他的大部分作品，《色，戒》外，尚包括《饮食男女》（却不太喜欢《喜宴》）、《理性与感性》（*Sense and Sensibility*）和《断背山》，也颇喜《卧虎藏龙》，但连看数遍后，并不认为《卧虎藏龙》能称得上是一部旷世杰作。我对《色，戒》的评价，显然较不少影评家高得多。

写此书的另一个动机，当然是张爱玲。海峡两岸至今出版的有关张爱玲的各种书籍，虽不能说车载斗量，但相当可观。我与张爱玲曾有一面之缘，至今印象犹新，但我不能算是一个资深的"张迷"，她的作品我并不是篇篇都喜欢。《色，戒》这篇小说，我初看时几乎没有耐心看下去，后来读过数遍后，才逐渐觉得"有味"。但还是不太喜欢，只觉得它在技巧上颇为独特，但仍不如她早期作品的熟练。这当然又是我主观的看法。

"张迷"和学者圈中对于这篇小说的评价也不一，观点各异，其中的一个主要分野，就是前文中所说的冷峻和残酷，内中似暗藏情欲，但欲语还休，这倒不是它的致命伤。令我在初看时感到不快的是：张爱玲用了这段历史和当年的两位真实人物作为"模型"，却在叙述中对之轻描淡写。反而把重点放在打麻将的几位师奶身上。"前景"压住"后景"，历史的辛酸和残酷也被几笔轻轻带过了。这当然也可以视为一种"反历史观"，或者可以说此篇小说中也深藏不少历史因素，但故意不浮现出来，否则她不会向胡兰成讨资料，一改再改。但改动后的文本是否比前更好，收敛或压抑得更多，我不得而知，因为目前只看到她一种手抄本，手稿和刊行本改动不少，刊出后的文本多加了不少细节，我在本书中会加以讨论。但即使如此，我认为小说本身还有不少明显的疏漏之处。张爱玲写出了一个精彩的故事轮廓，然而在叙述的细节上，反而比不上早期作品中的创意和巧思。可以猜到不少学者会从叙事学理论入手，对之大做文章，但张爱玲作品的长处还在于细节（detail），这是香港学者周蕾（Rey Chow）的洞见，我十分赞同。我个人对于这篇名著的看法，详见后文。

就是因为这篇小说有漏洞（lacunae），反而可以改编搬上银幕，因为它提供了不少可以发挥的空间。李安玩出的"花样"可能并非人见人爱，但实在值得细品，因为他拍这部影片不是"玩票"的，而是态度严肃，做足准备功夫的。幕后合力协助的也是第一流的中外人才，将此片一笔勾销或一棒打倒，我觉得对于这位严肃而又有才华的导演不公平。不论此片是成功或是失败，至少它可以作为一个"经验教材"：如何把小说改编成电影？文学和电影的关系究竟如何？这两种不同的媒介如何"接轨"？如何进行比较分析？我所坚持的一个观点是：两者是对等的，而且是"辩证"的，至少在读者、观者的面前是如此，而不应该一切以文学"原著"为准绳。

这毕竟是一个引人争议的观点，我只能在文章中阐述我的看法。

走笔至此，才发现这篇序言竟然写得太长了，超出预期的篇幅，废话少说，言归正传，在此请各位"看官"不吝批评指正。

2007 年 11 月 14 日于九龙塘

此情可待成追忆，只是当时已惘然

——细读张爱玲

一、重读张爱玲《色，戒》原稿

文学和电影的关系究竟如何？文学名著被搬上银幕之后，总会引起争论，李安改编的张爱玲小说《色，戒》即是最近的一例。此片我连看三遍，小说至少也读了三四遍。在多次观影和阅读的过程中，我似乎有所领悟：也许，从一个读者和观者的立场看来，文学和电影的关系不应该是主仆的关系，而是对称和互动的，二者好像不停地在我脑海中对话。

这一个观点，可能有不少文学评论家不以为然。我嗜好文学，更是一个"张迷"，但也是一个电影爱好者。在这二者之间，有时很难取舍。最近在坊间买到刚出版的《色，戒》"限量特别版"（台北：皇冠）和英文版的 *Lust, Caution : The Story, the Screenplay, and the Making of the Film*（New York : Pantheon Books），读后不禁又再度走火入魔。

这两本书皆是影片的"副产品"，但也为"张迷"和影迷提供一些新的资料，最珍贵的莫过于中文"限量特别版"中收录的《色，戒》原始手稿和《羊毛出在羊身上——谈〈色，戒〉》的自辩文章。手稿问世，引起的问题更多：这篇手稿是否"原始"（ur-text）？谁知道张爱玲事前修改了多少次？出版后的《色，戒》较手稿多了七百多字的篇幅，

《色，戒》手迹

在其他细节字眼上也有少许更动，例如钻戒的大小（从四克拉变成六克拉）等。到底我们应该以何种版本为凭？文学中的"新批评"理论往往以"文本"的结构完整性为出发点，那么哪一个版本更"完整"？近年来的"文化研究"理论当然打破了一切文本的限制，但还是太"政治正确"，往往把先入为主的观念强加在文本之中。李安的多年合作者夏慕斯（James Schamus，哥伦比亚大学的教授）就在英文版的序言中开宗明义大谈片中女主角王佳芝的"主体性"："当她取得另一个角色的身份时就变成了自己"，甚至连张爱玲的写作也成了一种"表演"。但"表演"（act）又和"演艺"（perform）的意义不同，他又引了拉康（Jacques Lacan）派哲学家齐泽克的学术理论，结果把这两位女人都变成了"主体性"高涨的妇女解放运动人物。

对我而言，此类理论性的诠释并不足以令人信服，因为夏慕斯完全不顾及中国文化和历史的"语境"（context）问题。然而，话说回来，有些评论家又未免太过注重历史背景了，甚至对号入座，把小说和银幕上的人物视为历史的真实人物。

李安当然细读过张爱玲的文本，说不定也看过这个手稿，片中不少对白就是直接引自原著的（两位编剧者是夏慕斯和王蕙玲；中英文剧本的关系可能也是对等的，而不见得是中文为主、英文为副，可惜至今我未有机会读到中文剧本）。全片在整体上是否忠于原著——再现了原来文本的意旨和风格？我想一般"张迷"和文学评论家一定会问这个问题；答案也猜得出来：片子拍得虽然不错（也有人说不好），但还是比不上原著精彩。我不禁要问：有多少影片能拍得比文学原著更好？

张爱玲的作品内容当然很复杂。《色，戒》的写作风格和她早期的作品（如《倾城之恋》）有显著的不同，晦涩多了，在叙事技巧上也煞费功夫。我认为在这篇小说中，张爱玲所惯用的叙事口气，特别是叙事者在台前幕后的评论，已经压缩到最低，而"自由间接式"（free indirect style）的叙事方法则用得很多。所谓"自由间接式"当然是理论术语，大意是说：在叙事的过程中往往主语缺席或变位，"我"的指涉不明，说话或思绪也不用引号，从客观到主观，产生了一种类似"意识流"的效果。且举一两个简单的例子。

故事一开始的麻将牌局，四个太太谁在说话？从谁的观点看都不太明朗，一般读者初看时更搞不清楚谁是易太太、马太太、廖太太和麦太太。故事似乎以客观的全知观点进行；王佳芝扮的"麦太"虽然一开场就是主角，但她的观点和想法直到第四页才出现："牌桌上的确是戒指展览会，佳芝想。……早知不戴了，叫人见笑——正都看不得她。"这一段全是佳芝想的，不是叙事者（隐在文本"幕后"）的口吻，但第二句省掉了"她"字。接着两位太太互相取笑之后，出现了下面这句"她们取笑凑趣也要留神"——谁要留神？应该是王佳芝，但句中没有主语。后来又有一段：

> 是马太太话里有话，还是她神经过敏？佳芝心里想。看他笑嘻嘻的神气，也甚至于马太太这话还带点讨好的意味，知道他想人知道，恨不得要人家取笑他两句。也难说，再深沉的人，有时候也会得意忘形起来。

这段话读来就有点困难了：先是佳芝主观地在想，后来又"看"——但到底是谁在看他？王佳芝（应该是）？马太太（可能也有一点吧）？后来到了"也难说"就更有言外之意了。

这就是张爱玲叙事技巧的晦涩之处，拍成电影就更不容易了。英文书的"拍摄札记"中就提到：这场麻将戏，至少拍了数十个镜头，分别从眼睛、坐姿和麻将桌三个角度拍，甚至从角色背后拍的镜头也不少，最后连那位场记和录音师也搞不清到底梁朝伟"有多少只肩膀"！这就是电影和文学不同之处，电影灵活多了，然而也更难掌握住叙事的语气，因为近年来的电影往往不用旁白，即使用也不能太多。

张爱玲写《色，戒》修改多次，从 20 世纪 50 年代初开始写，一直到 1977 年才正式发表，原因何在？张爱玲在《惘然记》的卷首语中写道："这个小故事曾经让我震动，因而甘心一遍遍修改多年，在改写过程中，丝毫也没有意识到三十年过去了。爱就是不问值不值得，所谓'此情可待成追忆，只是当时已惘然'。"借一个极端的间谍故事，张爱玲是写她与胡兰成"是原始的猎人与猎物的关系，虎与伥的关系，最终极的占有"？是因为主题——描写日军占领上海日期汪伪政府的一群"汉奸"——不正确，怕引起争议？或是这个真实的故事本身太精彩了，所以一定要写得好？我持第二种观点。然而，改来改去，是否一稿比一稿更好？最后发表的"终极篇"是否真正登峰造极？这就要看读者和诠释者作何看法了。我个人并不认为这是她最好的作品。

我喜欢看侦探小说，所以禁不住也做了一次"文本侦探"，用的不是什么艰深理论，而是纯从个人的写作经验和对古典音乐的兴趣得来的灵感。古典音乐中也大有"版本"之学：贝多芬交响乐的原稿中指定的演奏速度是否应该遵守？后来抄谱的人有无错误？布鲁克纳（A. Bruckner）的交响乐更麻烦：这位作曲家老是改来改去，没有"定稿"，后来的指挥家必须选择两种编辑后的版本，当然还有人不相信，要到维也纳去找原稿来看。舒曼（Schumann）的交响曲在配器（orchestration）上颇有不足之处，于是后来的指挥家，从马勒到塞尔（George Szell）都在原谱上加盐加醋，以增强效果。至于法国作曲家拉威尔（Ravel）干脆把俄国作曲家穆索尔斯基（Mussorgsky）《图画展览会》的原谱重新配器改编，变成了目前最经常演奏的版本；然而也有指挥家要返璞归真，回到穆氏原谱，认为更有原始的俄罗斯风味。

我认为李安改编后的《色，戒》比较接近拉威尔改谱老穆或马勒改谱舒曼的例子，而张爱玲之数度改写，似乎也颇有布鲁克纳之风，但她不可能像老布一样毫无自信心（这个比喻不尽恰当，因为张爱玲并不喜欢交响乐）。拍成电影之后的《色，戒》，非但在情节本身加上不少"作料"和"配器"（特别是香港的那一段，我反而觉得不太成功），而且在紧要关头加强了戏剧张力。据李安说，电影势必如此，否则会失去观众。我并不认为他添加的三场床戏是哗众取宠。

如果李安和他的两位编剧也要讲究"版本"的话，我认为最重要的"戏剧张力"的根据就是张爱玲最后加上的七百多字，也就是故事发展到最后，王佳芝在珠宝店中的思潮。正如此版编者所言，当佳芝说到"现在都是条子，连定钱都不要"和易先生回话后，作者增添了七百多字的篇幅，"来描述王佳芝紧张的心境与复杂转折；或者是王佳芝臆测剧团等人将如何在珠宝店围堵易先生、钻戒的克拉大小等等"。张爱玲自己在《惘然记》的自序中也曾提及："一九五〇年写的，不过此后屡经彻底改写，《相见欢》与《色，戒》发表后又还添改多处。"发表后如何添改？是否发表在《中国时报》的版本和皇冠的《惘然记》中的版本有差异？ ❶这都有待高明人士仔细考证。在此不妨看一看她增添的七百字：

　　她跟他们混了这些时，也知道总是副官付账，特权阶级从来不自己口袋里掏钱的。今天出来当然没带副官，为了保密。

　　英文有这话："权势是一种春药。"对不对她不知道。她是最完全被动的。

　　又有这句谚语："到男人心里去的路通过胃。"是说男人好吃，碰上会做菜款待他们的女人，容易上钩。于是就有人说："到女人心里的路通过阴道。"据说是民国初年精通英文的那位名学者说的，名字她叫不出，就晓得他替中国人多妻辩护的那句名言："只有一只茶壶几只茶杯，哪有一只茶壶一只茶杯的？"

　　至于什么女人的心，她就不信名学者说得出那样下作的话。她也不相信那话。除非是说老了倒贴的风尘女人，或是风流寡妇。像她自己，不是本来讨厌梁闰生，只有更讨厌他？

---

❶　张爱玲这篇小说《色，戒》曾三次公开发表：首次于 1977 年 12 月《皇冠》台湾版；其次于 1978 年 3 月《皇冠》美国版；第三次于 1978 年 4 月《中国时报》人间副刊。

当然那也许不同。梁闰生一直讨人嫌惯了，没自信心，而且一向见了她自惭形秽，有点怕她。

那，难道她有点爱上了老易？她不信，但是也无法斩钉截铁的说不是，因为没恋爱过，不知道怎么样就算是爱上了。从十五六岁起她就只顾忙着抵挡各方面来的攻势，这样的女孩子不太容易坠入爱河，抵抗力太强了。有一阵子她以为她可能会喜欢邝裕民，结果后来恨他，恨他跟那些别人一样。

跟老易在一起那两次总是那么提心吊胆，要处处留神，哪还去问自己觉得怎样。回到他家里，又是风声鹤唳，一夕数惊。他们睡得晚，好容易回到自己房间里，就够忙着吃颗安眠药，好好的睡一觉了。邝裕民给了她一小瓶，叫她最好不要吃，万一上午有什么事发生，需要脑子清醒点。但是不吃就睡不着，她从来不闹失眠症的人。

只有现在，紧张得拉长到永恒的这一刹那间，这室内小阳台上一灯荧然，映衬着楼下门窗上一片白色的天空。有这印度人在旁边，只有更觉得是他们俩在灯下单独相对，又密切又拘束，还从来没有过。但是就连此刻她也再也不会想到她爱不爱他，而是——

手稿中原有的这样一段文字则被删去：

他也是不好意思不买，她想。谁想得到这么个店会有这等货色——既然有，能说不买？她看看他。

而增添的这段叙述，值得细读，显然是从王佳芝的主观回忆和观点出发，但又不尽如此。文中先有两句谚语："到男人心里去的路通过胃"；"到女人心里的路通过阴道"。后者显然出自那位"老古板"文人辜鸿铭，因为文中提到他有名的男人是茶壶女人是茶杯的理论。为什么要引用辜鸿铭？我个人觉得这是败笔。但也有论者不同意，认为这恰好把小说中的女性性欲点了出来，是画龙点睛还是画蛇添足？当然也会有女性主义的理论家会将这句看来对女人不敬的谚语改果为因，视之为一种女性主体"阴道独白"（最近有一剧名叫 *The Vagina Monologues*）的表现。不论观点如何，李安显然在这段加添的文本中找到了由色到情、由欲生爱的关键之处，甚至把全片的重心放在王佳芝一人身上。

"那，难道她有点爱上了老易？她不信，但是也无法斩钉截铁的说不是……"于是她开始回顾自己的过去和因老易而生的情欲，直到加添的最后一段，出现了类似《倾城之恋》的字句："只有现在，紧张得拉长到永恒的这一刹那间，这室内小阳台上一灯荧然，映衬着楼下门窗上一片白色的天空……只有更觉得是他们俩在灯下单独相对，又密切又拘束，还从来没有过。但是就连此刻她也再也不会想到她爱不爱他，而是——"这一段添加的话，意象颇为浪漫，气氛甚浓，也是此片的精华所在，但在手稿中都付阙如。相比之下，原手稿末尾的口气世故，也更愤世（cynical），而且大多出自易先生的脑海；换言之，如果没有加上这七百多字，小说最后的"发言权"几乎为易先生所霸占，处处为他自己"男人无毒不丈夫"做解说，于是她也完全成了他的猎物和牺牲品。

不错，李安是一个温情主义者，在片中也注入不少戏剧性的温情，似乎与张爱玲的世故风格不合。然而我依然认为：添加了这一段以后，她多少也情不自禁地为小说中的"小女子"王佳芝"求"得一点温馨和同情，即使这一切都出自她的主观幻想。

"此情可待成追忆，只是当时已惘然"这句张爱玲的题词，也恰是我看完《色，戒》影片后的感觉。

二、辩证中统一的小说

张爱玲的《色，戒》我初读时甚至觉得有点烦闷，再读一遍仍觉艰涩费解，到了三读时才看出它的妙处。原来这篇小说在叙述技巧上故意隐晦，处处旁敲侧击，把一些琐碎的细节放在故事的前景，甚至小说的主人公王佳芝出场时也以大量笔墨描写她的面貌和衣着；然后就大书麻将桌上的另外三个太太的对话，占了整整三页的篇幅，桌上的易太太变成了主角。张爱玲用这种间接"障眼法"来铺陈这个既色情又谍影重重的故事，从表面上看既不色情也不惊险。我第一次读时，不到一半早已不耐烦了，犯了阅读张爱玲小说的大忌——粗枝大叶地只看故事，没有足够耐心，想一般读者和我一样。

其实张爱玲煞费苦心，处处在叙述技巧上加以"戒"心（control），先不露声色甚至有声而无"色"，角色的个性轻描淡写，甚至情节也隐而不张，几乎全被带描带论的全知性的叙事语言取代了。

到了王佳芝心中冒出第一句悬念式的话："这太危险了。今天再不成功，再拖下去要给易太太知道了。"初读时我丈二金刚摸不着头脑：什么太危险？佳芝要做什么？没有背景知识的读者可能不知道原来她就是一个国民党的女间谍，在汪精卫伪政府控制下的上海想暗杀汪精卫的特务头子易先生。而王佳芝早已是易先生的情妇！这段关系，张爱玲只轻描淡写地交代了一句："上两次就是在公寓见面。"佳芝最初色诱易先生的场面也只有这么一两句："他是实在诱惑太多，还非得盯着他，简直需要提溜着两只乳房在他眼前晃。"所以，我曾对一位"张迷"的男性朋友戏言道：这篇小说写的其实是"戒色"。

这当然只看出这个"文字谜"的一半。《色，戒》这个题目本身就大可研究：为什么原先张爱玲在色和戒两字之间用逗号而不是句号？而在影片中李安故意由右向左写，中间是一条线（|），既不顿又不逗！我认为李安的解释甚有洞见：二者之间其实有点辩证的关系，起先是互相强烈的对比，但也互为表里，在情节中互动，到了故事最后的高潮，却落实在一只钻"戒"上，二者合而为一。到了这个紧要关头，易先生在台灯的灯光下看到王佳芝手上戴的六克拉戒指——也是他不愿花钱送给自己太太却送给王佳芝的一份厚礼——

　　此刻的微笑也丝毫不带讽刺性，不过有点悲哀。他的侧影迎着台灯，目光下视，睫毛像米色的蛾翅，歇落在瘦瘦的面颊上，在她看来是一种温柔怜惜的神气。
　　这个人是真爱我的，她突然想，心下轰然一声，若有所失。
　　太晚了。

这是整个故事情节和两个主角关系的转折点，似乎就在那一刹那之间，他的戒心第一次放下了，也因此破了戒，从玩弄女性身体的色魔心态转生一股情意；而她更由色生情，从故意以色诱他上钩的计谋变为真心地爱他，甚至甘愿被他围住，"最终极的占有"。这一大转变就发生在戴戒指的一刹那，用研究乔伊斯（James Joyce）小说的语言来说，就是一种神秘感，甚至像神灵式的"显现"（epiphany），恐怕也只有李安才能把这一个场景处理得如此精彩（换上张艺谋导演可能不堪设想，如果王家卫执导的话，恐怕只顾去营造台上的色彩和钻戒的光泽了）。

老实说，看这部影片较之读这篇小说（甚至三番四次地细读），更令我感动，它使所有改编张爱玲小说的影片逊色（包括许鞍华的《倾城之恋》和《半生缘》、关锦鹏的《红玫瑰 白玫瑰》，当然还有最近才发现的由桑弧所导演的《不了情》，都不算成功之作）。

当然，若吹毛求疵，本片在历史布景上仍有些许小漏洞，但不重要。我反而认为改编的剧本仍不尽善尽美，为了中英对照，在台词中仍有不少文绉绉和西化的痕迹，如王力宏在影片中对着汤唯说："看着我，我们不会伤害你的！"显然是从英文"Look at me..."翻译来的。华人观众可能不会注意，此片的编剧夏慕斯就是李安多年来的老搭档，他不会中文因而是用英文写的。二人一定经过无数次讨论后才着手，所以在角色个性和其他故事细节上较原著加强很多。

走出张爱玲的阴影

细品李安

一、银幕上的文化压抑 ❶

李安拍了一部地道的美国片子《断背山》却引起华人世界极大的反响，这当然和他得到最佳导演的金像奖有关。然而他的《卧虎藏龙》，在美国所获得的赞誉和票房，似乎比华人世界更高。至少在香港，《卧虎藏龙》的评价是毁誉参半，甚至有人认为李安根本不懂中国武侠小说，何况还是王度庐的经典名著，也有人认为《卧虎藏龙》影片根本是拍给外国人看的，属于"东方主义"的产品。

看完《断背山》，我爱屋及乌，不觉又重看《卧虎藏龙》，但此次看的却是"解说版"（由李安和该片编剧夏慕斯共同担任），这两位老友一唱一和，以轻松幽默的方式细数片中的细节和拍片时所遭遇的困难。我观后大有所感，觉得应该重新评价这部影片。

《卧虎藏龙》貌似武侠片，但背后说的却是一个"情"的故事，当然还有义，两者交缠在一起，再加上传统礼教的约束，都成了压抑。这种文化上的压抑，似乎是李安最感兴趣的主题，《断背山》如此，《理性与感性》（*Sense and Sensibility*）更是如此，甚至《冰风暴》（*Ice*

---

❶ 《银幕上的文化压抑》曾收录于拙著《又一城狂想曲》书中，香港：牛津大学出版社，2006。

Station）和《绿巨人浩克》（The Hulk）都有不少压抑的成分，遑论《推手》《喜宴》和《饮食男女》。当然，在他的中文影片中，父权的影子更重，这一点，几乎所有的影评人都提到了。

然而，不论是美国牛仔或中国的江湖侠客，有压抑性格的并不多，而在处理手法上的收敛和压抑，更绝无仅有。李小龙主演的功夫片中，短暂的压抑只不过是怒极而爆发的原动力，最后还是要痛快淋漓地大打一场，但《卧虎藏龙》却反其道而行，竟然在故事结尾让大英雄李慕白（周润发饰）中了毒针而死，又令一对青年男女不能终成眷属，这是对于武侠类型影片的一种颠覆，但也冒了很大风险，可能不少主流观众都会感到全片没有一场最后厮杀的高潮就收场，有点泄气。

如果将《卧虎藏龙》和《断背山》对照，也不难发现《断背山》一片也没有高潮，如果有，也是在一种压抑的气氛中制造出来的，例如恩尼斯在死去的杰克房间中找到了他的旧衣服。据说原作者安妮·普鲁（Annie Proulx）曾建议把故事中段两个男人在汽车旅馆做爱的场面作为高潮，却被李安拒绝，他要把压抑的情绪推到最后。作者后来看完电影才服气了。

如果把所谓"文艺片"（《断背山》或可归于此类，虽然人物是牛仔）用这种方式处理，尚可说得通，武侠片呢？高潮迭起，是这种类型片的惯例。《卧虎藏龙》在故事进展十五分钟之后，才出现第一个追逐打斗的场面，已经相当反常了，其实全片中的打斗场面并不太多，只有一场——玉娇龙在酒肆大打出手——是痛快淋漓的（也有点插科打诨，似乎在向所有武侠小说和电影致敬），其他各场都没有一个孰胜孰败的结局。据李安自己的解说，真正的打斗场面只有一场——俞秀莲（杨紫琼饰）用各种武器和玉娇龙（章子怡饰）在院中决斗，也是胜负难分。

所以我认为《卧虎藏龙》中的几场真正高潮是情景交融的意境，

即使是打斗场面依然如此。第一场两个女侠在黑夜中追逐的打斗场面，就是把动作、镜头和场景调度结合在一起的"动态"意境。而李慕白和玉娇龙竹林交锋的那一场戏，则是静中取胜。为了拍这一系列镜头（在三个不同地方拍摄），也为了向胡金铨致敬（《侠女》首开竹林大战的先例），李安确实下了一番功夫。我们如仔细观看，就会发现此段其实没有什么打斗，却以轻功飞跃的两个人物带出了一片苍翠的绿色，也可以说是全片最高的意境，这算不算高潮？以戏剧效果来说也许是，但以武侠片的惯例来衡量，就不够刺激了。因为李安所追求的不是阳刚之气，而是一种阴柔之美，而意境恰是这种美感的主要表征，它的最终"旨意"不是情欲，而是节操和被压抑的感情。所以，我认为李安的"武侠片"和张彻的传统大异其趣，较接近胡金铨（在《空山灵雨》和《山中传奇》中也营造意境），但《卧虎藏龙》的故事叙述手法更出色。

《卧虎藏龙》故事的主要人物，当然是李慕白和俞秀莲这一对，但在拍片的过程中却发现章子怡的个性较剧本写的更突出，所以把她和罗小虎（张震饰）之间的情和欲的分量加重了，变成片中长达二十分钟的倒叙。内中有一组镜头是二人在蒙古原野骑马互斗，章子怡的架式使我想起"弯弓射大雕"，不过她射的是张震。这一场戏颇长，和剧情进展无大关系，编剧夏慕斯想剪掉，李安却坚持保留，我想可能的原因又是意境，这也是一种舞蹈，把武打化为意境，就必须编舞（choreography），所以李安说拍武侠片和拍歌舞片更相似，绝非耸人听闻。

我在重看此片的过程中，处处感受到中国古诗的词句和意象：什么"飞檐走壁""蜻蜓点水""弯弓射大雕""大漠孤烟直""山在虚无缥缈间""人剑合一"……这些也许都已成了陈腔滥调，但我幼时读的武侠小说（却偏偏没有看过这本书）似乎充满了这种字句。李安也在台湾长大，和我的背景相仿，说不定拍这部武侠片时也会想起这些诗句，甚至在玉娇龙狂战群雄时，还边打边吟两首诗（据李安说光打不说太沉闷了）：

> 潇洒人间一剑仙，青冥宝剑胜龙泉。
> 任凭李俞江南鹤，都要低头求我怜。
>
> 沙漠飞来一条龙，神来无影去无踪。
> 今朝踏破峨嵋顶，明日拔去武当峰。

这段台词，恐非西方观众可以完全消化的吧！当然，法国大鼻子诗人西哈诺（Cyrano de Bergerac）和人比剑时，也是一步一招一句诗。李安还要章子怡练字运气，令周润发和杨紫琼勤习握剑招式，甚至连各般武器都是他自己精心设计的。可惜香港观众看惯了特技镜头和李连杰的真功夫之后，对于本片中的武打场面已经看得不过瘾了，而熟读武侠小说的人又会感到片中的点穴、运气、推拿、吐纳等内功和外功的表现太过浅薄；毒针、迷香和暗器也不够刺激；甚至片中不少向港片致敬的镜头（如用筷子夹暗器），反而因为熟悉而不稀奇了。

李安花了这么多功夫，虽然吃力不讨好，但理应得到尊重，因为他在细节上的构思勿论深浅皆有所本，是出自他阅读或体会到的中国传统文化。

二、电影和文学：语言和形式都不同

一个导演如果可以称为"作家"（auteur），必须在其作品中蕴含一种独特的视野，约翰·福特（John Ford）是公认的西部片"作家"，希区柯克更是悬疑片的大师。港片中吴宇森和王家卫皆可当作"作家"

而无愧。独有一个李安，却无法归类，也许勉可称他为一位有文化敏感性的"多元作家"吧，他可以熔中西文化于一炉，但依然保持他独特的"非类型"片的作风。

我可以斗胆地说一句：李安这个"作家"改编后的《色，戒》比张爱玲的原著更精彩！李安从张爱玲的阴影下走出来一条他自己的道路。

电影和文学的语言和形式要求不同，所以改编文学名著往往难以青出于蓝，此片是少有的例外，原因就是李安掌握了电影艺术风格上的奥妙。

有影评家认为，李安依然是一个好莱坞式的导演，注重说故事和刻画人物，《断背山》即是一例。然而，我认为《色，戒》除了故事的戏剧性和人物的心理描写较原著加强之外，更创造了一种独特的既阴森又有杀气、但浪漫韵味犹存的气氛，从传统的间谍片和所谓"黑色电影"（Film-Noir）❶ 的类型中塑造出一种个人风格，和其他以 20 世纪三四十年代上海为背景的中西影片不同。

张爱玲的小说和传统的好莱坞影片有一个共同点：故事性。然而这篇小说的故事情节偏偏隐而不张，几乎被压抑在一种间接又暧昧的叙事技巧之下，所以改编成电影的第一步，就是把小说中所有轻描淡写或点到即止的故事细节，变成有血有肉的情节（fleshing out，刚好也成了后面要谈的角色个性和身体的双关语）。例如王佳芝香港初遇易先生（连他的名字也加进去了，易默成，原著只称易先生）的情节。

---

❶ 所谓"黑色电影"，指的是好莱坞20世纪四五十年代出品影片的一种类型，大多以"不夜城"的大都市为背景，以私家侦探和金发尤物为主角，以谋杀和色诱为情节的主轴，当然也以黑夜制造出来的气氛为全片的基调。《色，戒》的摄影师普瑞托说，不像《断背山》那么写实，我们让光线更有层次感，想创造出一种不同的"黑色电影"风格，比如说避免浓重的阴影处理。

　　在人物个性方面，李安真是下了极大功夫，不仅是照传统好莱坞的方式加强了两位男女主角的心理动机，而且用了大量（也极大胆）的当代电影手法，把"色"的层次加强了；换言之就是在"性"和身体方面大费周章，所以床戏也特别重要。王佳芝从一个年轻处女变成性需要越来越强的成熟女性，她做了易先生情妇后和他的性关系，用原著的一句话说，就是"原始的猎人和猎物的关系，虎与伥的关系，最终极的占有"。这句话本身也是一个俗套，曾被用在多部影片（包括《007》邦德影片）之中，李安如何既深入又不落俗套？我觉得他是从身体方面去描绘人性的。梁朝伟饰演的易先生是一个警戒心极强也极度压抑的"色狼"，性欲一旦发泄，不可能十分正常，这一点张爱玲完全忽略了。由于他特务工作上的酷刑逼供习惯，自然会在初次幽会王佳芝时呈现虐待狂的变态（这对我也是一个不大不小的震撼），然后才和她渐入佳境。但作为未成熟的处女，佳芝的第一次性经验（和她的同学梁闰生）当然毫无乐趣可言，直到碰见易先生。原著中只说她的乳房两年就丰满起来，用笔也只停留在乳房的层次，但张爱玲却引了一句颇为下作的话："到男人心里去的路通过胃"，"到女人心里的路通过阴道"。换言之，也就是女性主体在性方面的享受，由此而生情，也如此才可以爱上她的"猎人"，为虎作伥。这三场性戏，演起来可真不容易，但在此不能再讨论下去了，否则会被卫道人士围攻。

　　我有一个小小挑剔：梁朝伟演的易先生，造型上与历史上的原型汉奸特务头子丁默邨差别太大。丁默邨是一个半秃头的中年人，但梁朝伟一头梳得整整齐齐的油光亮发，似乎更像意大利电影中的造型。在维斯康蒂（L. Visconti）和贝托鲁奇（B. Bertolucci）描写纳粹或法西斯党人的经典名片中时常出现。这种角色非但有暴力倾向，而且性向混淆，甚至有同性恋的倾向和行为，所谓"颓废"，即是指此。于是我突然也"心下轰然一声"，若有所得，赶快找来贝托鲁奇1970年的名片《共谋者》（*The Conformist*，或译《同流者》）来重看，竟然发现另一个令我大吃一惊的场面：片中男主角（一个法西斯党徒和特务）到法国去暗杀一位他当年的老师，也是流亡在法国的反法西斯教授，在快结尾的高潮，教授在森林中被数人以刀刺死，血流满身。这个场面，仿佛与《色，戒》中曹副官被几名爱国青年怒刺的场景有几分相似之处，也可能是巧合，而二者的终极来源当然是莎翁名剧《恺撒大帝》的经典场面。

举这个例子，绝无责怪李安"抄袭"的意思，向大师们致敬又何尝不可？《色，戒》中引用了数部老电影，早已露出端倪。

《共谋者》和《色，戒》的另一个共通点是摄影和美工营造出来的气氛：贝托鲁奇的影片中有超现实的味道，而李安则对历史背景十分忠实，在上海实地拍摄和搭造出来的凯司令咖啡店和平安戏院的场景，从真实中衬托出一种杀气但又不失浪漫的怀旧风格，不容易！负责美术指导的朴若木和摄影指导的墨西哥名匠普瑞托（R. Prieto）功不可没（他也是电影《巴别塔》的摄影）。要创出一种独特的老上海"黑色"气氛，谈何容易？何况因为男主人公说他"怕黑"（易被偷袭），所以不能用阴影太多，而色调又要温暖，让光线有层次感，非精工出不了细活。

三、《色，戒》与老电影

我短时间里连看了三次李安的《色，戒》，原因之一是为了要考证片中引用的其他老电影，这是一件令我这个老影迷大为过瘾的事。

看过此片的观众或许记得，片中直接引用了三部电影的片段：

一是女主角王佳芝在香港做学生时候看的《寒夜琴挑》❶（*Intermezzo*，1939 年）；二是她到上海美琪大戏院看的《断肠记》（*Penny Serenade*，1941 年）；还有一部国产片有待查证，可能是《博爱》，至少在平安大戏院门口贴了一张《博爱》的海报。

除此之外，还有影院墙壁上的其他影片广告，我所看到的计有：《碧血烟花》（*Destry Rides Again*，1939 年）、《深闺疑云》（*Suspicion*，1941 年），还有一部《月宫宝盒》（*The Thief of Bagdad*，1940 年），这是我幼时在台湾最喜欢看的一部彩色影片，因为内中有魔毡和飞马的特技镜头，当年在上海也极卖座。妙的是当年最卖座的电影《乱世佳人》（1939 年，在上海公映了整整两个月）却不见踪迹，想是李安故意安排的，因为其他中外导演在以上海为背景的影片中引用得太多了。

到底这些老电影与《色，戒》的关系如何？表面上看只不过是活动布景，其实不尽然，因为张爱玲年轻时候也喜欢看电影，而且还为一本外国人办的英文杂志写过国产片的影评。李安要向张爱玲致敬，所以当《色，戒》中王佳芝和邝裕民在一家电影院密会时，银幕上放映的也是一部国产片，而且内中的演员说的是上海腔的国语。

西片中引用老电影的例子比比皆是。最近的例子是《缘分的天空》（*Sleepless in Seattle*，1993 年），内中几个人物看旧片《金玉盟》（*An Affair to Remember*，1957 年）痛哭流涕，其实新片的情节本身就故意抄袭这部赚人眼泪的经典旧片。但《色，戒》并非抄袭，也并非刻意向张爱玲致敬，而是李安用老电影来"重现"老上海的都市文化面貌，

❶ 《寒夜琴挑》在坊间可以买到，是多片装《英格丽·褒曼片集》中的一张。《断肠记》和《博爱》二片我至今追寻未获。另一部描写上海外侨在日军侵占时期被关进集中营的影片是斯皮尔伯格的《太阳帝国》（*Empire of the Sun*，1987 年），颇值得一看，但气氛与《色，戒》大相径庭。

并从而反映片中人物的心态，因此使得改编后的情节和气氛更为多彩多姿，这就不简单了。

20世纪30年代的上海有两种电影院：富丽堂皇的影宫式的戏院，如大光明、国泰、南京、美琪等，专映首轮好莱坞西片，有的还装有冷气和"译音风"（即座位后的耳机，可以听同声翻译）；另一种则是二轮影院，如原著小说和影片中的平安戏院，专演二轮西片，有时也演国产片。在首轮戏院中可以看到《断肠记》，但在二流的平安戏院才看到那部1939年的西部片和国产片《博爱》。李安在"时代背景"方面可谓费尽功夫，即使我再考证，也看不出什么破绽。

然而，我还是有点好奇：为什么西片选了《断肠记》而不选希区柯克的《深闺疑云》？两片同是1941年的产品，但就情节上的联系而言，《深闺疑云》似乎与《色，戒》更能拉上关系，因为该片描写一个家庭主妇怀疑她的花花公子丈夫蓄意谋杀她，恰可与《色，戒》片中的悬宕和杀气配合。《断肠记》的故事则是说一对夫妇收养一个婴儿，在情节上故意赚人眼泪，该片导演乔治·史蒂文斯（George Stevens）是名匠，两片皆由加里·格兰特（Gary Grant）主演。《色，戒》片中引用了一小段，也不过几秒钟，片中那对夫妇温文尔雅，当然看不出来是让人落泪的悲情戏，却和加演的新闻宣传片形成强烈的对比，只见戏院中的观众喧闹讲笑，根本不理银幕上日本和汪精卫伪政府的宣传。这一段细节，在香港学者傅葆石的学术著作《上海和香港：中国电影中的政治》中也得到印证。李安亲自对我说，本想用《深闺疑云》，但又怕情节太接近了，所以用了这部片子，为的是造成两种不同气氛的对照，真是煞费苦心。然而我还是有点怀疑，说不定内中还有个人的原因吧，因为李安自己就喜欢看此类涕泪交零的电影，多年前他曾公开在《纽约时报》的一篇访问稿中说过，他最喜欢的老电影就是李翰祥导演的黄梅调《梁山伯与祝英台》。

因此也有研究张爱玲的行家批评李安在《色，戒》中注入太多的温情和色情，与原著小说中的冷峻晦涩甚至略带反讽的风格不合。但我仍然认为《色，戒》的改编是成功的，甚至青出于蓝，因为片中的温情和色情也被"压抑"在一个大时代的历史框架之中，这是大手笔，即使失败，也与张爱玲故意隐晦和避重就轻的手法不同。对我来说，张爱玲未免太过隐晦了。

问题是，涕泪交零在历史文化"框架"中的意义又是什么？国产片中不乏哭哭啼啼的伦理片，把伤感推到极致，但也把人物的个性定了型，只不过反映了所谓"时代的悲剧"，没有反讽意义。然而《色，戒》中的伤感并非如此，而是对角色的成长过程与故事情节的进展有绿叶衬红花的烘托作用。片中的王佳芝在香港看《寒夜琴挑》的时候，还是一个情窦未开的少女，所以被片中情节感动得泪流满面。《寒夜琴挑》叙述一个年经貌美的钢琴教师（英格丽·褒曼饰，也是她主演的第一部英语片）教一位有妇之夫的小提琴家女儿弹钢琴，两位演奏家日久生情，但私奔之后他又舍不得家庭而回来了。这倒和张爱玲的另一篇小说《不了情》有几分相似，只不过《不了情》中是女方离开了。《色，戒》片中王佳芝在影院中哭成一个泪人儿，原因何在？是否有点影射她此后爱上一个有妇之夫的命运？从这部老电影的出品年份（1939年）就知道，那个时候的香港依然是一块对战火不闻不问的受英国殖民统治的土地，当时港人的贵族学生也不见得那么爱国，所以流亡到此的岭南大学的那群学生要做爱国宣传。大战前夕香港的气氛，在张爱玲的《色，戒》中轻描淡写而过，而且语带讽刺。但李安却在香港这段故事中加盐加醋，甚至不惜到马来西亚的怡保和槟城去拍外景，以重现当年的气氛，真是用心良苦。我初看时竟然一厢情愿地以为引用的是《卡萨布兰卡》(*Casablanca*, 1942 年)，该片情节有一段特别感人：英格丽·褒曼在德军进占巴黎那一天与亨弗莱·鲍嘉（Humphrey Bogart）谈情说爱，相约在火车站私奔，大雨之中她却没有出现。我虽然看了七八次，每次看到此处仍热泪盈眶（原来我也是一个温情主义者，和李安一样）。

片中还有一场学生杀人的戏，据闻香港观众看到此处竟然笑声四起，怎么那个坏蛋曹副官还不死？！也许年轻一代的影迷早已看惯了血淋淋的暴力镜头，觉得这段戏演得太差太虚假，又有谁想到内中的文学指涉意义？我在前面曾指出：这个场面的"原典"就是莎士比亚的《恺撒大帝》，而"近典"则是贝托鲁奇的名片《共谋者》，内中也有几个法西斯党杀手刺伤流亡教授的场面。《色，戒》片中这段戏演得笨手笨脚，不但与这几个学生初出茅庐的背景相符，而且更引出另一种"戏中戏"的反讽意义；做间谍和干暗杀的勾当，也像是演一场戏，但却是玩真的，必须假戏真做，所以王佳芝后来也动了真情，这一切都是从她喜欢演戏和看电影而来的。张爱玲在小说中故意保持了心理描写上的距离，李安却动了真情，在王佳芝这个角色上花了极大心血，甚至承认拍此片犹如进了地狱，而这个"地狱"是什么？我认为就是上海沦陷时期（1941—1945 年）的历史。

四、《色，戒》再现历史情境

李安的《色，戒》公映后，不少论者特别指出此片和张爱玲原著小说中的历史人物问题:易先生就是丁默邨,王佳芝就是郑苹如❶,如此"对号入座"式地做政治索隐工作,虽有助于了解 20 世纪 40 年代初上海沦陷区的时代背景,但不一定能增进我们对于影片和文学原著本身的欣赏。

电影艺术里的"再现"(representation),绝非历史记录或写实。李安跟我说过,易先生这个角色至少是三四个历史人物的"混合体",他还为易先生起了一个名字"默成",也就是从丁默邨和胡兰成两个人

---

❶ 郑苹如刺杀汉奸丁默邨是汪伪时期的一件大事。郑苹如的真实故事发生在静安寺路第一西伯利亚皮货店,"第一西伯利亚皮货店里的枪声"也成为人们对刺丁案的形象称呼。新店迁至南京西路878号,凯司令咖啡店向东走不远。参见余斌《〈色,戒〉考》一文。

郑苹如是浙江兰溪人,1918年生。父亲郑越原,又名英伯,早年留学日本法政大学。追随孙中山先生奔走革命,加入了同盟会,可说是国民党的元老。他在东京时结识了日本名门闺秀木村花子,花子对中国革命颇为同情,两人结婚后花子随着丈夫回到中国,改名为郑华君。他们先后有二子三女,郑苹如是第二个女儿,从小聪明过人,善解人意,又跟着母亲学了一口流利的日语。

又:根据历史学家汪荣祖的说法,丁默邨原是国民党特工旧人,曾与戴笠同为中统局处长。汪精卫等人自重庆出走后,丁奉命赴香港劝阻,却随周佛海一起前往上海投敌,主持设于沪西极司斐尔路76号别墅的汪伪政权特工总部。76号不仅是特工的代号,而且是令人谈虎色变的地址。尤其在1939与1940两年间,当汪精卫准备前往南京筹组伪政府之时,双方特工展开腥风血雨的厮杀,许多新闻界与企业界人士也成为无辜的牺牲品。76号特工血洗江苏农民银行与中国银行,在当时尤其震惊一时。汪伪政权的"中央党部特务委员会"的主任虽是周佛海,但实际负责特工的是丁默邨及其副手李士群。就特务而言,丁不如李之凶残,李又不如76号出身黑社会的"警卫大队长"吴四宝之残忍,虽有程度上的差异,毕竟都是没有太多人性、双手沾满鲜血的一丘之貉。且不论忠奸,即从人性的观点说,丁之伏法,并不冤枉。参见《丁默邨之死》一文。

的名字中各取一字而合成的。❶丁默邨原来并不潇洒，但胡兰成一定风度翩翩，否则才女张爱玲也不会迷上他。

除此二人之外，还有其他人物的影子，如贝托鲁奇名片《共谋者》中的法西斯党徒——出自意大利名作家莫拉维亚（A. Moravia）的名著。片中王佳芝的发型与脸型和原来的郑苹如倒有几分相似，但角色的个性、举止和身世皆与历史上的真人相去甚远。我甚至认为：王佳芝的身世背景（如父亲远走英国，她无法由港赴英留学等）和张爱玲本人的经历遥相呼应。

如此类推下去，片中没有一个人物是真实的。倒是那个易先生的亲信张秘书，看来呼之欲出。经李安点明后，我才恍然大悟：我们这一代在台湾长大的人，早年都有一个共同回忆——20世纪50年代在台湾的国民党官员的面貌（头发剪得甚短）、衣着（藏青或土黄色中山装），以及行为举止，如出一辙。所以李安指导那位演员演戏时就说：想想你父亲当年是什么样子就行了。

所以我觉得《色，戒》中所"再现"的政治，与其说是日军侵占上海时期的汪伪政权人物，不如说是两种国民党的类型：一种是与日本共谋的国民党特工，如易先生；一种是重庆指使的"中统"间谍。这两种人物，在外表上也如出一辙，甚至都信奉总理孙中山（可见之于易先生办公室中墙上挂的孙中山像），但政治主张截然相反。目前因档案尚未公开，有待证实的是，这两个政权在全面抗战初期是否有秘密管道联系（看来是有的）。而夹在中间的就是像王佳芝和邝裕民式的

---

❶ 有论者进而还指出，"默成"，易先生的名字，片中共出现了三次：名片、签名和办公桌上印章（其实易先生书房墙壁上所挂"恭录总理遗教　自由平等博爱"也署名"默成"）。意思是躬行不言，默而成事，语出《易·系辞上》："默而成之，不言而信，存乎德行。"躬行不言，默而成事，又是易的个性和后面隐藏的"默而成事"的谜底。

爱国学生。

有人说张爱玲也是"汉奸",因为她嫁给了汉奸胡兰成。然而张爱玲的政治就是"非政治"(apolitical),她一向把政治和历史背景放在后台,甚至在《色,戒》小说中把背景故意模糊和淡化,来烘托和突显情与色。所以刚好对上了李安的路数,或者说李安借此得以发挥,终青出于蓝。但片中的另一种"前景"却被一般影评家忽略了,以易太太所代表的一群纸醉金迷以打麻将度日的汪伪政权女人,她们是上海小市民的另一种夸大的典型(所以说的一定是上海话)。片中陈冲把易太太的角色演绝了,绝对应该得一个最佳配角奖。

这种纸醉金迷的生活又表现了什么?简而言之是颓废,今朝有酒今朝醉,不问政治,也似乎不谈色情,与贝托鲁奇或维斯康蒂影片中的法西斯或纳粹党女人大异其趣。她们的生活背后却是沦陷后的上海都市文化。在这一方面,张爱玲并没有着墨太多,或许是在她早期的小说和散文中已经描写过了。李安显然花了不少功夫,可惜未能尽善尽美。

李安显然和关锦鹏及许鞍华(这两位香港导演皆曾改编张爱玲的小说并将其搬上银幕)不同,除了内景外也注重上海外景,并以此来衬托出当年的历史情境,这就不容易了。

如果说汪伪政权的女人们的活动世界大多是在室内(因为她们也在逃避现实)的话,王佳芝和易先生的一段情色关系则内外兼备,而片中最后高潮的街头场景则完全出自张爱玲的原著:

> 车到下一个十字路口方才大转弯折回,又一个 U 形大转弯,从义利饼干行过街到平安戏院……对面就是刚才那家凯司令咖啡馆,然后西伯利亚皮货店、绿屋夫人时装店,并排两家四个大橱窗,

华贵的木制模特儿在霓虹灯后摆出各种姿态。

这个场景是真实的，20世纪三四十年代的上海的确有这三家店，但隔壁那家卖珠宝的小店则是虚构出来的，虚虚实实，就那么几笔，把当时的上海租界文化气氛展露无遗，而历史也从这几幢房子后面显现出来了。

空间和时间的错综复杂关系，恰是描写历史情境的关键所在，这一点李安并没有把握得太准，因为他毕竟出生在台湾，没有上海人的"集体回忆"。

李安对张爱玲的挑战

一、李安的文学才气

李安拍的电影，有一个共同的特色，取材往往不俗，甚至不避禁忌，但拍出来的作品却并不另类，不能算是艺术电影或实验电影。

早期的《推手》不算，《喜宴》的故事是华洋大男人的同性恋，却以轻松的喜剧方式来处理文化冲突——冲突的不是中西文化，而是中国文化中的父子关系和代沟。《饮食男女》延续了这个主题，说的却是父女关系，而且反其道而行，让老爸爸晚年新婚得子。《理性与感性》是一个例外，因为此片从头到尾都是艾玛·汤普森的影子，从编剧到主演，到大胆起用一个华人导演；但李安在片中仍以一个当代华人的眼光看18世纪的英国社会，更注意家庭伦理和两姐妹个性的不同，姐姐的心理压抑更成了他一以贯之的主题。《冰风暴》写的纽约郊区有钱人的夫妇外遇，手法冷峻，毫无性情可言（而《色，戒》又偏偏拍得太热）。《与魔鬼共舞》以美国南北战争为题材，却双方忠奸不明，而且在风格上故意挑战美国影史上的老祖师爷格里菲斯的经典。《卧虎藏龙》竹战反武侠片的阳刚气，一味阴柔。一方面让两个女将飞檐走壁，大战数回合；另一方面又故意压抑两个中年侠客李慕白（周润发饰）和俞爱莲（杨紫琼饰）的感情，把虎和龙藏在一种感情架构之中，不像武侠片。只有《绿巨人浩克》可谓彻底失败，因为李安想在卡通漫画式的范畴中大玩压抑的游戏（科学家压抑儿时回忆，怒气爆发而成绿巨人）。然而下一部《断背山》却出奇地又讨好又卖座，洋人和华人观众皆受感动。李安的压抑主题在这个西部牛仔的同性恋的禁忌题材中得以发挥。甚至原作者安妮·普鲁（Annie Proulx）在提出书面抗议（原小说中的感情高峰应是两个男人在旅馆幽会，而非在故事结尾）后，也改变态度，转而赞好。美国影评也很少从原著———篇曾在《纽约客》刊载过的短篇小说中咬文嚼字，批判李安这个华人导演不懂美国牛仔文化或没有抓住原著精神。李安冒险攀登的这座文化和性向的断背山，不但没有断背，反而大获成功，使他的个人事业走上另一高峰。于是，他再度自我挑战，拍张爱玲的小说《色，戒》，题材更是禁区，日军侵占上海时期的汉奸特务。

任何明眼人都可以看得出来，在这一系列的影片中，李安的压抑主题风格不断出现，在冲破各种戒规和禁区之余，愈演愈烈，终于一发而不可收。可惜的是，偏偏他的《色，戒》犯了双重大忌，不但把汪伪政权下的汉奸头目刻画得太有人性，触犯了不少义愤填膺的爱国人士，而且把张爱玲晚期一篇冷酷无情的小说拍成情欲大发的电影，因此似乎也触怒了不少"张迷"和张爱玲研究专家。张系国（即"域外人"）在他最近写的文章里说："李安一个最大的长处是能够讨好所有的人，让不同的人在他的电影里看到他们想要看的东西（包括我在内）。从来没有一个中国导演能够做到这样，真不容易。"但据我看来，全球各地（特别是在中国大陆）的反应极为参差不齐，李安并未能讨好所有的观众。我算是一个例外。两年前我曾写过一篇安慰李安的短文，因为他未能凭《断背山》得到金像奖最佳影片奖，不料此次又要写这个续篇。

二、失色之戒?

李安是否背叛了张爱玲?《色，戒》无论是小说还是电影是否背叛了国家民族的大义? 这两座大山可以使任何人"断背"。

我的出发点是，电影和文学是两种不同的文体和媒体，改编时虽有主从，文学为主电影为从，但这个主却不能主宰一切，主次不分，所以也不能侈言背叛。此种论调和近年的一种翻译理论不谋而合（在此不能详论）。然而，不少尊重文学的人和崇拜张爱玲的学者会反驳说：那么，文学原著的精神和面貌呢? 回答这个驳诘并不容易。我认为精神也者，视乎读者主观的诠释，甚至文本亦如是，此无所谓绝对真理，但诠释也有多种多样——从精密细致到胡言乱语。在这众声喧哗之中，何去何从? 文学理论家中的一派论调是要看一个诠释社群的共识，换言之，也就是文学批评家和教授的团体；但也有论者认为文本一般读者本身就暗含读者和阅读法，似乎更玄之又玄。除了少数人视学者的看法马首是瞻外，大多数遵照作者的意旨，更把作者的身世和对她的崇拜感情放进阅读过程中，华人读者尤其，特别是拥戴张爱玲传奇的"张迷"。李安挑战这千千万万的"张迷"和张爱玲研究专家，可谓自讨苦吃；人人心中都有一个张爱玲，人人也可认为自己心目中的张爱玲才是对的。李安的张爱玲，虽有创意，但不少人认为是严重误读或者错读。张爱玲一向言行谨慎，而这篇《色，戒》写得更谨慎，可谓是冷峻中的冷峻，岂能做热处理!

我最初读这篇小说时也持这个观点，认为《色，戒》基本上说的是戒——非但戒之在色，而且在文笔上也戒之在情，不可大开色戒。看完李安的电影后，我反而改观了，不但承认李安有权做自己的解释，而且认为他在片中为原著骨架不足之处添加了不少血肉。原著有所不足，改编时才有发挥的余地，如果原著十全十美，则根本拍不出好电影。这当然牵涉到这篇原著有不足的问题，甚至我看到的不足，其他论者反而会视为优异。真是说不完的张爱玲，说不完的文学。

三、sophistication，不是 cynicism

电影的叙述方式和小说不同。从剧情发展的角度而言，好莱坞影片有一个不成文的"成规"，李安对之既恨又爱。照他自己的说法，这是一种西方式的"起承转合"：

> 它的"起"是引起你的兴趣，把问题提出来，是一种思辨方式，从柏拉图用到现在。二十五分钟后开始"转"，真正的问题呈现。到了四分之三的时候不可开交。最后的二十五分钟，问题得到解决。❶

这个典范模式，早有不少电影理论家研究过，它的重点有二：角色的动机（motivation）和情节的回转与解决。李安提到柏拉图，想是亚里士多德之误。亚里士多德提出著名的 catharsis（感情的净化）之说，来说明希腊悲剧的作用。在《色，戒》中李安又加上一层由"压抑"到"解放"的心理分析，变成一个现代版的 catharsis（是否达到"净化"的目的当然又当别论）。然而，张爱玲的原著小说完全照这个定律，她用的是现代小说的笔法，在现在时刻的"进行式"中渗入不少回忆片段，而且用一种她特有的"自由间接体"，往往在角色主观的文句中加

---

❶ 李达翰：《一山走过又一山——李安・色戒・断背山》，台北：如果出版社，2007，第293页。

上评论，或在第三人称叙事模式中随时转入角色主观的意识流，令读者搞不清到底叙事的主体是谁，这在电影手法上甚难做得到（一个最明显的失败例子，就是乔伊斯的意识流小说《尤利西斯》搬上银幕时，变成了一部写实影片，大煞风景）。

我认为《色，戒》影片，大致上依然遵照了好莱坞的"起承转合"的模式，先以老上海的气氛和麻将桌上太太们的时装引起兴趣，把汉奸问题提出来；二十五分钟后开始转，转到王佳芝的香港回忆；到了四分之三的时候"不可开交"，王佳芝和易先生的爱恨交织的情欲纠缠，使得剧情逐渐推向高潮；到了最后的二十五分钟，也就是在印度珠宝店选钻戒以后，问题得到解决。

从叙事结构而言，这种手法跟张爱玲的原著大异其趣。其实，如要遵照原著形式来拍的话，回忆镜头必须分散，甚至支离破碎。近年来不少好莱坞影片皆玩这种手法，把次序颠来倒去，以炫耀剪接技巧，为什么李安不玩？

《色，戒》的电影剧本，把香港的回忆片段加长，并自成一个完整的倒叙段落，而且用的光影和色调皆和上海不尽相同，可谓煞费苦心。为什么如此改编？我认为就是要交待动机，交待王佳芝的背景。有了这一段，王佳芝的戏重了，原著中的主角易先生也有了真正"对手"，他所体现的情和色，令他"戒"心逐渐减少，最后还犯了戒，动了情（易先生是否真的动情？在原著中绝对没有，在李安的处理中肯定有，对某些专家而言，这里李安似乎又犯了另一种大忌）。为什么改编者（李安加上中外两位编剧）把整个剧情的重点移到王佳芝身上？不少"张迷"完全不能接受这个"挑战"，甚至对李安大加挞伐。我认为这和李安自己的"情感观"有关系，他可能会提出一个反问，张爱玲为什么对易先生如此厚爱，而对王佳芝如此轻薄？至少我是同情王佳芝的。

据资料显示，当年杨德昌也想拍《色，戒》，并改名为《暗杀》，但没有拍成。据李达翰的研究，杨德昌遇到的困难一部分是自找的，他很担心观众对于这个反派角色的接受程度："我一直没法设定他这个角色的个性，因为他所处的政治背景及 situation，在目前是非常不 popular 的。"❶ 杨德昌说此话时是 20 世纪 80 年代，现在（可惜他英年早逝，否则李安必会找这位高手讨论）可能更是如此。

香港著名影评人舒琪在纪念杨德昌的一篇文章中引用了杨德昌的一封信，信中说："《色，戒》的反派色彩是原著最大弱点，必须要丰富，加添环绕在男主角周边的情节，才能升高电影的戏剧性。"杨德昌希望在前段香港的部分，就要清楚地渲染出"一种危险性，呈现出一种'似包含在温柔中的兴奋状态的那样的张力'，以增加观众对它的理解度与接受度"。❷ 李安可谓继其"遗志"，完全做到了。

为什么两位导演在此"英雄所见略同"，而张爱玲专家们的反应却不一样？原因很明显：戏剧性并不是原著小说的着眼点，原著采用的手法是保持距离的彻底反讽，越到最后反讽得越厉害，直到易先生"无毒不丈夫"的大篇自辩。只有张爱玲在小说出版时加上的七百多字中，才为王佳芝交代了一点感情上的迷惘，以回忆性的方式交代出来，包括引用"到女人心里的路通过阴道"（这句话究竟是谁引的？王佳芝，还是她背后的隐形叙述者？这又是张爱玲"自由间接体"的一例）。

争论最激烈的可能是片中易先生的性格和行为，有人认为李安和梁朝伟把他温情化了，所以大失原意，如由张国荣或姜文饰演，是否

---

❶ 根据符立中引述杨德昌前妻蔡琴的说法：杨德昌专程到香港找到代理张爱玲作品的宋淇，谈得很投缘，约定将小说改成剧本。蔡琴说小说谈的是忠诚和背叛，并已有了主演人选，林青霞演王佳芝，男主角是雷震。见《印刻》第 48 期，第 59 页。

❷ 李达翰：《一山走过又一山》，第 317—318 页。

另有一番风味？另一位导演胡安也曾想拍《色，戒》，并认为这篇小说是张爱玲作品中的"另类"，"结局冷艳至极：颇具美妙、冷峻、苍凉感触"，这冷艳和"苍凉"的风格又如何拍出来？

我觉得李安反而把"冷艳"放在易先生的身上，并由他的眼神中带出一股孤独和凄凉，而非一味"温情"到底。这个角色的塑造也是渐进的，先见之于影片前段香港的那家初次单独会面的酒店，李安显然在这个场景上费尽心力，制造气氛，甚至连配音师亚历山大·德斯普拉（Alexandre Desplat）都受到感染，让酒店的洋钢琴师奏出一段勃拉姆斯的"间奏曲"（Intermezzo），恰好与佳芝在影院中看的老电影片名相合。这一段完全是李安加上去的，不在原著小说之中，却成了片中最精彩的场景之一。为什么李安要在此着墨？我觉得这又是一种压抑——中年男人的情感上的压抑表现。太世故或理性的大男人是感受不到的，而一个看透一切的"杀人魔王"更不会有此闲情，李安把易先生描写得似乎太文雅太有品味了！

品味的表现，是另一种世故，sophistication，不是 cynicism。

四、"小说不是终点而是我的起点"

如果纯从角色的造型和叙事的结构而言，李安的影片的确与张爱玲的原著相去甚远，但这是否足以构成批评此片的基本"证据"？

李安曾多次在访问中提到，他"不是张爱玲的翻译"，而是"受到她的提示去发挥"。总而言之，原著小说最多也只是一个框架，一个起点。他又认为这篇小说把他领到一个他所不知道的领域，所以也希望观众和他一样，进入"看电影从来没有的经验，或者是人生从来没有的经验"。

这个"从来没有的经验"是什么？几乎大部分中外观众包括不少美国影评人都把它看成三场床戏所"表演"出来的性压抑和性变态，

我认为绝不止此。这种压抑从何而来？这当然牵涉到李安对于原著名称中"色"的解释，应该不仅是英文片名中的 lust（如此只不过成了"十诫"之一），而是一种情的色相，这个"色相"又是在一个不寻常的环境压迫下呈现出来的。照李安的说法，是把"环境占领比喻为占有与被占有的男女关系"，这是一种以情色代替历史的"易位"。

我们可以在这三场床戏的"前后文"中见其端倪。第一场近乎强奸，令王佳芝大吃一惊，为什么老易有此压抑后的冲动？第二场在易先生家中，在英文剧本中佳芝除了说"我恨你"外还说了一句"你一定很寂寞"，开始动了情。在性交的过程中，"易在她上面——他双手端着她的脸，坚持要她看他的眼睛"❶，李安用的镜头更多，但维持了一种情和欲的张力。第三场床戏之前，易先生在汽车上对佳芝说了一大段话，全是血淋淋的审讯和虐待间谍囚徒的叙述："其中一个已经死了，眼珠也打出来！我认得另外一个是以前党校的同学，我不能和他说话，可是我瞪着他……脑子里竟然想就这样压到你身上……那个混账东西，竟然喷我一鞋子的血，我出来前还得把它擦掉，你懂不懂？"❷

这段台词十分露骨，很明显地表现出暴力和性欲的联结和"替代"，在张爱玲原著中全无。这场间接的血腥叙述，表面上刺激了彼此的性欲，但在最后一场床戏时，王佳芝骑在老易身上，甚至还用头压着他，好像要让他窒息至死；死亡的阴影还从床边的手枪折射出来，这是一种死亡游戏，或死前最后的一次发泄，寓意甚浓，但在原著中并不存在。

---

❶ Eileen Chang, *Lust, Caution*: *The Story, The Screenplay, and the Making of the Film* (New York: Pantheon Books, 2008)，181.

❷ *Eileen Chang, Lust, Caution*: *The Story, The Screenplay, and the Making of the Film*，191. 也参照部分重写的中文台词，见郑培凯编《〈色，戒〉的世界》，桂林：广西师范大学出版社，2007，第40页。

且不论这三场床戏是否败笔或多余，它背后的压力显然是两人所处的特殊环境。换言之，李安在此片中是把政治上的"禁区"（汪伪特工和中统女间谍）用一种"色相"表现了出来，这一种的转折，在意大利名导演维斯康蒂的名片《纳粹狂魔》中表现得最颓废也最彻底，甚至连乱伦、娈童和同性恋都写进去了！该片描述的是德国纳粹党兴起时一个大家族的没落，是史诗手笔，初映时也有不少影评家大加诟病，现在已被视为影史上的一部经典。然而，如果照这种意大利的颓废手法拍下去，《色，戒》反而注定失败，因为完完全全不合华人胃口，或者可以说一千多年儒家文化，早已把身体的欲望压抑在中国人的"大我"（super-ego）文化之下，不得"翻身"。李安第一次大胆为之"平反"，但表现得仍不够深刻。而张爱玲呢？何尝不更是避重就轻，全然不顾？中国人描写性欲，不是太露骨就是太含蓄，二者皆缺乏深度。这一连串由"色"而起的影像镜头，可以说是李安对自己风格的挑战，他不再想用《断背山》式的压抑方式表现出来，而想另辟蹊径。张爱玲的小说对他是一个启示，却不是一个必须依循的文本。换言之，他想借这个文本挖掘更深一层的意义——不仅是人性，也是兽性，甚至在全片第一个镜头，就用狼犬的大特写来影射易先生的兽性本能。

五、从表演层次看《色，戒》

这个超越小说文本的电影"文本"，如何织造？电影毕竟是一个形象的艺术，叙事技巧尚在其次。既然片中的背景是历史上的一个时代，李安还要面对另一个电影形式上的挑战，如何运用所谓"深焦距长镜头"（deep focus，long shot）？深焦距意义易明，长镜头指的既是远景纵深的长镜头，也是时间拉得较长的长镜头（long take），而这种"长镜头"的运用，势必需要导演在"场景调度"（mise-en-scène）上的才华和胆识。在这方面，维斯康蒂是大师，李安崇拜的英格玛·伯格曼（Ingmar Bergman）并非此中好手，因为英格玛·伯格曼重宗教、心理和神话，不重历史或现实。李安在维斯康蒂和伯格曼的两种风格之中倾向何种？或已酝酿出一己的风格？

至少，我认为他并没有走香港和好莱坞影片近几年的时髦路子——完全扬弃长镜头而改用大量的特写和快速剪接，以制造感官刺激。这种拍法很难表现历史和压抑。《断背山》好拍，用"长镜头深焦距"理所当然，以大自然的美景烘托两个牛仔的感情 ❶，但《色，戒》显然难多了。

《色，戒》开场时先以特写镜头映出一只狼犬，接着镜头移向楼上的持枪警卫，接着是俯视的远景长镜头，在杀气重重的阴森气氛下交代了这个特殊背景，这也是一种传统好莱坞式长镜头的手法，叫作 establishment shot（设置场景时空的镜头）。然后才由易先生快步进入住宅而展现出麻将桌上的太太们。到此处，对话和快镜头突然增多，与前几个镜头的拍法完全不同，也形成了一种对比。看过好莱坞"黑色电影"的影迷一定知道：片子一开始往往在烟雾朦胧中，打牌的镜头也比比皆是，李安拍此片显然想借鉴"黑色电影"为一些长镜头下的杀气添加一点神秘的色彩，因为"黑色电影"的风格最接近间谍片；但可能又会得到一个反效果，因为"黑色电影"类型是很浪漫的，特重气氛，却很难捕捉历史的真实感或展现出历史的幅度。李安解决这个难题的方法，就是在片中最后一段，搭起了 20 世纪 40 年代上海街头的"实景"，惟妙惟肖，并用"深焦距"和极灵活的摇动镜头来制造这场高潮。

---

❶ 参见拙文《银幕上的文化压抑》和《文学和电影》，均收入拙著《又一城狂想曲》。

所谓"深焦距"，巴赞（André Bazin）的经典理论指的是一种现实的整体性和一种全景的深度（depth of field），把人物完全置于背景之中，全部拍进去。然而我觉得李安营造出来的不仅是当年上海的"真相"，更是一种气氛和情调。或者可以说是由"历史感"而引出来的"再现情境"，它和原来的真实历史之间，构成了一种无形的张力。为了尊重小说原著，影片还是把人物放在前景，用尽了导演"场景调度"的功夫。王佳芝坐三轮车离开珠宝店，登车急驰，直到封锁停车这场戏——也是全片最忠于原著的部分，甚至连车头拴着的"一只纸扎的红绿白三色小风车"（那似是接应的暗号）也不放过，拍得十分细致。这也是警匪片中追逐场面的一个翻版，但李安营造出来的，却是一种完全不同的情境。

在原著小说中，张爱玲只写到封锁，车夫"焦躁的把小风车拧了一下，拧得它又转动了起来，回过头来向她笑笑"，就此戛然而止。王佳芝从此不见了，只在文末易先生的叙述中交代了她和同党被"一网打尽，不到晚上十点钟统统枪毙了"。然而电影需要一个结局和解决，李安和编剧加上了王佳芝拿出毒药不吃和最后枪决的一段，倒值得争议。后者据李安自己告诉我，是因为那个深渊式的实景太珍贵了，所以加上了最后死刑的这一场戏。但前者的安排更微妙，在王佳芝拿出毒药之后，紧接着加上一个在港大舞台上王佳芝受邝裕民召唤上场的极短回忆镜头，我认为此处并未含有太多个人动机（她想到邝裕民，所以愿意和他同死），而是把她这个"戏梦人生"在一刹那间总结起来，就是那一声呼唤，让她走上不归路。用编剧王蕙玲的解释，就是"当戏剧的需求和人生起了这么紧密的总结之后，所有的牺牲都不算什么了"❶。然而这个演戏的舞台也从香港移到上海，从虚构走向历史。

王蕙玲说："李安一直希望有人能从表演这个层次来看《色，戒》，不只是戏假情真这个层次，而且进入到演员从投入到着迷的历程中，检视演员人生的真与假，实与虚。"❷然而我认为在这个"演戏"和"人生"的层次中还要加进一个"历史"的层次，因为那个年代真的有不少年轻学生，因爱国情绪沸腾而走上暗杀之路，或干脆为国捐躯。这一段史实，即使用反讽的晦涩手法也应该带进文本。张爱玲未免太过愤世嫉俗了一点，把王佳芝和她这一群热血青年写得太过浅薄，几乎一钱不值。我心有不平，禁不住借《色，戒》影片为这段历史说话。

---

❶ 郑培凯编：《〈色，戒〉的世界》，第27页。
❷ 鉴于此，我特别在本书附录中收录郭诗咏以此为题的论文。

《色，戒》的历史联想

一、场景调度下的历史

文学和电影不可能完全忠于史实，它是两种再现历史的艺术。文学用的是文字，电影用的是形象。这样的一个基本认识，却往往被不少历史研究者或文学批评家所忽略。

电影如何以形象来展现历史的情景？除了说故事（也就是电影中的叙事，和小说技巧不同）外，就是人物的心理、造型和以美工布景为依靠的"场景调度"。此中学问大矣，是所有影评家和部分影迷（如我）津津乐道的话题。

《色，戒》中的场景调度，又可以最后的那一段外景和内景——从凯司令咖啡馆到印度人开的珠宝店二楼——为例证。我认为历史的影子就闪现在这几分钟。然而，这几场戏的布景都是搭起来的，而不是原有的古迹文物，即使当年的老房子还在，也不见得能保持原貌。

我觉得凯司令咖啡馆和印度珠宝店的布景都很仔细，只是街对面的平安戏院似乎有点草率。电影和电影院是上海都市文化最重要的部分，在张爱玲的小说中也多次呈现过。以这篇《色，戒》而言，就对这家影院着墨不少。平安戏院（电影作"平安大戏院"）是"全市唯一的一个清洁的二轮电影院，灰红暗黄二色砖砌的门面，有一种针织粗呢的温暖感，整个建筑圆圆的朝里凹，成为一钩新月切过路角，门前十分宽敞"。这个布景，在外表上搭得惟妙惟肖，甚至还加上两个电影海报招牌：左边是国产片《博爱》，右边是《碧血烟花》（*Destry Rides Again*，1939 年），可谓煞费周章。然而，它独缺一种"针织粗呢的温暖感"，这是张爱玲小说中独特的感觉。

这种"温暖感"是什么？我们从"针织粗呢"这四个字闻出一股小市民的温情味，因为平安戏院是一家演二轮影片的电影院，价钱较首轮的戏院如大光明便宜得多，它不是"影宫"（movie palace），而是另一种可以逃避到此的"温室"。片中另一场王佳芝密会邝裕民的戏，也是在一家影院里，可能就是这一家。从这些细节中，我们可以发现"平安大戏院"其实在这场戏中占有举足轻重的地位，因为预谋暗杀易先生的间谍杀手可以躲在"平安"戏院里，鱼目混珠，容易脱逃。不知为什么，李安把这一场原著中明明提到的片段略去了。原著中说："他们那伙人里只有一个重庆特务，给他逃走了，是此役的唯一缺憾。大概是在平安戏院看了一半戏出来，行刺失风后再回戏院，封锁的时候查起来有票根，混过了关。"这段话在小说中是从易先生的主观意识中猜出来的（片中仅以张秘书交代），和前一段珠宝店内从王佳芝眼中看出来的那股易先生"温柔怜惜的神气"恰成对比：她在那一刹那间领悟到"这个人是真爱我的"，而他在事后却完全以"理智"处之——也处决了所有的共谋者，包括他的情妇王佳芝，恢复了他"无毒不丈夫"的男子汉、特工头目的本色。这种强加的合理化（rationalization）又藏的是什么？李安以梁朝伟的出色演技把他内心"情"意在最后一场戏中表现出来了，而原著中却只不过以一句简单的话结束："喧笑声中，他悄然走了出去。"且让我们先看看小说：

　　店主怔住了。她也知道他们形迹可疑，只好坐着不动，只别过身去看楼下。漆布砖上哒哒哒一阵皮鞋声，他已经冲入视线内，一推门，炮弹似地直射出去。店员紧跟在后面出现，她正担心这保镖身坯的印度人会拉拉扯扯，问是怎么回事，耽搁几秒钟也会误事，但是大概看在那官方汽车份上，并没拦阻，只站在门口观望，剪影虎背熊腰堵住了门。只听见汽车吱的一声尖叫，仿佛直竖起来，砰！关上车门——还是枪声？——横冲直撞开走了。

放枪似乎不会只放一枪。

她定了定神。没听见枪声。

这最后的一段，在小说中看不出来是高潮，甚至王佳芝听到的"砰！"一声，也不是枪声。影片十分忠实于原著，没有枪声，可能部分观众会觉得不过瘾。在"史实"中，倒是开枪了，但丁默邨的座车备有防弹玻璃！换句话说，历史好像比小说和电影更刺激。

如果把历史因素放进李安的"场景调度"又会如何？我想至少不会这么浪漫吧，或许色更多于情，岂不有点煞风景？然而历史的"大环境"并不允许太浓厚的浪漫爱情存在。张爱玲深明这一点，所以写这篇小说时数易其稿，把这个"大时代"的爱情故事尽量处理得十分间接和隐晦。但李安却是平铺直叙的，也加强了色和情的成分，却少了一点对于当年历史的感受。时至今日，也时过境迁之后，这种感受又多了一层反讽：到底孰忠孰奸？如果历史上的丁默邨还是一个汉奸和"历史罪人"的话，易默成呢？王佳芝更是"角色混淆"。在乱世之中求生不得、求死不成，最后被枪决了，她是否是一个好人和爱国英雄？在影片中，她在死前回望的是当年她可以爱上的爱国青年邝裕民，但我宁愿剪掉邝裕民回看她的镜头，直认她是在回看（gaze back）历史，也在回看后世作为历史和电影观众的我们。

不错，在一个年轻女人身上却肩负了一个历史的重担，至少我如是想。当然也可以说：她的男女私情最后被民族国家之情取代了，所以是为国牺牲。其实我认为这也是一种反讽，是特有的历史环境所造成的。

二、上海都市形象的"招魂"

李安的《色，戒》，不知上海人的反应如何。❶ 对于上海的观众而言，既然是根据张爱玲的小说，她最钟爱的城市上海理应成为全城热话的焦点。

然而，李安不是上海人。综观该片对于上海场景的处理，仍然是沿着好莱坞类型片的传统手法，不论其内容如何敏感（床戏和汉奸政治），在营造日军侵占时期的上海气氛上，依然有不少"黑色电影"的痕迹。如果把《色，戒》放在这个类型片的框架中来看，其最主要的缺点是李安抓不到这类片中的愤世嫉俗的人生观，也许，易先生这个角色聊备一格，但却不够正面，也没有正义感。其实我认为这并不重要，在此让我借题发挥，谈谈这类好莱坞老电影中的上海形象。

随手翻查一本常用的观影指南书，莱纳德·马尔廷（Leonard Maltin）的 *Classic Film Guide*，内中列举以上海为片名的影片，不包括

---

❶ 沈寂和张爱玲同为 20 世纪 40 年代的"海派作家"，与张爱玲年纪相仿，学西洋文学出身，据知与张爱玲相熟。沈寂说：凯司令斜对面的南京西路石门二路西北角，德义大楼下面，是绿屋夫人时装沙龙的旧址。德义大楼 1928 年起建，正是装饰艺术在工业和建筑设计中最流行之时，墙面采用褐色面砖并镶嵌图案，立面还有饰带和四座人像雕塑，底层多为奢侈品专卖店。现在绿屋夫人时装沙龙无处寻觅，据说，当时的绿屋是上海顶级服装店，经营策略十分独特，从衣服、鞋帽到各种配饰一应俱全，任何一个女子走进去，出来就能从头到脚脱胎换骨，但代价也是非同一般的昂贵。见《三联生活周刊》2007 年第 36 期，总第 450 期。

以上海为主要背景却不以上海为片名的影片，不下七八部，最著名的
皆为所谓"黑色电影"。换言之，上海在此类影片中的主要形象就是一
个黑暗和罪恶的不夜城，但也充满了异国情调（exoticism），这是一个
主要卖点。问题是这个"异国"依然是西方大都市的倒影，仍以洋人
为英雄，因此上海也变成了一个道地的十里"洋场"，洋味十足。而这
个"洋味"世界的中心就是酒吧、舞厅、赌场三者混为一体。总其大
成的影片至少有三部：《上海快车》（*Shanghai Express*，1932 年），玛琳·
黛德丽（Marlene Dietrich）主演；《上海风光》（*The Shanghai Gesture*，
1941 年），珍·泰妮（Gene Tierney）主演：此二片皆由老手史登堡（Josef
von Sternberg）执导，至今皆成经典。但最有名的一部是《上海小姐》
（*The Lady from Shanghai*，1947 年），丽塔·海华斯（Rita Hayworth）
主演，鬼才奥逊·威尔斯（Orson Welles）兼演兼导。此片最后的一场
戏更成了电影研究者引述甚多的话题——"多镜厅"（hall of mirrors），
内中坏蛋奥逊·威尔斯在多面镜中出现，不知何者是真人，枪杀他也
不知如何下手。这一组经典镜头，后来李小龙和邦德影片也在模仿。

　　因此上海也成了一面"哈哈镜"，这个"异国情调"的国际大都市
本身就是一串不真实也毫无真实可言的镜像，它折射出来的是一群西
方的魑魅魍魉，华人反而成了陪衬角色，当然更不真实。片中所有的
人物都说英语。

　　这个类型片的模式，为上海制造出一个假象，所以华人观众特别
反感。那么，什么才算是上海的真正形象？外国人是否拍得出来？是
否应该以华人为主角，以洋人为陪衬？迄今为止，我还没有看到任何
符合这个本地条件的外国影片。如果不计较华人形象而以上海的历史
背景为基准，则至少有两三部好莱坞影片值得一提。

　　我曾在前面提到斯皮尔伯格执导的《太阳帝国》，片长两个半小时，

也算是大制作，而且是在上海实地取景，制作相当严谨。斯皮尔伯格一贯的风格是在布景和美工方面一丝不苟，不惜耗费巨资拍摄。片中有一个镜头，从汽车中浏览20世纪30年代上海郊区，洋人居住的各种洋房别墅，五花八门，可能都是在实地搭起来的，而片中后半部的日本集中营场景也极真实。我看过此片至少三遍，在佩服之余却并不感动，原因之一是该片的主角英国男童（克里斯蒂安·贝尔饰，后来他以演杀人凶手著称）实在不讨人喜欢。上海这个活生生的国际大都市也成了布景和道具，没有什么人气，更谈不上情调。也许，这种情调非身历其境或真有亲身经验的人是拍不出来的，年轻一代的美国导演如斯皮尔伯格更拍不出来。

另外一部备受冷落的影片是《白俄女伯爵》（*The White Countess*，2005年），导演是专门擅长拍摄英国文学名著的詹姆斯·伊沃里（James Ivory），这是他生前最后一部影片，此片发行之时他已过世。男主角是红得发紫的拉尔夫·费因斯（Ralph Fiennes），而且搭配的皆是第一流英国大明星，连女主角娜塔莎·理查德森（Natasha Richardson）的母亲瓦妮莎·雷德格瑞夫（Vanessa Redgrave）和姨母琳恩·雷德格瑞夫（Lynn Redgrave）都粉墨登场。该片的编剧是出生在英国的日本名小说家石黑一雄（Kazuo Ishiguro），故事和他的另一部小说《同是孤儿命》（*When We Were Orphans*）异曲同工，皆以日本占领上海前后为背景。换言之。历史背景和《色，戒》相仿，更和《太阳帝国》遥相呼应。然而，全片的整体效果不尽令人满意，为什么？难道是伊沃里宝刀已老，江郎才尽？或是各英国演员不够尽职？日本编剧写得不好，对上海存有偏见，比不上张爱玲？

我在坊间购得此片的DVD后连看两遍，觉得内中对话十分典雅，更不必提布景和美工设计的精细，这一向是伊沃里和他长期合作的伙伴印度制片家伊斯梅尔·莫昌特（Ismail Merchant）的特色。问题是，故事中对于这群落难上海的俄国贵族的命运着墨太少，反而以一个盲目的美国商人为主角，但他说的却是标准英国口音的英语。他一心一意要开一家夜总会，因为爱上了一位白俄女伯爵，夜总会就以她为名，并请她做女主持。我认为这反而成了此片的致命伤。日本编剧又故意把一位日本人放进去，两个男人喧宾夺主，但依然不足以影射那个时代的大背景。这种浪漫式的做法非但比不上《色，戒》浪漫式的改编深刻，反而有点抄袭《卡萨布兰卡》。影迷当会记得这部旷世名片的主要场景是一间卡萨布兰卡的酒吧 Ricky's，是一个美国人（亨弗莱·鲍嘉饰）开的。这个场景当然是在华纳公司影棚中搭造出来的，毫无真实性可言，然而该片的三位编剧却在这段假造的浪漫布景背后加进一层历史的真实，鲍嘉酒后回忆在德军攻进巴黎前夕初遇英格丽·褒曼的一组镜头，变成了全片的精华所在。相形之下，《白俄女伯爵》徒具躯壳，却没有灵魂，片中的上海，当然也只是一片华丽的外景而已。

伊沃里是美国人，他初出道时，我曾和他有一面之缘，时当 20 世纪 60 年代末期，地点是印第安纳大学的一个学术会议欢迎酒会上。那次酒会，我至今印象深刻，因为张爱玲也在场，那也是我唯一一次见过张爱玲的宝贵时刻——也仅仅半小时而已，因为当时就是派我去酒店接她到会场的。不知道在那个酒会上伊沃里有没有碰到张爱玲？如果见到了有无交谈？交谈的话题会不会扯到张爱玲的上海？看来不大可能。张爱玲当年在美国文坛默默无名，仅靠学界的几位朋友如夏志清、刘绍铭和庄信正，帮助她求职谋生，80 年代她隐居洛杉矶时更是如此。直到她逝世后，她的著作的英译本才开始出版，说不定《色，戒》这部影片会引起少数美国读者的"张爱玲热"。

伊沃里在上海拍摄《白俄女伯爵》时当然也不会想起张爱玲，斯皮尔伯格就更不必提了（《太阳帝国》的原著出自另一位名小说家 J. G. 巴拉德的自传体小说，他在上海长大）。这些美国导演，个个才气纵横，却独缺一份对于上海这个异国城市的敏感。他们拍出来的只不过是"异国情调"，当然无法和张爱玲笔下的上海相提并论。张爱玲对上海情有独钟，不仅把上海的小市民人物刻画得入木三分，而且对这个城市的大街小巷、弄堂、塞车、电影院，甚至商店橱窗的摆饰，也注以她特有的情谊。因此可以在她的小说中造成一种"情景交融"的艺术效果，这是所有"张迷"公认的事实。李安呢？我猜他对于国民党爱恨交织的"心结"远远超过对于老上海的感情。每一个城市都有它自己的精神和灵魂，老上海更是如此（新上海有待别论），这一切皆是靠都市文化的积累，并由都市人的沧桑经验和云烟过后的集体回忆和历史反思织造而成。简而言之，没有历史感就不会感受到都市文化的精神和灵魂，即使是上海的十里洋场也是如此。

　　电影可以说是一种最好的"招魂"媒体，它本身就是形象建构出来的，应该比小说的叙事语言更能表达都市文化的多样面貌和复杂性。"回忆"本身也像电影一样，不按时间顺序展开，而是片段交织，时空交错，犹如电影中的蒙太奇；"回忆"更是一种意识上（有意或无意）的剪接工作。然而，到了 21 世纪的今日，我们早已生活在一个"真实"和"假象"混杂的世界，有的理论家如齐泽克，甚至质疑何为"真实"（the real）。影响所及，连电影也"照顾"不了"历史背景"了，管它是真是假，反正剪出一套令人头晕目眩的特写镜头，以极短暂的时间（每一个镜头不超过三四秒钟）闪过观众眼前就够了。香港近年出产的影片大多如此。

　　张爱玲在她的《对照记》中用了一大堆照片，也把自己的一生比作一连串的蒙太奇，"时间加速，越来越快……下接淡出"。她自己真的从历史"淡出"了，留下一段传奇，后世人包括电影导演要召回她的小说灵魂，更谈何容易？然而，即使不谈招魂，如何把上海的都市文化用电影艺术表现出来，依然是一大挑战。李安的《色，戒》有此成就，已不简单。

三、迟暮的佳人：《色，戒》中的老上海形象

友人叶月瑜是研究电影的名教授，最近来信说："刚看完《色，戒》，觉得片中营造出来的老上海，很受你的《上海摩登》一书的影响。"我甚感惊讶，不大可能吧，我书中所写的是 20 世纪 30 年代的上海，正是这个都市"摩登"文化丰盛的时代，而张爱玲笔下和李安镜像中的上海，是 40 年代被日本占领的城市，应该略带一种颓废和败落，不再如 30 年代那样繁华。而张爱玲对她心爱的都市有一份小市民的温情，不上大街而入小巷，不仰视摩天大楼而近观公寓弄堂，对室内较室外更情有独钟。所以我书中较西化的"十里洋场"都市形象，绝非张爱玲喜欢的。在书中谈到张爱玲的篇章，我也不得不做点时空上的调整，用了不少她小说中的例子，但对《色，戒》这篇小说则只字未提。

《色，戒》中的上海到底应该是什么样子？李安和大批工作人员其实花了不少功夫考证研究过，并曾经由该片顾问郑培凯介绍，向几位研究上海的知名学者（如熊月之）请教过，所以在片中重现的上海景观绝非粗制滥造出来的赝品，即使仍有少许可挑剔之处。这种敬业精神是值得尊重的。在此我的着眼点却不是历史考证，而是把片中的都市形象和张爱玲原著做比较，并以此再度阐释两种"呈现"艺术的不同之处。

前文中提过，《色，戒》小说的基调是内景，由易太太居屋中的麻将开始，直到四页过后，才展现第一个上海外景咖啡馆，但依然在其

室内装置上着墨：

> 咖啡馆没什么人，点着一对对杏子红百褶绸罩壁灯，地方很大，都是小圆桌子，暗花细白麻布桌布，保守性的餐厅模样。

然而这并不是小说中的主要场景，王佳芝只到柜台上打了个联络电话，挂断以后，她出来叫三轮车走了好一段路，到公共租界的静安寺路西摩路口的另一家小咖啡店等易先生，这家咖啡店却很寒酸——

> 只装着寥寥几个卡位，虽然阴暗，情调毫无。靠里有个冷气玻璃柜台装着各色西点，后面一个狭小的甬道灯点得雪亮，照出里面的墙壁下半截漆成咖啡色，亮晶晶的凹凸不平：一只小冰箱旁边挂着白号衣，上面近房顶成排挂着西崽脱换下来的线呢长夹袍，估衣铺一般。
>
> 她听他说，这是天津起士林的一号西崽出来开的。

小说中的两家咖啡店，在影片中变成了一家，布置颇为细致而堂皇，基本上是按照小说中第一家的样式，连罩壁灯也没有放过，而且甚有情调，但却保存了小说中第二家小咖啡店中装了西点的冷气玻璃柜。从电影美工的角度来看，几乎无懈可击。但原著中这两家咖啡馆不见得如此出色，电影把它加上一层魅力。我觉得张爱玲在这个细节上如此用心描写（但对时代大背景却粗枝大叶）是有其道理的，显然后来的这家凯司令较前者阴暗陈旧得多，是一个不显眼的地方，"易先生拣中这一家就是为了不会碰见熟人"，但这也是故事高潮开始发生的"转折点"，隔壁不远就是那家看来更不起眼的印度珠宝店，再配上连在一条街上的西伯利亚皮货店和绿屋夫人时装店，橱窗中"华贵的木制模特儿在霓虹灯后摆出各种姿态"，呈现出来的是另一种十里洋场的暗影：它的地点不在最繁华的外滩，而在公共租界西端距法租界不远的静安寺路西摩路口，更适合作暗杀行刺的地点（其实也是郑苹如暗杀丁默邨的真实地点）。况且对面还有那家二轮电影院平安戏院——"灰红暗黄二色砖砌的门面，有一种针织粗呢的温暖感"，张爱玲用笔的色调，在阴暗中仍然保持一种温暖人情味。

如果再进一步分析的话，这一场外景所显示的已经不是一个灯红酒绿的摩登上海，它和"新感觉派"小说家刘呐鸥和穆时英笔下的不同——没有声色犬马的刺激，也没有大跳"上海狐步舞"的夜总会。它带给人一种宁静而落实的感觉，像是深秋而不是初春或盛夏，它炫耀的已不是光辉灿烂的都市物质文明，而是这个文明背后的阴影。进入珠宝店室内后，更别有洞天，也更与外面的世界隔绝。由此推展下去，张爱玲营造出来的上海形象早已沾有不少沧桑的气息，她笔下的上海绝非一个动感之都，甚至连声光化电的"现代性"也淡化了。故事发展到此，时间已近黄昏，一切行动也都在暮色淡淡中发生，黑白光影的对照更是处处可见。所以李安才想到"黑色电影"的类型片，甚至小说中也在紧要关头加上一句："在这幽暗的阳台上，背后明亮的橱窗与玻璃门是银幕，在放映一张黑白动作片……"

总而言之，"摩登"上海早已经过张爱玲改头换面了，它是否仍然保持了某种真实性？这反而是改编小说成电影的最大挑战：如何把上海拍得既真实又不真实？既写实又略带一点浪漫色彩？如何以几场关键性的场景（从咖啡店到珠宝店，外加那条大街和电影院）再现20世纪40年代已经沦陷的上海？

四、半个梦境

平安戏院是真实的，坐落于南京西路（即昔时的静安寺路）与陕西北路口。张爱玲用这个实景为支点，因为这家戏院意义非同寻常，非但是"全市最清洁的二轮电影院"，而且"二轮"也意有所指：它重演首轮戏院演过的电影，本身就有点怀"旧"的意味。影院也影射舞台和演戏：重庆特务老吴在此布置暗杀行动，事后趁机脱逃，年轻学生则送死；他身在后台，别人却在前台演一场真实的暗杀戏，而领衔主演的就是王佳芝！然而影院又较舞台更阴暗神秘，银幕上呈现的是缤纷离奇的映象世界，但台下却是黑暗的。两相对照之下，电影比舞台更神秘。王佳芝也处处自觉在演戏，但越演越像电影中的情节和动作。张爱玲的叙述文体到此也更电影化，甚至整段戏都像是出自一部未拍的电影剧本，或者又可以说是在重复一部间谍旧片的动作，否则她不会加上"在放映一张黑白动作片"的句子。在此之前的一段描写更是传神，简直就是电影镜头：

> 她脑后有点寒飕飕的，楼下两边橱窗，中嵌玻璃门，一片晶澈，在她背后展开，就像有两层楼高的落地大窗，随时都可以爆破。（似乎连"深焦距"的镜头也摆好了！）一方面这小店睡沉沉的，只隐隐听见市声——战时街上不大有汽车，难得撖声喇叭（连镜头外的声音也不遗漏）。那沉酣的空气温暖的重压，像棉被捂在脸上。有半个她在熟睡，身在梦中，知道马上就要出事了，又恍惚知道不过是个梦。

这一段似梦非梦的主观描写是张爱玲神来之笔，在她这种笔下，现实的上海也变成半个梦境，她用的是一种意象的滤镜，光影从中折射，像玩魔术一样。李安的影片是否能再现这股似幻非幻的老上海韵味？

五、以形象重现历史

台北《印刻》杂志的《色，戒》专号中，有一篇黄海鲲的文章《李安风格：〈色，戒〉的美术设计》，并附有大量外景照片。我仔细看后，觉得此片的美工真的可圈可点，艺术指导朴若木应该记首功。黄海鲲文中提到：

> 凯司令咖啡屋的壁灯一律为盆形，开口向上，金色镏边。夜幕临灯火起舞，阑珊❶之美必喷薄而出，正应了夜让上海活起来的说法。《色，戒》中有大量夜景戏，灯光萦绕下的老上海，在李安的镜头中将妩媚得不可方物。

只是，我却认为并非如此，20世纪40年代的夜上海（特别在张爱玲笔下）不见得"妩媚得不可方物"。好在该片摄影指导普瑞托采用温柔的色调，把这些场景拍得既妩媚又略带幽暗，然而我觉得这镜头下的灯光之美还是太美了一点。

李安说："《色，戒》是中国人的百年尘埃，这是一种气质。"不错，但文化上的尘埃也该"落实"在物质的层面上，我认为连建筑物都应该蒙上一层薄薄的尘埃！平安戏院的"灰红"砖墙和"暗黄"门槛完全符合原著的色调，但在影片中看来还是太簇新了，几乎像是一家新

---

❶ "阑珊"是"将尽，衰落"之意，此处许是误用，作者想表达的应是灯火辉煌之意。——编者注

开的戏院，毫无颓废的感觉；而凯司令咖啡店也不那么"阴暗，情调毫无"，虽然在布景细节上一丝不苟，但毕竟还是把老上海"美化"了。当年上海的街灯也不像现在的香港那么亮。去过上海和平饭店的人当会记得，电梯口和大堂甬道上也有盆形开口向上的壁灯，金色镏边，它来自20世纪30年代流行的一种"装饰艺术"（Art Deco），指涉的是那个年代欧美资本主义文化的金碧辉煌，但到了日本开始占领上海租界的1942年，已经过了所谓"孤岛时期"，这种物质上生活上的"色相"也有点黯淡无光了。日军占领时期上海的繁华也是另一种回光返照，在政治压迫和经济萎缩下，甚至连汽车也少了——汽油太贵，一般人坐不起。张爱玲文中刻画的那几家西式店铺，义利饼干行、凯司令咖啡馆、西伯利亚皮货店和绿屋夫人时装店，都像是一个个迟暮的徐娘，所呈现的西式文化品味并不在于门面的装潢如何美丽，而在店内或橱窗里的小东西：木制的模特儿依然华贵，冷气玻璃柜中的西点蛋糕依然可口，咖啡虽然凉了但杯子看来依然精致得很……在这些细节上，我认为李安大致做到了。珠宝店的内景尤显功夫，甚至铺面上五彩花鸟和金字题款"鹏程万里"也没有放过，这一切细节都不能随便假造。其他小道具如老电影广告、美丽牌香烟和仁丹神药，以及"金英自来水笔"等招牌等，也惟妙惟肖，颇为逼真。这一切所代表的都是上海特有的都市文明，在小说和历史文献中只能看到文字的描述，电影中以形象呈现当然更直观立体了。

　　然而，以形象重现历史、以布景模拟真实，有一定的难处。我在前面曾经指出：不少以上海为背景的好莱坞影片，只不过把这个城市作为背景和道具，却指不出它的文化灵魂；电影其实也可以用作"招魂"的工具。李安显然对此早已深思熟虑过，而且野心更大，他甚至想拍出积压了一个世纪的中国文化的阴魂和它的深层心理结构，真是谈何容易。

　　《色，戒》一片在取景时也颇费周章，当年的香港在今日已不复见，所以只好到马来西亚的怡保和槟城，而在香港只用了一幢公寓和港大最老的建筑——陆佑堂。在上海则用了不少实景，如重庆南路一八九号的重庆公寓、南京西路的梅龙镇，还有外白渡桥，以及散布在愚园路、江苏路、衡山路等地的一些零星老建筑，在此他找到了"原汁原味"，但是否皆能投射出一股"老上海风情"？我认为此中会有一种吊诡：这种"风情"，其实是从怀旧的眼光看出来的，如果身处当年（1942 年）的上海，哪里还顾得到什么都市风情？"现实"早已把大部分上海人压得喘不过气来了。当今的年轻一代，也毫无怀旧的雅兴，对"老上海"早已失去文化敏感。所以"招魂"也绝非一件单纯的怀旧工作，而是一种在历史感驱使下的艺术"呈现"，每一幢老建筑都需要注之以它应有的文化精神，并从形象中展示出来。这是一件吃力而不讨好的工作。西方导演大师如大卫·里恩（David Lean），在拍摄历史题材的影片时（如《日瓦戈医生》），往往不惜在实景上花钱加工涂料，使之更有"风情"，李安是否有足够的资金做到这一步？是否可以得到当局批准？所以我认为能够有此成绩，已经不容易了。

　　《色，戒》影片所召唤出来的老上海，当然和张爱玲笔下的不同，这两位艺术家毕竟是两代人，背景和品味皆有所迥异。我们好像夹在他们中间，也徘徊在文学和电影的中间地带。

六、历史的联想（一）

　　《色，戒》的历史环境到底是什么？

　　研究张爱玲的文学评论家，大多持和夏志清相同或相似的看法：即使这个故事的背景是民国初年军阀时代，甚至晚清，也无关紧要。换言之，张爱玲小说中的人物和情节，可以从真实的历史环境抽离出来，作为一种虚构的文本独立存在。

那么，为什么《色，戒》要用日军占领时期的上海作背景？"张迷"的回答也许是：这当然是她自己最熟悉的历史环境，因为来自作者本人的经验。

然而，故事既然发生在汪精卫政府初成立的敌伪时代，必会引起读者的历史联想——这是一个汉奸和美女间谍的故事。于是当年才会有以"域外人"为笔名的张系国的指责：张爱玲的"政治"观点实在匪夷所思，把热血青年爱国的行动当成玩票，赋予一个大汉奸以人性，几乎变成正面人物。对于张系国的指责，当年张爱玲也一反常态，即刻以长文《羊毛出在羊身上——谈〈色，戒〉》来回应。这一段"历史"，读者相信早已知道，在此不必赘述。

我想从一个文学加历史的观点来探讨：既然这篇小说的历史背景放在敌伪时代的上海，而且还特别提到几个真实历史人物，如汪精卫、周佛海、陈公博、曾仲鸣，这段历史的阴影在文本中就不存在吗？外国人读这篇小说或看这部影片则不会有这类历史联想，说不定他们反应也与我这一辈的华人不同。至于年轻一代未经过战乱也毫无历史记忆的人，其反应可能与外国人相仿。我认为，即使张爱玲在叙事技巧上再隐晦，也不能完全掩饰历史。这段历史背景会像鬼魅一样在文本的背后"作祟"（haunting），即使我们不用詹姆逊（Fredric Jameson）的历史无意识（political unconscious）的理论方法，也可以摸出一些文本和历史辩证的端倪。

七、历史的联想（二）

且再从细读这篇小说的文本说起。小说前四页的麻将局，当然在晚清和民初通俗小说中都可以见到，但在张爱玲笔下绝对暗藏玄机。

从结构上说，四人搓麻将，三缺一绝对不可，偏偏乔装麦太太的王佳芝要先走，"易先生不会有功夫"（这是麻将桌上马太太说的话，看来她已猜到三分：王佳芝和易先生有染），只好非找廖太太来不可，这廖太太是谁？易先生又是何许人也？这个上海沦陷区汪伪政权的时代背景是从麻将桌上的太太们身上"折射"出来的。

> 左右首两个太太穿着黑呢斗篷，翻领下露出一根沉重的金链条，双行横牵过去扣住领口。战时上海因为与外界隔绝，兴出一些本地的服装。沦陷区金子畸形的贵，这么粗的金锁链价值不赀，用来代替大衣纽扣，不村不俗，又可以穿在外面招摇过市，因此成为汪政府官太太的制服。也许还是受重庆的影响，觉得黑大氅最庄严大方。

张爱玲对女性人物的描写最重衣着，在开头第二段就写坐在王佳芝左右的两个太太，"都穿着黑呢斗篷，翻领下露出一根沉重的金链条"——金子的形象点出了沦陷区的纸醉金迷："这么粗的金锁链价值不赀，用来代替大衣纽扣，不村不俗，又可以穿在外面招摇过市，因此成为汪政府官太太的制服。也许还是受重庆的影响，觉得黑大氅最庄严大方。"几句话轻轻地带出了历史以及上海和重庆的关联，用意何在？如果说汪伪政府的官场是以太太们的麻将桌作隐喻的话，看来非但王佳芝在情色之戏中要赌输，连汪伪政府这个日本人指使下的政治牌局也赢不了。小说中说"抗战后方和沦陷区都缺货……珍珠港事变后香港陷落，麦先生的生意停顿了，佳芝也跑起单帮来"，时间指的应是 1942 年（香港在 1941 年年底陷落，这也是《倾城之恋》的历史背景），李安的电影也以此为据。但真实的历史（郑苹如暗杀汉奸丁默邨事件）

却发生在 1939 年 12 月 21 日，比虚构故事至少早了两年。这段史实不少行家已经讨论过，在蔡登山的研究专书《色戒爱玲》中交代得也很清楚。问题是：为什么小说和影片故意移后到 1942 年？

　　熟悉历史的人都知道，珍珠港事变后，美国全面参战，日本方面形势开始逆转，而汪伪政权的末路其实已经指日可期了。在小说中这种"末日"气氛的迹象，就是颓废和纸醉金迷；换言之，历史的阴影是从"颓废"（decadence）中再现出来的。

　　"颓废"的美学意涵，我曾在拙著《上海摩登》第七章中讨论过，那是 20 世纪 30 年代的上海；日本占领之后，情况又有所不同。沦陷区的上海，所呈现的是一种道德和物质生活上的糜烂和衰败，张爱玲用粗金链条的意象暗示了出来。这群官太太们从钻戒谈到请客吃饭，到了小说结尾时又从德国冷盘菜谈到四川菜和湖南菜，什么"不吃辣的怎么胡得出辣子？"言语之间，表面上似乎把这段暗杀风云支吾过去了，但据历史学家考证：原来促使枪决郑苹如的，就是汪伪政府的几个官太太，包括丁默邨的发妻。小说和历史对照，显然有反讽的意义，然而小说"就轻"之余，是否就避了"重"？

　　沦陷区的上海物质生活逐渐匮乏是小说开头的一个历史重点，有了物质匮乏，所以生活方式的糜烂和无聊更显得突出，这又是一种"参差对照法"。❶ 但这仅仅是开始，到了王佳芝和易先生幽会的场景，颓废或色情气氛才更浓，在这些情节中，王佳芝被易先生金屋藏娇的公寓成了主要背景。小说中是这样写的：

---

❶ 张爱玲的"参差的对照"同时暗示了一种美学概念和叙事技巧。这种"参差的对照"指的不是两种东西的截然对立，而是指某种错置的、不均衡的样式。这是她自创的一个术语，她不曾对此有过详细解释，止于暗示而已。

不然在公寓见面，一到了那里，再出来就又难了。除非本来预备在那里吃晚饭，闹到半夜才走——但是就连第一次也没在那吃饭。自然要多耽搁一会，出去了就不回来了。怕店打烊，要急死人了，又不能催他快着点，像妓女一样。

这段王佳芝的主观回忆，把食和性很自然地连在一起：她自己似乎和妓女差不多，公寓也成了妓院。然而王佳芝的身份又和晚清小说中的妓女不同。晚清小说仍承袭中国文学传统中才子佳人的传统，妓女是"佳人"，需要"才子"来陪衬才能更有声誉。在张爱玲笔下，王佳芝毕竟是现代女性，二人幽会的公寓也是西式的（李安在影片中还特别强调此点），所以她这个"妓女"兼有情妇的身份，但无论如何都像是"红粉佳人"。直到故事发展到买钻戒的高潮，才从她的主观幻想中提升到"生死相许"的情的境地，但易先生是否真的对她有情？李安在片中显然表现得有情，虽然一味压抑；但在张爱玲原著文本中其实非常暧昧隐晦。

小说和影片中这一个微妙的人物个性对比，使我感到另一种困惑，到底张爱玲和李安的颓废美学有什么不同？在影片中，李安颇费周章，以深夜的雨景、紧闭的窗帘，以及洋式家具等布景和道具，营造出一种近乎浪漫的气氛。而张爱玲呢？对于他们在福开森幽会的公寓，却没有什么描写。"上两次就是在公寓见面，两次地方不同，都是英美人的房子，主人进了集中营"，反而在故事开头描写易公馆时着墨更多，甚至不忘窗帘的呢料和图案：

房间那头整个一面墙上都挂着土黄厚呢窗帘，上面印有特大的砖红凤尾草图案，一根根横斜着也有一人高。周佛海家里有，所以他们也有。西方最近兴出来的假落地大窗的窗帘，在战时上海因为舶来品窗帘料子缺货，这样整大匹用上去，又还要对花，确是豪举。

在那家印度人开的珠宝店上大做文章，场景描写足足有一页之多：

> 隔断店堂后身的板壁漆奶油色，靠边有个门，门口就是黑洞洞的小楼梯。办公室在两层楼之间的一个阁楼上，是个浅浅的阳台，俯瞰店堂，便于监督。一进门左首墙上挂着长短不齐两只镜子，镜面画着五彩花鸟，金字题款"鹏程万里　巴达先生开业志喜　陈茂坤敬贺"，都是人送的。还有一只横额式大镜，上画彩凤牡丹。阁楼屋顶坡斜，板壁上没处挂，倚在墙根。
> 前面沿着乌木栏杆放着张书桌，桌上有电话，点着台灯。旁边有只茶几搁打字机，罩着旧漆布套子。一个矮胖的印度人从圈椅上站起来招呼，代挪椅子；一张苍黑的大脸，狮子鼻。
> "你们要看钻戒。坐下，坐下。"他慢吞吞腆着肚子走向屋隅，俯身去开一只古旧的绿毯面小矮保险箱。
> 这哪像个珠宝店的气派？……

最后一句反问得恰中要害：本来珠宝店的气派理应金碧辉煌，哪像这家黑洞洞的印度店？但作者却对之刻画入微，连金字写的华人金字题款都不放过。

这一个场景，可谓中西合璧，在庸俗中夹杂一点异国情调，是典型的20世纪30年代上海的"十里洋场"景象，但却加上一层颓败兼寒酸的色彩。这个小珠宝店是古旧，它局促一隅，比起隔壁的三家洋店铺（凯司令咖啡馆、西伯利亚皮货店、绿屋夫人时装店）来，这家小珠宝店实在"更不起眼，橱窗里空无一物"，这又是一种"参差的对照"。对照之下，张爱玲刻意使这个虚构出来的小店貌不惊人，但在阁楼里则别有洞天：这个室内世界却是"安逸的小鹰巢值得留恋"。张爱玲又特意把王佳芝置于其中："墙根斜倚着的大镜子照着她的脚，踏在牡丹花丛中，是天方夜谭里的市场，才会无意中发现奇珍异宝。"这一段可说是整篇小说中最精彩的描写，非但在神秘中现出颓废（王佳芝的脚踏在牡丹花中的镜影），而且故意天方夜谭式的"东方主义"，在这个不真实的小世界中王佳芝发现奇珍异宝，也发现自己对易先生的情意竟然如此之浓。"大特写"继续指向那颗粉红色的钻戒：

> 戴在手上侧过来侧过去的看，与她玫瑰红的指甲油一比，其实不过微红，也不太大，但是光头极足，亮闪闪的，异星一样，红得有种神秘感。可惜不过是舞台上的小道具，而且只用这么一会工夫，使人感到惆怅。

这一段描写可圈可点。戒指的彩色和佳芝指甲油互相辉映，又是一个颓废的意象，然而这种颓废气氛是"言之有物"的。珠宝店是预期暗刺易先生的地点，因此危机四伏，犹如"黑色电影"中的一个场景。更突出的意义在于最后一句：可惜这颗粉红钻戒只不过是"舞台上的小道具"，这"舞台"指的是什么？它令佳芝想起当年做学生演戏的舞台？她自己还是在演一场戏？这一次演的是一个想象中的"红粉佳人"（戒指粉红色）或知己？一个即将论婚嫁的准新娘（影片中的印度店东还说了一句恭喜）？抑或有更多层的意义？"而且只用这么一会工夫"意义何在？表面上当然指的是在历史大舞台上，王佳芝此刻算计着易先生会被刺杀，这一切就会成为乌有，但就在这"一会工夫"——"只有现在，紧张得拉长到永恒的这一刹那间"，她的感情涌出来了，因而铸成大错。

张爱玲在此处用的是一种打破时空的"蒙太奇"手法，把"现时"的一刹那拉长到超越时空永恒。在后文中又把这"室内小阳台上一灯荧然"的"特写"，"映衬着楼下门窗上一片白色的天空"，令人感受到天地悠悠、时不我予，瞬间和永恒联系了起来。就这么一会工夫，"使人感到惆怅"——惆怅的是什么？如果文中所说的"人"是佳芝，当然指的是这出戏不久就要终场了。但我觉得不仅如此。读者读到这段话时，是否也感到惆怅？甚至苍凉？作为一个读者，我个人却从这个瞬间中看到历史：这"一灯荧然"照出来的神秘感不是天方夜谭中的精灵，而是历史的幽灵；即使又是演戏，这毕竟是一个历史的舞台。

张爱玲在《倾城之恋》中用了类似的手法，白流苏和范柳原这一对情侣因战乱而变成一对小夫妻，其历史背景（1941年日本占领香港）十分明显，是战争"成全"了他们的爱情。但在《色，戒》中却把历史暗藏于幕后；戏演得不少，但对历史的舞台却不在意，或故意隐蔽。然而，又借着易公馆的麻将桌和印度人开的珠宝店把时空背景交代得十分仔细，难道就是为了说一个虚荣少女失身于汉奸的背后故事？背叛的又是什么？

八、背叛

"背叛"（betrayal）是中西文学中的大主题：红杏出墙，妻子对丈夫不忠，或丈夫在外拈花惹草，都是背叛。但《色，戒》中的背叛绝不止此，故事的发展指王佳芝对于她的国民党特工同志的背叛，在恨透汉奸的爱国读者心中，这当然更是对国家民族的背叛。因此连张

爱玲写此篇小说、李安拍这部电影，都是"背叛"了祖国（有人更骂李安是为迎合美国人而不惜卑躬屈膝）。❶

我的"指责"恰恰相反，我认为不只是李安，连张爱玲都把"背叛"的主题浪漫化了，我心中一方面受到浪漫情绪的吸引，一方面又觉得二人对于"叛徒"的心理皆剖析不深，甚至不愿"直面"它。这又引出一个大问题：为什么中国现代文学中对于这段历史几乎没有什么出色的作品？电影更是如此？为什么当事人和后世人对于汪伪时代都畏而远之，莫测高深，不敢正视？怕戴上"汉奸"的大帽子？

对于一个汉奸易先生的心理，张爱玲在小说中完全以一种反讽式的叙述口吻来处理，李安则用他一贯的"压抑"法。对于一个爱上汉奸而背叛党国的年轻女子，张爱玲嘲讽挪揄，不像她对白流苏那么"专情"。如果和欧洲现代文学中的"德奸""意奸"或"法奸"作品（改编自此种题材的电影也不少，将在下文详论）相比，我认为中国作家在这一方面的反思简直交了白卷，不敢写也不愿写。张爱玲的这篇《色，戒》，聊可充数，却依然回避了这个现代史上黑暗的一章，为什么没有

---

❶ 最突出的是黄纪苏的《中国已然站着，李安他们依然跪着》一文："一百年前，中华民族匍匐在地，任人践踏欺凌。一百年来，中华民族挣扎于地，辗转于途，左突右冲，上下求索。经历了一百年山重水复的中华民族，如今是一个站着的民族。卧着和站着之外，还有一个跪着的状态。但这状态不属于自强不息、勤劳不辍的广大民众，不属于取经求法、蹈火赴汤的志士仁人，而专属于一部分失心丧志、依草附木的政治文化精英。这些人不光双腿跪着，双臂还抱着，抱着一条腿，一条西方的腿。跪抱在这一百年里既是一个事业，也是一个产业。李安执导、取材张爱玲同名小说的《色，戒》，就是近代跪抱业的最新作品。"

而李黎《失色之戒》则是另一种："这是一个关于背叛的故事：易先生背叛了他的国家、背叛了救他的女人；王佳芝背叛了自己早先的爱国情怀、背叛了她的同伙；易和王在面对'爱、不爱'时其实都是自欺，在情感上背叛了自己。李安在一个访问中曾说，他是回应张爱玲的'感召'（calling）而拍这部电影的。然而，在重新创造他的《色，戒》时，李安多少也背叛了张爱玲。"

人有勇气直捣"黑暗之心"？

不错，《色，戒》是张爱玲后期最出色的一篇作品，但仍有不足之处，它并非伟大杰作。我认为其中最大的不足，就是她不敢也不想面对历史。这可能出于个人原因，也可能是她的文风一向非政治，但更可能的原因是她根本没有受过什么罪，或未亲睹过别人的受难。我的这项指责，当然来自我看过的欧洲犹太作家所写的"大屠杀"（Holocaust）文学。且随便从中引出一个题目：在二战的纳粹德国占领下的其他国家，到底发生过多少"背叛"事件？谁背叛谁？是否忠奸很难分，皆为此中爱上德国军官而背叛祖国（法国、意大利或荷兰）的故事更多，以此为主题的影片更是层出不穷？如果用这种方式来"质问"（interrogate）中国现代文学的话，只好"无语问苍天"了。

《色，戒》小说中颓废气氛（从麻将桌到珠宝店）似乎间接地"反映"了那个时代，更把女主人公王佳芝比作"妓女"；到了李安手里，王佳芝的"主体性"加强了许多（但仍不能完全自主），也连带把汉奸易先生在日本人手下做事，也喻为妓女，甚至还特别加上了一个重要场景：二人在虹口一家日本餐馆中幽会，王佳芝为易先生献上一曲《天涯歌女》。唱完这首周璇以此走红的脍炙人口的名曲后，易先生看来颇为感动，拍了几下手。接着是二人的对话，王佳芝问他是否把她当成妓女，他的回答是："我带你到这里来，比你更知道怎么做娼妓。"显然影射的是他自己做日本走狗的低贱，比妓女还不如。既自怜又自嘲，还带点自憎的意味。在我看来，他此时因景生情，但这个"情"不见得是对王佳芝的爱情，而指的是自己的政治境遇。香港有的评论家认为，李安把易先生这个角色处理得太过伤感了，我认为可能是李安用心良苦，想弥补小说中一个政治上的"缺席"。

在《色，戒》小说中，日本人完全不存在，换上另一位作家，例如原籍日本的石黑一雄，情况就可能会大不相同。在他以同时代的上海为题材所写的英文小说《同是孤儿命》中，竟然把日本人变成了主角之一。更遑论较张爱玲稍早的日本"新感觉派"小说家横光利一，他写的日文小说《上海》，更是从在上海的日本人眼中去看中国工人暴动。为什么张爱玲不写日本人？因为她反日？不认识什么日本人？（读过《对照记》的读者，应该记得张爱玲在不止一次的公开场合中见过华化的日本女明星李香兰，并有合照。）在沦陷时期的上海，日本政府非但大肆宣传"大东亚共荣"，而且也制定文艺政策，拉拢中国文人和艺人。这段史实，张爱玲身在其中，而且在那个时代她和大多数的上海人一样，生活在一个自己亲戚朋友的华人圈子里，虽和日本人没有什么来往，但却不避汪伪政府手下的一群御用文人（如胡兰成），甚至还向他们办的杂志投稿。为什么她在这个文坛上的"灰色地带"不避嫌，而五四新文学的大将如郑振铎却一直耻与任何汉奸为伍？

　　我们当然可以为这位才女开释：她本来对任何政治都不感兴趣。然而这个文化上的灰色地带恰是她成名之处。很少人注意到沦陷时期的上海文坛，只有傅葆石和古苍梧，以及美国学者耿德华（Edward Gunn）❶和我的学生黄心村等人写过研究专著。我从这些学者的著作中，得到的结论是：这种文化有两个来源，一是中国文学中的古典传统，诗词歌赋，一是晚清以降的通俗小说，二者都回避政治，专谈风花雪月，并以这种方式回归传统。大汉奸周作人更以保护中国文化传统为名来支持日本的"大东亚共荣"的文化政策。

---

❶ 参见 Fu Poshek, *Passivity*, *Resistance and Collaboration—Intellectual Choice in Occupied Shanghai 1937-1945*；Edward M. Gunn Jr., *Unwelcome Muse*：*Chinese Literature in Shanghai and Peking 1937-1945*；古苍梧：《今生此时 今世此地：张爱玲、苏青、胡兰成的上海》。

这些因素，都成了上海沦陷后"颓废"文化的一部分。但在《色，戒》小说中反而没有她早期作品（如《金锁记》）中明显，《金锁记》中的人物，说是三十年前的故事，其实也有写作的那个时代文化的影子。总而言之，这是一个文化保守性甚强的世界，张爱玲身在其中，无形之中，可能也造成了她的"非政治"人生观和反五四的心态。

这种心态，我认为间接地影响到易先生的造型。《色，戒》中他出场时是这样描写的：他长得矮小，"穿着灰色西装，生得苍面清秀，前面头发微秃，褪出一只奇长的花尖；鼻子长长的，有点'鼠相'，据说也是主贵的"。最后一句中所谓"主贵"当然是反讽，但作者却没有继续描写下去。直到买钻戒时的关键场面，才说他"此刻的微笑也丝毫不带讽刺性，不过有点悲哀。他的侧影迎着台灯，目光下视，睫毛像米色的蛾翅，歇落在瘦瘦的面颊上"，在王佳芝情意甚浓的注视下，他也显得情意绵绵，"在她看来是一种温柔怜惜的神气"。有的论者认为这是张爱玲怀念胡兰成的真情流露表现（可见蔡登山书中所引的各个观点，包括蔡登山本人），对我而言，不论易先生是否有胡兰成的影子，张爱玲用"苍面清秀"这四个字，早已把此种传统式文人的面貌表露无遗。而这个汉奸的"鼠相"，除了反讽外，也带一点精灵巧智，似与胡兰成暗合，却和历史上的特工汉奸丁默邨大异其趣：丁默邨在照片中乱发高耸，但前面秃头，而易先生只不过微秃，"褪出一只奇长的花尖"，这是一个妙笔，因为花尖显然变成了一个印记，像是额前的一个"红字"（在霍桑原著《红字》中，是通奸的记号），此处既影射奸情，又有好色纵欲的意味。换言之，也是一种角色上的颓废象征。这个角色造型，是张爱玲深通中外文学的表征之一，值得玩味。

小说中说易先生是欢场老手，甚至吃壮阳补药来玩弄女人。一方面他眉目清秀犹如文人，一方面他又是个老奸巨猾的特工和毒丈夫。

这个心理上的复杂性，张爱玲点到即止，但在李安的影片中则有所发挥：二人第一场床戏，几乎是一场强奸，而且带有虐待的意味。易先生还写得一手好字，在最后判王佳芝死刑的卷宗上签下自己的姓名：易默成。书法刚劲，全是一副传统书生的手笔，他既用毛笔（见墙壁上易默成录写的总理遗教），又用钢笔。这个文人造型又是李安添补上去的，不可谓不用心。

然而《色，戒》小说和电影毕竟与真正的历史有一段距离。张爱玲初写这篇小说时（1950 年）已在战后，时过境迁，那一段历史成了回忆。后来在美数度改写，当然时空差距更大。她为了小说艺术目的（这毕竟是一个小说的好题材，所以她初闻时兴奋不已），当然"牺牲"了历史真相。然而，我认为历史并没有因她的有意或无意的隐蔽而完全消失，反而在小说行文的一连串蛛丝马迹中重新呈现。也许作者是无意的，但在小说中她不但提到真实人物汪精卫的手下曾仲鸣在河内被暗杀，而且又从易先生的思绪中提到连周佛海也搞特工。这些历史人物，为什么要再三提起？甚至连汪精卫（也是一个眉目清秀的书生型汉奸）也呼之欲出。这些人都被摆在隐晦的叙事结构之中，但却像几颗小钻戒一样（当然我用的也是反讽），闪闪发出幽魂的黯光，处处在提醒读者：就是这一批人和他们成群的妻妾，把无数个爱国青年置于死地，抗战胜利后有的却为了自保又"反正"了。

张爱玲究竟是私下同情这些狐群狗党，或是根本对之不屑一顾？抑或是超然在上，以文学家的"上帝"观点俯视这个俗世间的悲欢离合？我不愿解答，也无从解答，然而还是禁不住在此要问一句：艺术何价？好的文学是否必须超越历史？超越得了吗？

九、两种国民党，两种忠诚

1. 张秘书和老吴

我在前文中提过，《色，戒》片中有一个小人物让我印象殊深：那个易先生的张秘书（樊光耀饰）❶，无论在造型和行为举止上都引起了我的一种"共同回忆"。那是我这一代在台湾长大的人所共有的，想李安（虽比我年轻几岁）亦不例外，他拍此片时感触比我更多也说不定。《色，戒》一片令我印象深刻的原因也许就在此。电影可以召唤回忆，甚至较小说更容易，因为它是一种形象的艺术，这个张秘书角色就是一例，虽然在张爱玲原著小说中，他并不存在。

有历史考证癖或索隐狂的人，一定会想到：在丁默邨当权的时代，他还有一个副手李士群。丁李两人后来因争权而钩心斗角。郑苹如被捕入狱后，还有一个押解她的林之江，据说在狱中（甚至在枪决前）郑苹如还引诱过他。❷ 我对于这段"史实"其实兴趣不大，反而觉得李安可能从这几个历史上的小人物中勾画出一个"合成体"（composite）的形象，就是那个张秘书。他在造型上可圈可点：头发剪得甚短，一脸服从的样子，却心怀鬼胎，在戏中几乎没有说一句话，但一切尽看

---

❶ 有论者指出，电影里的张秘书是个高级人物，比易的能量都大，直接汇报给日本人。即使在表面上，也是特工总部（魔窟）的二号人物，大事都参与，已经在调查跟踪王佳芝，跟踪邝裕民（估计就是从这次电车相会开始的，这在张秘书最后一场可以证明），但是没有什么行动，他要钓大鱼。当然更在操纵监视调查易先生，所以李安说"要当心"，要大家当心这个人物。见西班牙眼：《张秘书、郭司机、阿妈和书房：开启〈色，戒〉悬疑谜案的钥匙》，blog.sina.com.cn/s/blog_50d73f4c01008ffj.html。

❷ 蔡登山：《色戒爱玲》，台北：INK 印刻出版有限公司，2007，第113—117页。引自金雄白：《汪政权的开场与收场》，台北：李敖出版社，1988。

在眼中，藏在心里。穿着更是当年和后来在台湾的国民党官员的典型：藏青（或土黄）色的中山装。这种人我见多了，在内心深处不禁留下一层阴影——恐惧。现在的国民党当然大不相同，只不过是一个政党。

片中的另一个国民党人物是潜伏在上海的"中统"特务头子老吴，在小说中张爱玲只提了一句："他们那伙人里只有一个重庆特务，给他逃走了。"逃走的地点是平安大戏院，这一段应可拍得颇为精彩的戏，李安影片中则略去了。这个老吴也是短头发，穿着与张秘书甚为相似，但在片中表现激烈，在一场戏中还力斥两个年轻人王佳芝和邝裕民不可轻举妄动；他自己的妻子和儿女都死于敌伪之手，尚能沉得住气。演老吴和张秘书的两位演员一六一卑，都演得十分出色。张秘书和老吴，这两个小角色让我领悟到一个小道理：原来这两种国民党官员虽一忠一奸，但出自同一种政治的体制。不少撰写老上海的影片多注重上海的黑社会（如香港出产的电视剧《上海滩》），却甚少以国民党政权作为背景。1940年，汪精卫伪政府在南京成立，和重庆的国民党政府相对而立。这两个政府都奉孙中山先生为国父，甚至党旗也如出一辙，只不过汪政府的国民党旗在"青天白日"的上方加了六个字："和平反共救国。"据知李安做过仔细考证，又经过该片顾问郑培凯教授复查，但影片公映后仍有论者挑剔出内中未尽翔实之处。

我想到的问题是：李安的这种"并置法"意义何在？和原著小说的着眼点有何不同？它所引起的另一种政治思绪是什么？在1949年后的中国大陆出生的观众可能对此毫无感觉。

虽然这两个国民党政府当时都以"反共"为名，但一明一暗：汪政府把"反共"打在党旗上，而重庆政府则表面上联共抗日，但在皖南事变（1941年）后早已和在延安的中共貌合神离，暗中也在反共。半个世纪以后，时过境迁，空留遥远的回忆。李安是否从他的父执辈中，感受到这段抗战时期两个政府的历史余绪，我不得而知，但在影片中的确展露无遗。

到目前为止，历史档案尚未完全公开，真相不得而知，但据我看过的二手资料，这两个政府一直保持地下管道的联系，甚至在金雄白的回忆录中也说得很明显：当年汪精卫手下的大特务丁默邨，与重庆的陈立夫和戴笠等人暗通声气，所以在战后立刻"反正"，做上浙江省省长；但丁默邨随即又被枪决，个中原因何在？我很想在现存斯坦福大学胡佛图书馆中的蒋介石日记中看看能否看出一点端倪，可惜至今尚未能如愿以偿。

2. 历史的阴影

有人会说，历史归历史，文学归文学，张爱玲的小说和李安的电影都是虚构的，与史实并无关系。也许，张爱玲确是如此，李安则不尽然。张爱玲在《色，戒》中根本没有提"国民党"这三个字，但是小说一开始，在第二段就提到重庆，说这几个汪伪政权的官太太穿黑呢斗篷，"也许还是受重庆的影响，觉得黑大氅最庄严大方"。黑色，黑色，美丽的黑色！历史照片中的蒋介石和蒋夫人都穿黑斗篷式的大衣，其他国民党官员和太太们当然竞相效仿了。然而为什么张爱玲在此要点一句重庆？它只不过是一个历史小道具吗？

在小说的第三段，就说易先生夫妇俩"跟着汪精卫从重庆出来，在香港耽搁了些时"，然后又提到"跟汪精卫的人，曾仲鸣已经在河内被暗杀了，所以在香港都深居简出"。这几句话，表面上看来只不过为小说情节做了少许历史交代，为后来的暗杀布局，犹如影片《卡萨布兰克》开头煞有介事地映出一张地图，交代二战时欧洲人逃难到北非再转飞葡萄牙到美国一样，但后者纯系一个好莱坞式的借口，而张爱玲不会如此轻率交代了之。在这有意和无意之间，历史的阴影得以浮现。

在此后的情节中，官太太们走向"前台"打麻将，易先生登场，却只打个招呼站在他太太背后看牌。张爱玲以她惯用的室内装置细节点出一面落地窗帘（窗帘、屏风和镜子，皆是她的写景拿手好戏，把室内空间——也是一种女性的空间——和外界隔开来），然后突然冒出一句："周佛海家里有，所以他们也有。"周佛海何许人也？❶这位汪手下的第一号大头目，张爱玲当年记忆犹新，现今的年轻读者可能丈二金刚摸不着头脑了。谁说阅读时不需要历史知识？否则如何解破这个"密码"？

《色，戒》对这一代读者是一大挑战，甚至对我亦然，所以我也必须勤读当年的历史，补上这一节课。我曾在上文中交代汪伪政府统治下上海文化和文人的面貌，未能深入，但至少为这篇小说垫了一个底。易先生的"鼠相"和"主贵"也由此添加一层意义："主贵"是他在汪伪政府当官，而鼠相呢？精灵、机智、阴险之外，可能也暗隐一种暴力倾向，在文中这当然是指特工职务的工作需要——调查审判时要用刑，杀人乃家常便饭。这一切在小说中皆"压抑"在文本背后，几乎没有一句提到他的"暴力倾向"，甚至在紧要关头连枪也没有放（陪王佳芝看钻戒时没有带枪；暗杀未成，所以也没有枪声）。但在影片中则从易先生的口中处处明示，连当年同胞在死前血喷到皮鞋上都讲出来了，还是对王佳芝在汽车中说的！以易先生小心翼翼的性格，似乎不

---

❶ 周佛海（1897—1948），1921 年 7 月参加中国共产党第一次全国代表大会。1924 年脱离共产党。1932 年后参与筹建国民党特务组织复兴社，并任国民党中央民众训练部长等职。1938 年底随汪精卫投敌，成为汉奸。1940 年起任汪伪国民党中央执行委员、上海特别市市长等职。日本投降后，曾被蒋介石任为上海行动总队总队长，后在舆论压力下被捕，死于南京狱中。

合常理，因为开车的司机会听到，即使是亲信也该警戒。

性和暴力连在一起，是李安的演绎，非张爱玲的"情操"。然而张爱玲间接又转弯抹角的文笔，并没有完全使这篇小说完全逃离历史，否则她不会在小说最后易先生自我解说的"意识流"中再次提到日本宪兵和周佛海："周佛海自己也搞特工，视内政部为骈枝机关。"这完全是史实。然后又解释说："现在不怕周找碴子了。如果说他杀之灭口，他也理直气壮：不过是些学生，不像特务还可以留着慢慢逼供，榨取情报。"接着又说："他对战局并不乐观。"这一系列的历史性陈述都是一种反讽，但在反讽之余，张爱玲并没有忽略易先生另一面的感情心态："得一知己，死而无憾。他觉得她的影子会永远依傍他，安慰他。"所谓"知己"，当然指的是"红颜知己"，他自己当然也以才子文人自况了，这种自喻并非我误读，而和张爱玲心目中的中国传统文化有所关联，至少这个譬喻和马太太猜到的他和王佳芝的关系（纳宠）层次不同，所以马太太要他请"喜"酒。一方面别人看他"喜气洋洋，带三分春色"，另一方面他内心的"自由间接式"的独白（其实当然是背后的叙述者所加），则把这种关系视为极强烈的感情关系，"原始的猎人与猎物的关系，虎与伥的关系，最终极的占有"。这种说法，就写实主义的常理而言，这个"无毒不丈夫"的特工是说不出来，也想不到的。但张爱玲的带叙带论的技巧，却极巧妙地把这个"鼠相"男人的内心呈现出来了。"她这才生是他的人，死是他的鬼。"张爱玲这一段话，把这件情事说得轰轰烈烈，为什么？

3. 不吃辣的怎么胡得出辣子？

张爱玲在反驳"域外人"（张系国笔名）的长文《羊毛出在羊身上：谈〈色，戒〉》中，为了答复域外人一文提出的问题"小说里写反派人物，是否不应该进入他们的内心？"而自辩，也引了上面一段，但以易先生事后"自我陶醉"做解释。域外人说："读到这一段，简直令人毛骨悚然。"张爱玲反驳说："'毛骨悚然'正是这一段所企图达到的效果，多谢指出，给了我很大的鼓励。"借此又反讽了张系国一笔！❶

作者的意图，往往也可能和读者阅读文本时的感受和诠释不同，这是文学评论和理论界司空见惯的事，巴尔扎克自己有保皇党的倾向，但在他的小说中绝非如此；陀思妥耶夫斯基本人属于俄国东正教的信徒，但在小说中却处处让反宗教的西化派和革命党占上风。我们当然不能同意张爱玲的指责"域外人先生看书不够细心"，但是她自己的意思，作为读者的也不必奉为金科玉律。在文学理论界，甚至"误读"也是一个可以讨论（甚至被允许）的题目，否则全听作者意旨算了，不用诠释。反过来如果作者不做辩白呢？

我在此邀请所有"张迷"和行家，对于上面引的这一段易先生的"意识流"做各自的诠释：这一切皆是一个中年人"自我陶醉一下"的表

---

❶ 三十年后张系国再做反击："其实就某种意义讲，李安非常忠于张爱玲，彻底为老易平反，所以说：张爱玲不能明说、不能明写的，李安都做到了！我问了许多看过电影的朋友，老易是不是坏人？几乎所有的人都认为他不完全是坏人，甚至有些人认为他情有可原。的确，政治正确的老易几乎无懈可击，何以见得？"张系国：《政治正确的老易》，《中国时报·人间副刊》2007年11月11日。

现吗？❶ 王佳芝买钻戒，"分明是要敲他一记"吗？她在紧要关头要他逃走，以免被杀，难道仅是"她捉放曹放走了他"吗？如果如此，为什么张爱玲在最后出版时加上了七百多字，从王佳芝的主观回忆和"意识流"中大谈"女人的心"？解释她如何陷入爱河，"因为没恋爱过，不知怎么样就算爱上了……"在《羊毛》文中，张爱玲讲了一大堆王佳芝，却没有说到她的爱情，只谈到她"凭一时爱国的冲动"；反驳域外人一文"对她爱国动机全无一字交待"的指责，只说一句"那是因为我从来不低估读者的理解力，不作正义感的正面表白——和几个志同道合的同学，就干起特工来了，等于是羊毛玩票"。

　　不错，羊毛应该出在羊身上，这"羊身"既是小说中的王佳芝，

---

❶ 李黎《失色之戒》颇代表了"张迷"的看法：

　　可怜王佳芝一直到死，都不清楚自己爱上易先生没有，只是在买戒指的那个恍惚如梦的氛围里，被催眠似的以为易先生爱上她了。电影里无法铺陈这样委婉转折的心境，却奇大利用了戒指的视觉效果，变成用来收买芳心的"压死骆驼的最后一根稻草"了。甚至不惜改动了情节，让易先生主动给王佳芝一个惊喜，先叫她自己去一家神秘店铺挑钻石，再陪她去取镶好的戒指……一桩买戒指的事分两次进行，张力大减，难道为的就是让王佳芝充分感受到易先生的款款深情？

　　一个严肃的导演肯下重手拍暴露的床戏，甚至不惜被评进 NC-17 也义无反顾，足以证明这不是基于票房考量，而是相信剧情的需要。那么剧情需要的是什么呢？就是说服观众：经由这样的激情欢爱，原先的政治对峙、国仇家恨都消融了；彼此这样激烈彻底地进入了对方的身体，肯定就进得了对方的心了。真是这样的吗？现在大家都知道原作里的那句话了，"据说是民国初年精通英文的那位名学者"（指辜鸿铭）的话："到女人心里的路通过阴道。"问题是有几个人细看了原作的上下文呢？张爱玲引用这句话时是王佳芝在自说自话、自我辩驳，所以接着还有："至于什么女人的心，她就不信名学者说得出那样下作的话。她也不相信那话。"但还是疑惑："那，难道她有点爱上了老易？她不信，但是也无法斩钉截铁的说不是，因为没恋爱过，不知道怎么样就算是爱上了。"

　　连爱上与否都不确定，通过哪里到达哪里又怎能有定论？接下来的疑问是：那么，书里的王佳芝可有像电影里那么销魂享受肉体之欢？

也是小说的作者，如作者没有自辩，我也不会再追问下去。我认为张
爱玲在这篇长文中未免太过"事后诸葛亮"，把两位小说的主人翁都说
得一钱不值，也许她低估了她逝世后读者对她的小说的宠爱和敬重，
连我这个读者也不惜钻牛角尖。

她在自辩文中对于王佳芝"游戏"的说法，为后世的评论家指出
一条"真真假假"的道路，连夏慕斯都套用齐泽克对于"演"（perform）
和"行动"（act）的理论大做文章。问题是王佳芝是否后来假戏"真"
做？张爱玲在《羊毛》文中似乎不承认王佳芝有真情，更不给易先生
任何感情的可能性。"毛骨悚然"全在反讽，然而"反讽"（这个文学
批评中常用的名词）并非源自中国，而是来自西洋，而且 irony 也有不
同的表达方法，它既和讽刺（satire，鲁迅的《肥皂》是一例，是一种
ironic satire）不同，又不一定非"愤世嫉俗"（cynical）不可。阅人无数，
看穿世情的人，往往在中年以后很愤世嫉俗，但早年初出道的张爱玲
并非如此，然而写《色，戒》时的张爱玲是否真的很 cynical，以至于
完全"不留情面"——不承认感情的可能性？

至少，李安不作如是想，所以有论者认为李安太感情化了！我则
认为《色，戒》这个"文本"并非完全符合作者事后对之所做的解释，
当然域外人是解错了，但张爱玲也未必完全解得对，作者意旨的权威
性多少是可疑的。

此处且打开另一个最受争论的话题：张爱玲为什么对于爱国青年
的动机不做任何交代，甚至也毫不正视？完全是为了小说题材和技巧
上的需要：主要写的敌伪时代的汪政府人物，所以不能够谈太多爱国
心？抑或是她自己一向不喜欢五四文学传统大叙述中的爱民爱国的潮
流？1950 年以后，她是否更是如此？我无意在此谈民族大义的问题，
只想谈王佳芝和邝裕民这两个角色。

4. 王佳芝和邝裕民

再回过头从小说文本谈起。《色，戒》的情节推展，是以人物带出来的：先是麻将桌上的太太们，内中虽先点明有"麦太太"王佳芝，但她并不突出，反而其他太太们的对话占了不少篇幅，不细心看，往往忽略了第一段对王佳芝外表的细致描写：

> 酷烈的光与影更托出佳芝的胸前丘壑，一张脸也经得起无情的当头照射。稍嫌尖窄的额，发脚也参差不齐，不知道怎么倒给那秀丽的六角脸更添了几分秀气。脸上淡妆，只有两片精工雕琢的薄嘴唇涂得亮汪汪的，娇红欲滴。云鬟蓬松往上扫，后发齐肩。光着手臂，电蓝水渍纹缎齐膝旗袍，小圆角衣领只半寸高，像洋服一样。领口一只别针，与碎钻镶蓝宝石的"纽扣"耳环成套。

"稍嫌尖窄的额""美丽的六角脸""两片精工雕琢的薄嘴唇……娇红欲滴"，然后是她的头发衣饰和领口的一只别针和"碎钻镶蓝宝石的'纽扣'耳环"，没有戴钻戒。除了提到她"胸前丘壑"外，没有描写她的身体。这几句话显然都为李安提供不少选角的线索，使他从汤唯的气质中看到王佳芝，这不是一种以"色"或肉体取胜的造型。"麦太太"很年轻，小说中虽无仔细交代年龄，汤唯在最近一次媒体❶的访问中则直说她活了二十三岁：

> 她非常勇敢去找到自己，她爱邝裕民所以她投入邝的这份感情，不惜牺牲自己的贞操，甚至勾引一个特务汉奸。我很佩服她……

---

❶ 《亚洲周刊》2007 年 11 月 25 日。

她无憾，她这二十三年活得太值了。

　　这一番话，当然是在李安"校长"教导下悟出来的看法。原著小说中的王佳芝不见得如此正面。

故事中，王佳芝的身世是从她主观的角度带出来的：先是一个少妇兼情妇和易先生欲望的对象，然后隐隐露出国民党间谍的身份和思考，因此易先生显得很丑陋，是一个"老奸巨猾"的"四五十岁的矮子"。然后才提到她演过戏，"在学校里演的也都是慷慨激昂的爱国历史剧"，为她早年的"爱国心"下一个演戏的基础（所以后来论者才会以此为凭，大做文章）。在影片中王佳芝在香港大学主演的绝非爱国历史剧，如《文天祥》（20世纪50年代初在香港也拍过以文天祥为主角的影片《国魂》），而是类似抗战期间，在大后方和延安演出的抗敌剧，显然把抗日爱国的主题摆在前台。张爱玲在小说中还特别提到"尤其在香港，没有国家思想"，后来有当事人也提到其实广州岭南大学学生也没有太多爱国思想。据张爱玲好友宋淇回忆，他在北平燕京大学做学生时，同学倒是爱国情炽，甚至有些人想暗杀汉奸，后被国民党纳入特务组织，变成了这段情节的原型。

　　在《色，戒》小说中，王佳芝也不见得爱国，而只是在剧团中任当家花旦。小说中说"香港一般人对国事漠不关心的态度也使人愤慨"——使谁愤慨？如果是王佳芝，则她应该有一点爱国心，像其他"流亡学生"一样。张爱玲用这种方式介绍出几个爱国青年，以邝裕民为首，但并没有在邝裕民身上下过多少笔墨，只说"那一伙人"计议要王佳芝牺牲贞操，偏偏是其中她最看不上眼的梁闰生，"只有他嫖过"；初次性经验反而使她和梁及这伙人弄得很僵，她后悔了，因而和他们疏远。张爱玲用这种叙事法冲淡了任何爱国情绪，是否有点矫枉过正？后来王佳芝到上海，"每次跟老易在一起，都像洗了个热水澡，把积郁都冲掉了，因为一切都有了目的"。这是小说中第三人称叙事语气——却从王佳芝主观的角度——中的解释。域外人说这是匪夷所思，张爱玲说这是"因为没白牺牲了童贞，极其明显"。域外人的误读，是以为王佳芝不可能与一个大汉奸做爱，如洗热水澡痛快，冲掉了"积郁"。他没有想到佳芝心中"积郁"的所指。妙的是这句"能指"（signifier）和"所指"（signified）的交错对位，很容易令读者一不小心就会误解：这"热水澡"难道就没有性交的意涵？这"积郁"难道不是她初生的性欲不满足吗？我猜连李安都有些"误解"。

　　张爱玲的"目的"论也有点牵强，不足以令我信服，原因之一是小说中对于这一段交代得太"世故"了，像是一个中年人回顾当年往事的口吻，二十三岁的王佳芝也会如是想吗？张爱玲在小说中一向带叙带论，不避主观或客观，用的是一种"自由间接"的文笔，但世故式的评论口吻和人物的主观叙事方式，有时也形成一种张力或矛盾，这种文体作者不能事后用"道理"做单一解释（rationalization），有时候，故事主人公的"主体性"反而因此丧失了。从这种文体的角度来说，王佳芝没有足够的主体性——勇于牺牲，或面对自己的内心做出选择——这一切都是后来电影剧本加进去的，或是李安和汤唯悟出来的。以常理推之，一伙年轻人演爱国戏，迷迷糊糊干上暗杀当，哪是什么深思熟虑后的爱国选择？就是因为张爱玲不愿交代，所以李安特意加重了这段情节，连我看来肉麻的话剧片段也演出来了。

　　令人看来肉麻的话剧片段，为什么反而会让我感动，而不少年轻朋友却对此嗤之以鼻？因为我幼年时候亲自听到父母亲大叫过"中国不能亡"这类口号！我生于抗战，父母亲和他们的学生都是爱国青年，也有不少"流亡学生"弃笔从戎，响应国民政府"十万青年十万兵"的号召。在我出生的河南和大后方，政府就是在重庆的国民党统治下的"国民政府"。而张爱玲却没有经历过这一段历史，她在港大没有念完书，珍珠港事变后由香港转回上海生活，一直到1949年，然后在20世纪50年代初到香港，再转赴美国。这段尽人皆知的流亡经验，偏偏没有包括苦难的大后方，当然她更没有到过革命根据地延安。因此我们不能故意怪罪她对"革命"或"爱国"没有什么感情，因此她也体会不到王佳芝和邝裕民这类爱国青年的另一种牺牲——为"民族国家"而牺牲。王佳芝在小说中是为"情"或为"色"而死，邝裕民更是莫名其妙地被王佳芝出卖了，因而也被一网打尽后枪决，白白地牺牲了自己的宝贵生命。这一切冤枉，在故事中都没有写到，甚至从反讽的层面上也极少着墨，连邝裕民这个人物也几乎没有描写。所以，我初听到李安请王力宏演此角时，也吓了一跳。怎么我读小说如此不够细心，没有感觉到邝裕民的存在？

不错，张爱玲"从来不低估读者的理解力，不作正义感的正面表白"。那么，即使从反面做反讽式的描述呢？如果邝裕民不值一提，王佳芝呢？只不过是一个爱慕虚荣、喜欢演戏的女学生，只凭"一时爱国心的冲动"就走上不归之路？在影片中为这个角色提供了多种动机，甚至把张爱玲自己身世的一部分，自幼失去母爱（片中是父爱），寄人篱下等，都加进去了，又把香港演戏这一段从演爱国剧到杀人拉得极长，是否根本表错了情？如果张爱玲再世，说不定又会对李安讽刺一番，此片令她看得"毛骨悚然"，效果太"好"了，多谢拍摄拙作！"张迷"大多也会认为：李安大逆不道，这哪里是张爱玲的小说？味道根本不对。如要票房，倒不如干脆拍一部夸张的色情间谍片，以高阳从史料和野史中演义出来的小说《粉墨春秋》作为蓝本，说不定更精彩、更叫座！

我猜原因无他，李安太"爱国"了，这股"爱国心"的冲动，促使他非但特别同情王佳芝这个人物，而且还特别塑造了一个正面的爱国青年形象，甚至令王佳芝在出任务之前还说了一句：当时在香港，"你要的话是可以的"，爱意溢于言表。最后，这一伙爱国青年都为党和国家捐躯了。他们被重庆的国民党特务收编，暗杀失败后却被汪伪政府的国民党特工一网打尽，"不到晚上十点统统枪杀了"，成了两种国民党的牺牲品。

小说中有一句易先生心中想的话："她临终一定恨他。"不知道王佳芝是否也恨他和另一个老吴所代表的国民党？至少，我知道张爱玲是不喜欢"爱国捐躯"或"为民族抛头颅洒热血"之类的宣传口号的。

至于这一代年轻人的"爱国"，当然又当别论，因为现在日本早已成了友邦，也无所谓亲日"汉奸"了。

十、中国人的"黑皮书"？

在此不妨岔开一笔，谈谈我最近看的两部电影，一是意大利片《超越国境》（*Beyond Borders*，2004 年），一是荷兰片《黑皮书》（*Black Book*；*Zwartboek*，2006 年），两部电影的题材皆和《色，戒》有相似之处，也给予我不少启发。

《疆域之外》据称是根据真人真事改编的：一个名叫安吉拉的意大利女人，在二战时爱上了一个德国军官。她参加游击队抵抗侵占她祖国的敌人，他却受命指挥一团德军，大肆搜捕意大利反抗分子；她受一个"意奸"的威胁，不得不投靠在德国军官处工作，两人渐生爱意。后来呢？我事先不知道故事的结局，以为和《色，戒》相似，她会被他所杀，而他最后也必死于非命。不料出乎意外，真人的故事竟然是两人终成眷属，皆大欢喜。

如果请张爱玲改写这个故事，她是否仍用《色,戒》的方式处理——

冷嘲反讽，毫无温情，甚至把安吉拉塑造成一个天真少女，爱慕虚荣？而这个德国军官呢？当然也毫无善心爱意可言。如果再请李安将之改拍成电影，是否又和这部长达三小时的意大利片一样，娓娓道来，平铺直叙一波接一波的情节，几乎像是一部电视连续剧？然而，不这样拍又如何处理？在真人真事的现实压力下，观众也必期待历史的展现不能太离谱，然而一切电影艺术的技巧却在此无法施展。总而言之，这是一部技术平庸的影片，在艺术成就上更比不上李安的《色，戒》，但就是因为它是真人真事，所以故事的真实性依然令人震撼。

然而，华人观众可以容许一个中国女游击队员爱上一个占领上海的日本军官吗？更遑论是一个汉奸！一个敌人可以既是坏蛋又有人性吗？在《超越国境》片中，那个德国军官处处彬彬有礼，对安吉拉追求甚力，又爱护备至。看到后半部，连我也不想让他死于非命，是否我也不明忠奸大义，变成一个温情主义者？

另一部荷兰电影《黑皮书》风格恰好相反，全片从头到尾毫无温情可言。那个犹太女郎因父母全被占领荷兰的德军杀害，所以投身抗敌，参加暗杀组织。而且她甘愿色诱一个德国军官，甚至在一个大胆镜头中把头发和阴毛染成金色，充当雅利安人。她同时也和这个荷兰暗杀组织的一名领袖相好，上床交欢，一点也不忸怩作态。也许这就是荷兰人的开放作风？

《黑皮书》的故事，也是根据一个战时荷兰律师的"黑皮书"的史实。此荷兰律师亦忠亦奸，而他的"黑皮书"更暴露了大量"荷奸"资料，最后结局更出人意料：原来出卖犹太人包括女郎父母的"荷奸"，竟然就是这个暗杀组织的领袖英雄！整个故事完全笼罩于一个"灰色地带"之中，忠奸难分。荷兰人有勇气面对这段黑暗的历史。导演此片的是大名鼎鼎的好莱坞名匠保罗·范霍文（Paul Verhoeven），他的作品向以科幻片（如《机器战警》）和色情片《本能》著称，内中有莎朗·斯通不穿内裤分开双腿的经典镜头。《黑皮书》是他重返荷兰拍摄的一部严肃电影，而且也得过威尼斯影展的大奖。据闻此次李安的《色，戒》在威尼斯得奖，范霍文即是评审团的一员，除了英雄相惜之外，是否在《色，戒》中范霍文也看到一点《黑皮书》的影子？至少主题相似，两片异曲同工。

其实，范霍文和李安这两位导演的风格完全不同。范霍文擅长处理动作片，《黑皮书》中几场暗杀和枪战场面干净利落，内中更有狱中酷刑、殴打被捕的抵抗分子的镜头，甚至连女主角也在德军战败后被荷兰爱国分子在狱中以粪便淋身羞辱，毫无浪漫气氛可言。《黑皮书》似乎只有一个主题：人性本来就是黑暗的，在非常时期，为了幸存，什么都做得出来，当然更无所谓政治上的忠奸黑白之分了。其实这个主题在战后的欧洲文学和电影中处处可见，却偏偏不合中国人的"民族性"。张爱玲绝对想不到也不愿意写这种主题的小说，否则非但《色，戒》中的女主角王佳芝的个性须全盘改观（当然中国人没有犹太问题），而且连邝裕民这个爱国青年的角色也要改成一个亦忠亦奸的人，一面暗杀敌人一面不惜背叛自己的同志。诚然，《色，戒》的主题也是背叛，但是为什么而背叛？爱欲？虚荣心？女性的弱点？这篇被人誉为"精品中的精品"的小说，偏偏没有讲到一个幸存者的求生本能。这一点在王安忆的《长恨歌》中却做到了。

"幸存者"在事后是否有严重的罪孽感？在战乱浩劫中所经历的"创伤"（trauma）又如何呈现出来？这是犹太"浩劫文学"的共同主题，但这个主题的背后还有更黑暗的一面：它所付出的人性代价更大，不仅是牺牲和受难，而且把人性压成一种苟活中的平凡和庸俗，甚至对罪恶全然麻木，汉娜·阿伦特（Hannah Arendt）论战后大审德国战犯的名著《罪恶的庸俗》(*The Banality of Evil*, 1963 年)，就是在探讨这种心态。她不但描写德国纳粹杀人魔王艾希曼是一个庸俗胆小的人，而且被纳粹党解送到集中营的犹太人中也不乏庸俗之辈！此书刚出版时，舆论大哗，作者也备受攻击。不知张爱玲有无读过？后来一位法国名导演马塞尔·奥菲尔斯(Marcel Ophüls)拍了一部六个多小时长的纪录片《悲哀和怜悯》(*The Sorrow and the Pity*, 1969 年)，更将这个主题发扬光大，放在二战时期德军占领下的法国维希政府时代。我多年前看过此片，只记得片中访问了不少当事人和幸存者，几乎个个都很平凡，受访时也都支吾其词，使人觉得个个都有一段不可告人的秘密。

这部纪录影片令我深省，如果自己也年长一辈处于父母亲的那个大时代中，或生活在日军占领下的上海，我是否会变得更庸俗？既无胆成为爱国青年，说不定还会糊里糊涂地变成一个汉奸？在中文词汇中，"汉奸"绝对是一个坏字眼，但我幼时的印象却不同，他们看起来很平常！记得在抗战末期全家逃难到豫西山地乡下，日本人打来了，一阵机枪声过后，日本士兵从山上走下来。我们几家人（一群都是教师和家人，其时我也不过五六岁）躲在一间农舍中，但大家商量好，如果日军进门的话，几个会说点日文的人必须挺身而出，设法跟日本人搭讪。结果果然如此，这些人可说是被时势所逼，成了"汉奸"。我们从门缝中还看到日本人和另一群穿蓝衣的中国人在一起，父母悄悄地对我说：这些人也是汉奸！我记忆中的"蓝衣人"倒和影片《色，戒》中穿蓝衣的张秘书和"间谍"头目老吴有几分相似，是否纯系我的心理幻觉在作祟？

这一段"童年往事"的回忆，加上最近看完这两部欧洲电影后的感触，使我进一步想到另一个相关问题：作为小说的《色，戒》，"张迷"

一片赞好；但也有不少内地的爱国人士大骂是汉奸文学；李安的影片《色，戒》所引起的各种反应更激烈，他本人所受的攻讦更不少——几乎成了一个"汉奸"或"美间谍"的代言人。

在这一片"上纲上线"式民族主义攻击声中，我们又能如何反思自己或中国文化的黑暗面？又有多少中国人会像德国作家格拉斯（Günter Grass）那样，在最近回忆录中承认自己年轻时代参加过纳粹党的少年组织？又有多少中国作家愿意以"直面"黑暗人性的态度去描写汉奸人物？问题不在于汉奸有无人性或是否可以"美化"，而是这些人性弱点所揭示的文化和心理究竟是什么？《色，戒》一片之所以引起如此强烈反应，我认为就是因为它有意或无意之间触到一个历史的盲点和一个中国文化深层结构中的"暗伤"，我甚至认为这个盲点和暗伤早被各种政治和意识形态压抑多年，很少人有勇气面对它，更遑论挖掘其"黑暗之心"。我如有张爱玲百分之一的才华，一定会写这个"汉奸"题材。

张爱玲终其一生超越一切政治，并且在文学创作上回避了这个题材，《色，戒》算是一个例外，因为它间接地触及了这个"禁区"。我们不必为她扣上一顶"汉奸作家"的帽子，然而也得承认：在她的人生观和艺术观中，受难或牺牲是一个微不足道的问题。

那么，上海小市民的日常生活中的庸俗呢？日军占领上海后，这种无奈生活的本能和对政治的不关心，是否会导致麻将桌上的一群官太太们醉生梦死？是否作者以小窥大，从麻将桌上反讽汪伪政权统治下的上海世情？

李安在拍《色，戒》之前，曾做过大量的历史考证工作，关于这段真人实事，上海名女子郑苹如暗杀汉奸特务头子丁默邨的各种记载，也看了不少，但最终却拍出一部非政治性的影片，用情和色的纠缠来

"折射"这一段黑暗的历史。李安说："你得进入那个世界，就不犯虚了，我们对人生。"他所说的"人生"当然是指的我们现在的日常生活，战乱的阴影早已烟消云散，连模糊的回忆也没有了。因此他要重构一个新的色相世界，甚至把历史也笼罩在里面。佛家说，色即是空，一切的色相都是虚幻。然而李安又要把我们带进那个世界中去，"就不犯虚了"，这虚虚实实之间的辩证关系又是如何？只好有待深通中国文化的高手教我了。然而，我觉得连李安也拍不出《黑皮书》，因为他毕竟是一个中国人，没有犹太人的受难情结。

附录一

Lust, Caution: Vision and Revision

Ang Lee's most recent film (*Lust, Caution*), has become 'the talk of town' in Hong Kong.

Having written several articles in Chinese, I thought I should really stop—enough is enough. Yet here's another piece, this time in English, triggered by two new books which I found in a local bookstore : a brand new movie 'tie-in' volume called *Lust Caution : The Story, the Screenplay, and the Making of the Film* (New York : Pantheon Books, 2007) and a new limited edition of《色，戒》(Taipei : Crown, 2007), which includes the original manuscript of the story hand-written by 张爱玲 (Eileen Chang) herself.

Let me begin this time with Chang's story itself. (There is an English translation by Julia Lovell in the tie-in book.)

As all lovers of classical music—and I count myself as one of them— know very well, there is such a thing as an'ur-text, ' the original text by the composer, sometimes coupled with several revisions. The existence of such texts complicates matters of music performance and interpretation. In Eileen Chang's case, we all know that this particular story was first written in 1950, but Chang kept revising it before it was finally published in Taiwan in 1977. Why did she keep revising it? We can only guess.

One possibility is the politically sensitive nature of the story itself, which is set in Japanese-occupied Shanghai (1941–45) and has a 'traitor' as hero, the security chief of the collaborationist 汪精卫 (Wang Jingwei) regime. Since Chang's former husband 胡 兰 成 (Hu Lancheng) also served under this 'puppet regime', Chang might have wanted to use extra caution. I pursued this line of conjecture before, until I read this newly published manuscript, which led me to pursue another possibility : Could it be that since Chang, for whatever reason, attached considerable importance to this story, she was never satisfied with it and kept revising to make it technically better? Is the final outcome really better than her first attempt? Besides, who knows if this written draft was indeed the 'ur-text'?

My own sense in playing the role of 'text-detective' is that even this written manuscript was the product of several revisions, because it contains several pages which are only half-filled and marked by the author's note 'continued on next page'. What were originally in such half-blank spaces? Paragraphs which were simply cut out? Or paragraphs which were so messy after revisions that the author simply wanted to copy them in a new page or rewrite them completely? Before the invention of the computer, both were normal practice for many writers.

The finished story seems to be so pruned of all unnecessary background details that its narration becomes oblique, even obscure, and requires utmost attention from the reader. In other words, our strategy as readers has to be some sort of close reading, in order to do justice to the text.

The director 李安（Ang Lee），surely an Eileen Chang fan himself，must have read the story countless times before he and his frequent collaborator，James Schamus，wrote up a preliminary treatment or film scenario，which was turned into a full screenplay in both English and Chinese by Schamus and 王 蕙 玲（Wang Hui-ling），a veteran writer in Taiwan．I have reason to believe that even though Schamus knows no Chinese，he must have had a heavy hand in the writing of the screenplay itself．In a way，the screenplay in English（the Chinese version is yet to be published）and the translation help us understand the original story better．

Many uninitiated Chinese readers of the story have complained of its difficulty and the obscurity of meaning for，unlike other Eileen Chang stories such as 倾城之恋（*Love at the Fallen City*）（my own favorite），the characters' inner feelings are hidden in a narrative device in which a detached yet omniscient narrator's voice only occasionally intrudes upon the characters'psyches，thus 'showing' but never 'telling' their thinking or feeling processes．In Chang's earlier stories，this narrator's voice is often present in the foreground of the story，her intrusions expressed in a number of brilliantly inventive metaphors，but in *Lust*，*Caution* it's nearly unnoticeable．（Julia Lovell，the translator，in her introduction to the story，uses a semi-technical phase，'free indirect meditation'）．How can a film director turn this narrative technique into a film language based primarily on visual images？There is no 'voice-over' in the film itself，and many scenes are not found in the original story—or，as Ang Lee would argue，only implied．In other words，Ang Lee tries to fill up all these 'blanks'—shady subplots or repressed emotions that lurk behind the surface of the main story-line.

To take an obvious example : the personal information of the heroine 王佳芝（Wang Chia-chih）is scanty in the original story. We only know from a few 'flash-back' sentences and passing references that she joined a drama group as a university student and became involved in a failed assassination plot. Well, this part of her 'deep background' is fully fleshed out in the movie. This is understandable. What remains most intriguing to me—and a bone of contention among many critics—is whether Ang Lee has enough justification to put in so much 'lust' and emotion, especially on the part of the ingénue heroine. This brings us to the film's most notorious feature, the three bedroom scenes, which are certainly not in the original story.

Interestingly, even the screenplay（which is not rendered in a detailed shot-by-shot format）is sketchy in its description. The first sequence of their lovemaking is described in a few telling details : 'He flips her around facedown on to the bed, unbuckles his pants, and enters her from behind. What follows is more or less a rape. Her face opens, first in pain, then in an astonished, anguished mix of anger and pleasure.' The second sequence is described in only two sentences : 'Naked, on the bed, Yee on top of her—he takes her face in his hands, insisting that she look in his eyes.Afterward, they hold each other.' The third sequence has a few short sentences, showing her 'straddling him, slowly moving' while the camera points to a shot of his clothes, gun and holster on the chair next to the bed. 'Her eyes drift to the gun, then back to him. As she rides him harder, tears start to flow from her eyes.' Thus sex is shown as increasingly, mixing with her mounting emotion—hence her tears. Would Eileen Chang like it if she were alive and saw the film?

But let's not pursue our prurient interest further, except to say that for Ang Lee the story must have touched him profoundly on an emotional level, thus he wanted to underscore the sexual-emotional linkage by inserting these three crucial bedroom scenes. This certainly departs from the style and perhaps intention of the original story. But does Ang Lee have justification for putting so much 'lust' in a story about deceit and 'caution'? This brings us back to the written manuscript.

Aside from putting the full emotional weight on the heroine（hence a great risk in hiring a totally new face, Tang Wei）, Ang Lee's own point of interpretive entry is the six-carat diamond ring（only four carats in the manuscript version）that the hero buys for the heroine；the Chinese character 戒 can have several meanings, including 戒 指 or ring, aside from 'caution'. the basic rule of the spy game.（Of course one can also assoclate the term with Christian and Buddhist connotations—commandments and taboos such as 'thou shall not commit adultery' or beyond the 'cycle of desire' and lust etc.）

If we compare the manuscript and published versions of the story, the most visible addition is in the jewelry shop sequence. As the publisher of this new edition points out in the preface, in the final published version of the story Chang added some 700 Chinese characters or about two printed pages right after the point when Wang Chia-chih, with Mr Yee's approv-al, decides to buy the ring from the Indian jeweler. These added para-graphs, in my view, serve definitely to enrich the emotional content on Wang Chia-chih's part at this critical moment of the plot : she is suddenly overwhelmed with emotion and hence commits an act of betrayal by urging him to 'go now'（'run fast' in the Chinese original）. Yes，in this added 'free indirect meditation' that reads like（but not exactly）a 'stream of consciousness' sequence，she realizes that she loves him! And this transformation from lust to romantic love is prefigured in two indirect quotes : 'The English say that power is an aphrodisiac' but 'a well-known Chinese scholar（certainly the notorious 辜鸿铭 Gu Hongming，a conservative scholar educated at Edinburgh）was supposed to have added that the way to a woman's heart is through her vagina.' To present-day feminist ears，the latter sounds especially distasteful and male chauvinist Yet it provides something of an excuse for Ang Lee to add his sex scenes and to underscore the link between sex and love.

The very last paragraph in this addition，which represents Eileen Chang's final revision of the text，becomes in fact quite romantic，and the English translation has made it even more so : 'Only now，as this last，tense moment of calm stretched infinitely out，on this cramped balcony，the artificial brightness of its lamplight contrasting grubbily with the pale sky visible through the door and windows downstairs，could she permit herself to relax and inquire into her own feelings. Somehow，the nearby presence of the Indian，bent over his writing desk，only intensified her sense of being entirely alone with her lover. But now was not the moment to ask herself whether she loved him ; instead she needed to. . . '

The above passage reads indeed like a filmed sequence with carefully controlled lighting and color. Naturally Ang Lee and his talented Mexican director of photography, Rodrigo Prieto, conjure up an atmosphere that is appropriate to this passage, at least to this viewer. However, in Chang's written manuscript, none of this happens. Without these added paragraphs, as Chang might have realized, we have only Mr Yee's point of view, except for a glimpse of 'a faint sorrowful smile on his face' presumably from Wang Chia-chih, whose gaze is only implied and her inner feelings unrevealed. Can she fall in love at this one glance? Of course we can never really know Eileen Chang's intentions. (In academic criticism, to gauge author's intentions is considered a fallacy.) To add more romance? More drama? Or more psychological nuance in the heroine? Whatever the reasons, the text itself is certainly enriched.

Having compared this paragraph in the two versions of the text, it's really a letdown to read the screenplay. This is how the last paragraph quoted above is rendered : 'He takes her hand and looks at the ring. With the manager watching them, they are more keenly aware of their being alone under the lamp, so close, yet so restrained.' And the crucial hint about his faint smile becomes : 'With his profile outlined against the soft lamplight, he looks to her tender and vulnerable—a man in love.' Are you so sure this experienced spy and womanizer (played with consummate restraint by Tony Leung) is really a man in love, or do you side with her and believe that he is? If he were, why would Eileen Chang have seen fit to provide, in the story's final part, all the necessary rationalizations for his not being in love?

The story ends on a note of cynicism, a mark of literary irony with perhaps all implied historical dimension. In my Chinese articles, I have tried to flesh out this historical dimension—perhaps too much so—in order to counter the usual tendency among Chinese readers and viewers to equate fictional characters with real historical personages. This is certainly not in Eileen Chang's design. Interestingly, Ang Lee's American collaborator, James Schamus, is far more forthright in his interpretation of the story. In his introduction to this new book (also included in the paperback edition which, however, does not contain the screenplay and the production notes), Schamus comes straight to his point: 'Why did she do it?... What act, exactly, does Wang Chia-chih perform at that fateful moment in the jeweler's shop when she decides whether or not to go through with the murder of her lover?' And he provides a clear-cut answer: 'And here, two words—*act* and *perform*—indicate the troubling question Zhang Ailing (Eileen Chang) asks us: for at the crucial moment when we choose, when we decide, when we exercise *our free will*, are we not also *performing?*' Well said, but a tittle biased.

Does Wang Chia-chih in the story really have the free will to make a free choice unencumbered by historical circumstances and the weaknesses of her own character? I think Schamus' assertion, derived perhaps from his own Western post-Enlightenment position, may win accolades from feminists but certainly does not accord with either Eileen Chang or to the context in which the story took place and was written. By any stretch of the imagination, Wang Chia-chih is not a Nora-like emancipated woman, nor is her betrayal comparable to the Phraedra-like heroine in O'Neill's play based on the Greek myth, *Desire under the Elms*. She still is a modern Chinese woman caught in her own time—and the ironic frame of Eileen

Chang's fiction. I think it's to Ang Lee's great credit that, whether or not he has departed from Eileen Chang's original vision, the film version is much more nuanced and complex than is indicated by this simple assertive theme of free choice, not withstanding Schamus's scholarly citation of Slavoj Žižek's arcane theory about 'acting' and 'performing'. And to that extent, I think Ang Lee, despite his long years in the United States, is still a Chinese director.

As for myself. an equally biased Chinese critic straddling between both worlds, I have found my loyalties divided between Eileen Chang and Ang Lee. But after three viewings of the film, I have finally opted for Lee because deep down I believe in film magic which can sometimes displace textual fidelity. Besides, who knows, if she were alive today Eileen Chang might make yet another revision of the story?

附录二

真假的界限

——《色，戒》小说与电影对读

郭诗咏

　　《色，戒》上映以来，有关这出电影的报道和评论可谓铺天盖地。撇开那些炒作的宣传文字，大部分华文世界的论者都倾向认为，李安的《色，戒》是成功的。有论者甚至认为，李安的《色，戒》超越了原著，"张爱玲被电影打败了"。❶

　　究竟张爱玲是否被电影打败了？无论答案是"是"或者"否"，都似乎显得过于简单。历来改编自张爱玲小说的电影之所以为人诟病，主要是因为影像追不上文字，无法保留原著中既复杂又精致的隐喻，无法表现人物心理，以致最终取消了小说原有的深度。虽然张爱玲的作品有很强的电影感，❷但其独有的距离感和寓言笔法，却无时无刻不抵抗着影像的"翻译"。张爱玲的小说作为一种广义地浸淫在技术化视

---

❶　徐淑卿：《张爱玲被电影打败了》，《中国时报》2007 年 9 月 30 日。

❷　为了说明这一点，李欧梵曾分别为《多少恨》和《倾城之恋》的两个段落添加电影镜头。参见李欧梵：《不了情：张爱玲和电影》，《睇〈色，戒〉》，香港：牛津大学出版社，2008。

觉性（the technologized visuality）认识论问题的新文体，❶ 并没有一面倒地向电影倾斜。张爱玲成功地把电影技法与中国旧小说结合起来，创造出既有文字感又有电影感的文字。❷ 可以说，张爱玲早已把电影包括在她的文字中。电影元素既已改弦易辙，要让它重回电影的怀抱，实在需要付出更大的努力。

那么，李安是如何办到的？不少论者已经指出，李安细心地为原著补充了许多细节，让它可以在视觉上被具体地呈现。不过，单是情节上的增补，并不能保证电影的成功。笔者认为，李安的成功之处，在于能够准确把握张爱玲小说中的内部逻辑，并在改编的过程中，完美地把《色，戒》中有关真假的思考演绎出来。故此，即使他的电影无法像文字一样深入描写人物的内心，仍获得了其他改编者无法企及的深度。此外，李安亦贯彻其一向的风格，在电影中细致地运用了许多富有象征意味的镜头，让不少醉心文本细读的观众感受到一种有别于商业电影的兴味。由是看来，这部电影最后为观众受落 ❸，实是意料中事。

这篇文章先从张爱玲与电影的关系入手，分析《色，戒》小说隐含的对于真假的思考，然后集中讨论李安如何在电影中回应并推进这些思考，借此探问小说和电影的界限。

---

❶ 这里指周蕾所提出的"技术化视觉性"。周蕾认为，在 20 世纪，新媒体如摄影和电影所带来的视觉性力量，促使作家改变了对文学本身的思考。无论有意识还是无意识，新的文学样式可争议地媒介化了，其自身内部包含了对技术化视觉性的反应。参见周蕾：《原初的激情：视觉、性欲、民族志与中国当代电影》，台北：远流出版事业股份有限公司，2001，第 35—36 页。

❷ 李欧梵：《不了情：张爱玲和电影》，《睇〈色，戒〉》。

❸ 受落，粤语俚词，大意为"乐意接受"。

《色，戒》里的真和假

在《多少恨》的开首，张爱玲写道："现代的电影院是最廉价的皇宫，全部是玻璃，丝绒，仿云石的伟大结构。"❶ 虽然张爱玲是好莱坞电影的忠实观众，但她对于电影和日常生活的关系却有深刻的理解。她清楚地意识到，电影这个新兴的大众媒体，不仅为现代都市市民提供廉价的娱乐，更为普通人的幻想和回忆提供了最现成的范本。

正是看透了光影所建构的虚幻把戏，张爱玲常常在小说里，对那些陶醉于由电影生产出来的廉价"梦想"的角色加以讽刺。根据李今的分析，张爱玲的许多小说均建立在影像（包括电影、广告、照片）与真实的生活的对照之上：

> 她的小说和人物经常恍惚于现实与电影的场景、人物的命运，甚至是情感方式的进入淡出之中。再婚的敦凤一看到《一代婚潮》的电影广告就会"立刻想到自己"；在"一个剪出的巨大女像，女人含着眼泪"的五彩广告牌下徘徊着的虞家茵，仿佛是从这电影走出来的"一个较小的悲剧人物"；漾珠穿上她最得意的雨衣去赴会，立刻感觉"她是西洋电影里的人，有着悲剧的眼睛，喜剧的嘴，幽幽地微笑着，不大说话"。❷

正如李今所言，张爱玲看到了电影世界对于人的日常生活和内心世界的渗透。张爱玲掌握的"不仅仅是电影的手法、技巧，更是对电

---

❶ 张爱玲：《多少恨》，《惘然记》，台北：皇冠，1991，第97页。

❷ 李今：《海派小说与现代都市文化》，合肥：安徽教育出版社，2000，第178—179页。

影的本质和虚幻性的认识和把握"。❶ 张爱玲深刻地体会到，电影所制造的神话是如何牵制着人们感受真实世界的方式，模糊了真假的界限。由是，她以一个小说作者的身份，借着文字，暗暗戳穿电影的假象。

无独有偶，《色，戒》也可以被看成一个思考真实和假象关系的过程。在这个故事里，张爱玲把真和假置入一次生死攸关的刺杀事件。从一开始它就是一个关于作假的故事：大学生王佳芝和几个爱国的同学投身"地下工作"，经商议后，决定由王佳芝假扮少妇麦太太，色诱特务头子易先生。及后易先生突然离开香港，第一次计划遂告中断。后来，王佳芝在上海重遇同学邝裕民，邝裕民力邀王佳芝重施美人计，于是王佳芝又扮起麦太太来。这一次易先生终于上钩。一个下午，组织让王佳芝把易先生带到珠宝店，设下陷阱，进行刺杀。在快要成功的时候，王佳芝却因一只戒指、一种温柔怜惜的神气，怦然心动，认为"这个人是真爱我的"，最后放走了易先生，引来杀身之祸。

究竟王佳芝为何投入地下工作？为何会"爱上"并放走易先生？观乎小说对王佳芝心理的描写，王佳芝似乎至死也没有弄清楚个中原由。不过，如果细心留意，其实不难发现张爱玲为读者留下了蛛丝马迹。张爱玲在《羊毛出在羊身上》里回复域外人的批评时说过：

> 王佳芝演话剧，散场后兴奋得松弛不下来，大伙消夜后还拖个女同学陪她乘电车游车河，这种心情，我想上台演过戏，尤其是演过主角的少男少女都经验过。她第一次与老易同桌打牌，看得出他上了钩，回来报告同党，觉得是"一次空前成功的演出，下了台还没下装，自己都觉得顾盼间光艳照人……"自己觉得扮

---

❶ 李今：《海派小说与现代都市文化》，第 180 页。

戏特别美艳，那是舞台的魅力。"舍不得他们走"，是不愿失去她的观众，与通常的 the party is over，酒阑人散的惆怅。这种留恋与拖女同学夜游车河一样天真。❶

"舞台的魅力"一语可圈可点。王佳芝投身地下工作之前，是大学话剧社的当家花旦，演的是慷慨激昂的历史剧，票房不坏，而那种顾盼间光艳照人的虚荣感，更让她感觉良好。似乎正是这种由演出成功而来的"舞台的魅力"，引诱她把麦太太的角色演下去。

对王佳芝来说，现实和演戏是无法分开的。无论是爱国剧还是色诱行动，她都当作戏来演。在舞台上是演戏，在现实中也是演戏。王佳芝总是把自己所干着的情报工作比附为演戏，也以演戏的经验作为现实的参考：

> 她倒是演过戏，现在也还是在台上卖命，不过没人知道，出不了名。❷
>
> 这时候事到临头，又是一种滋味。上场慌，一上去就好了。❸
>
> 太快了她又有点担心。他们大概想不到出来得这么快。她从舞台经验上知道，就是台词占的时间最多。❹

在珠宝店阁楼的舞台上，王佳芝终于把戏演到了极致，以致连现

---

❶ 张爱玲：《羊毛出在羊身上——谈〈色，戒〉》（原发表于 1978 年 11 月 27 日），《郁金香》，北京：北京十月文艺出版社，2006，第 455—456 页。
❷ 张爱玲：《色，戒》，《惘然记》，第 18 页。
❸ 张爱玲：《色，戒》，《惘然记》，第 22 页。
❹ 张爱玲：《色，戒》，《惘然记》，第 28 页。

实都成了天方夜谭；而这个天方夜谭，却又与电影场面交错在一起：

> 有半个她在熟睡，身在梦中，知道马上就要出事了，又恍惚
> 知道不过是个梦。
>
> 她把戒指就着台灯的光翻来覆去细看。在这幽暗的阳台上，
> 背后明亮的橱窗与玻璃门是银幕，在放映一张黑白动作片，她不
> 忍看一个流血场面，或是间谍受刑讯，更触目惊心，她小时候也
> 就怕看，会在楼座前排掉过身来背对着楼下。……
>
> 他这安逸的小鹰巢值得留恋。墙根斜倚着的大镜子照着她的
> 脚，踏在牡丹花丛中。是天方夜谭里的市场，才会无意中发现奇
> 珍异宝。她把那粉红钻戒戴在手上侧过来侧过去地看，与她玫瑰
> 红的指甲油一比，其实不过微红，也不太大，但是光头极足，亮
> 闪闪的，异星一样，红得有种神秘感。可惜不过是舞台上的小道具，
> 而且只用这么一会工夫，使人感到惆怅。❶

在这里，透过梦、镜像、天方夜谭和黑白动作片场面等一系列与
假象相关的修辞，现实逐步与假象重叠在一起，以致王佳芝根本无法
弄清自己的位置和感情。她在现实中演着的戏，此刻成为她真正的梦
想。戏剧理论中有所谓第四堵墙，意指舞台上面对观众的那堵无形的墙。
布莱希特（Bertolt Brecht）认为，陌生化表演手法和相关的舞台处理，
可以打破第四堵墙的区隔，让观众清醒地了解到自己除了移情于戏剧
之外，还可以评论和介入到戏剧之中。然而，对王佳芝来说，这第四
堵墙从来都不存在，亦没有陌生化，她的舞台就是现实。时刻置身于

---

❶ 张爱玲：《色，戒》，《惘然记》，第27页。

没有边界的舞台，最后终于让她再也无法看清自己的欲望对象和轨迹。

《色，戒》的情节设计，凸显了张爱玲一直以来对于电影和日常生活的关系，以及假象和现实关系的思考。正是因为王佳芝长期生活在真实和假象混淆不清的紧张状态中，她最终被假象吞噬。在小说中，清醒的易先生成为最后的胜利者，他心狠手辣地斩草除根，并在下令解决王佳芝等人后，在自我陶醉的过程里将王佳芝完完全全地占有：

> 她临终一定恨他。不过"无毒不丈夫"。不是这样的男子汉，她也不会爱他。……得一知己，死而无憾。他觉得她的影子会永远依傍他，安慰他。虽然她恨他，她最后对他的感情强烈到是什么感情都不相干了，只是有感情。他们是原始的猎人与猎物的关系，虎与伥的关系，最终极的占有。她这才生是他的人，死是他的鬼。❶

张爱玲写来满是恨意和鄙夷。虽然当中或掺杂了她对于胡兰成的爱恨，然而归根究底，她谁都不放过。她既鞭挞易先生，也不怜悯王佳芝，❷甚至连那些爱国同学，在她笔下也不过是伪善的家伙。

---

❶ 张爱玲：《色，戒》，《惘然记》，第34页。
❷ 张爱玲甚至没有让王佳芝短暂地得到任何真正的爱情。所谓"这个人是真爱我的"，也不过是误认，因为易先生当时其实不过在自我陶醉。"他不在看她，脸上的微笑有点悲哀。本来以为想不到中年以后还有这样的奇遇。当然也是权势的魔力。那倒还犹可，他的权力与他本人多少是分不开的。对女人，礼也是非送不可的，不过送早了就像是看不起她。明知是这么回事，不让他自我陶醉一下，不免忧然。陪欢场女子买东西，他是老手了，只一旁随侍，总使人不注意他。此刻的微笑也丝毫不带讽刺性，不过有点悲哀。他的侧影迎着台灯，目光下视，睫毛像米色的蛾翅，歇落在瘦瘦的面颊上，在她看来是一种温柔怜惜的神气。"张爱玲：《色，戒》，《惘然记》，第30页。

李安对真假关系的演绎

李安曾形容张爱玲的《色，戒》对他有种"致命的吸引力"。[1] 不过，当面对这篇包含丰富电影元素的小说，李安从电影工作者的位置出发，认为电影应有电影的风格和规则，不应"把电影作为小说的一种影像化翻译"。[2] 故此，李安没有对张爱玲的《色，戒》亦步亦趋，却尝试从另一角度切入，拍出自己的《色，戒》。

李安对原著的一大改动，是直接呈现易先生和王佳芝的性爱场面，捉紧"到女人心里的路通过阴道"这句话大加发挥。针对这一点，张小虹和李焯桃均已提出了独到的见解，在此不赘。[3] 笔者只希望从另一个角度做补充，分析李安对小说中隐含的真实和假象关系的处理。

正如上文指出，王佳芝其中一个显著的特点是在现实中演戏。李安恰如其分地抓着这个重点，顺势深化小说里对于真实和假象关系的探问。在电影中，李安有意让王佳芝成为一个常常在现实生活中压抑情感的人。电影为王佳芝加插了这样的一段戏：

> 王佳芝在写信。她正在给父亲写贺卡。父亲在彼岸结婚了。同学发现她在写东西，见神色有异，连忙慰问，然而王佳芝只淡淡地应了一句。把父亲的结婚照往抽屉里一塞，就出去了。
>
> 王佳芝去看电影《寒夜琴挑》（*Intermezzo*），当她听到 I'm a responsible man 的对白时，她哭了，在黑暗里非常用力地哭。

---

[1] 李达翰：《一山走过又一山——李安·色戒·断背山》，台北：如果出版社，2007，第439页。

[2] 李达翰：《一山走过又一山》，第446—447页。

[3] 张小虹：《大开色戒——从李安到张爱玲》，《中国时报》2007年9月28日及29日。李焯桃：《〈色，戒〉的改编与性爱》，《明报》2007年9月9日。

以上这场戏在电影中可谓微不足道，但它却带出了一个非常重要的问题：王佳芝是怎样处理自己的情感的？对于电影版的王佳芝来说，真实世界并不是一个可以流露情感的地方，在日常生活中，她常常显得木无表情。只有在电影的世界里，她才可以找到认同，找到一个抒发情感的主体位置。这里明显含有一个错位：王佳芝唯有在假象（电影）的世界里才是生存着的，才能"真情流露"。

与此同时，这段戏跟舅母家的一段互相呼应。在舅母家寄人篱下，加上战时的困苦生活和香港的痛苦回忆，王佳芝感到前所未有的无聊。为打发时间，她甚至不顾国仇家恨去上日语学校。我们应当注意王佳芝即使在贫困中，仍然坚持去看电影。这显示了电影（假象）是她赖以自我安慰的药方。正是因为无法忍受日常生活难堪的处境，当邝裕民出现，邀请王佳芝再当一次麦太太时，她立即义不容辞，并愿意答应老吴所提出的各种要求。这个决定虽夹杂了"没白牺牲了童贞"的想法，但投入充满"传奇色彩"的特务工作，又实实在在地把她从难堪的现实生活中拯救出来。在这里，李安让王佳芝做出双重的演出：她既以演戏的心情投入特工的角色，同时又以特工的身份在日常生活里扮演少妇。在日常生活中她一无所有，但透过占据一个危险的身份位置并扮演他人，王佳芝终借着进入他人的位置找到"自我"。

从这一点出发，那个出现了两次的镜头就很容易理解了：

> 王佳芝在香港大学的陆佑堂里。她到舞台上去看那些假树和假云。有人大声呼喊她的名字"王佳芝"。她回过头来，原来是邝裕民等几个同学在喊她。

在这个象征性的镜头里，随着站在舞台上回答这一声呼唤，现实生活里的王佳芝被询唤（interpellate）到一个假象世界里的主体位置。她再不是日常生活里平凡的王佳芝，正如在学校里演出爱国剧让她顾盼间光艳照人，投身特务工作（即使多么业余）让她感受到青春和生存的意义（"引刀成一快，不负少年头"）；而扮演麦太太成功色诱易先生，更让她感到"一切都有了目的"。透过这个小小的安排，李安让王佳芝从那一刻起进入了假象的世界（与同伴分散的三年，不过是中场小休），梦一直做下去，直到她被杀的前夕，她才再一次想起这个改变她一生的时刻。

由是，李安加插的那场副官（钱嘉乐饰）被杀的戏，也有了更深刻的意义。这一场戏主要交代大学生的刺杀行动被副官识破，在迫不得已的情况下，邝裕民与其他几个大学生一起把副官杀掉。尽管不少观众把这一节当作闹剧来看，但这场闹剧的上演，事实上恰恰说明了这个行刺计划的本质———一场荒唐的闹剧。在这件事以前，行刺计划根本形同暑期活动（"暑假要结束了，再不杀就没时间了！"），而这次的流血事件，终于把他们带到真实之前。他们终于意识到，自己多么幼稚，幼稚得连杀人也不懂得刺向要害。

值得注意的是，李安特意让王佳芝不参与这次集体杀人行动。他将她放在大厅外的阳台，隔着玻璃门观看事情的发展。当连万分惊惶的赖秀金也拿起手枪企图帮忙，王佳芝却始终没有参与过任何杀人的动作。最后，当邝裕民在梯间把副官了结，王佳芝即从楼上走下来，跨过副官的尸体，奔向不知名的前方。明显地，李安有意透过这个富有象征性意味的细节，显示出当其他五个人在这次"血的洗礼"中认清了特务工作真实的一面时，王佳芝却由始至终都没有与真实（the real）相遇，以致她的梦可以一直做下去。

从真实和假象的关系的角度出发，电影中的性爱场面就有了另一重意义。易先生曾告诉王佳芝不要相信她所听到的事情，而王佳芝则发现，易先生借着使她哭喊和流血，证明自己的存在。正是因为一切都不可信，身处无边无际的假象中，他们最后选择沉溺于一场场激烈的性爱，在人类最原始的行为中，透过无法掩饰的身体自然反应，❶ 彼此探询对方最真实的一面。佛家有云，色即是空，空即是色；但在李安的《色，戒》中，虚假的色相却渡成真实的肉身，成为靠近真实的最终极方法。张爱玲在《烬余录》中说过，"去掉了一切的浮文，剩下的仿佛只有饮食男女这两项" ❷；而易先生和王佳芝在虚空和绝望中彼此抓紧身体的做法，未尝不可看作是李安对张爱玲《烬余录》的回应。

透过增补一些看似微不足道的细节，李安细致地把原著中真实和假象的关系演绎出来，并进一步将之与"色相"结合，提升为对于存在的探问。这样一来，李安的《色，戒》不但以另一种方式保留了小说深度，而且在某程度上对小说中真实和假象关系的思考做了更复杂的处理。

电影的轨迹

李安认为，张爱玲中年以后所写的《色，戒》，本来就是用电影的手法写的。他认为，张爱玲在写作这篇小说的过程中，曾参照了几部电影，可能有浪漫的爱情片，有侦探片，还有黑色电影。他觉得张爱玲的笔法，与电影有关，甚至她对光影的运用，对人物进行对切的手法，也跟黑色电影有关。❸

---

❶ 饶有意味的一幕：王佳芝虽然讨厌梁闰生，但仍无法在床上掩饰其身体反应，而只能用言语加以否认。

❷ 张爱玲：《烬余录》，《流言》，台北：皇冠，1991，第53页。

❸ 李达翰：《一山走过又一山》，第437—438页。

换句话说，李安是以类型片的方式来理解张爱玲的小说的。李安从导演的位置出发，在电影的框架和逻辑中接收张爱玲的《色，戒》，并在改编的过程中，将故事重新置入类型片的公式。这种处理最终导致了电影的浪漫化倾向：易先生和王佳芝产生了"真正的爱情"，易先生态度恶劣的自我陶醉没有了，王佳芝的虚荣感也没有了。他们不过是大时代里身不由己的恋人。宣传文字早就说过了："今年中秋，真爱无罪。"可以说，李安虽然延续了张爱玲从电影而来的，对于真实和假象关系的思考，但他始终无法抛开电影的神话，无法超越类型片轨迹，无法在一个浪漫的框架中对浪漫进行反思。❶加上李安个人的温情风格，要他把易先生的冷酷拍到底，到底不易。

至于张爱玲，由于她一直保有一个小说家的位置，这种先天的优势让她拥有距离感，容易体察到电影的界限，拆解假象所构筑的神话。而小说的第三人称叙事机制，也让她可以很方便地在一个高于人物的层次，对人物做反讽的处理。在张爱玲笔下，所谓爱情，所谓爱国，都被彻底摧毁。故此，凭着文体上的优势，张爱玲在离开电影以后，仍保留着苍凉的手势；但对李安来说，离开了电影，故事就无法说下去。

在《色，戒》原著小说中，王佳芝在一时意乱情迷下放走易先生后，仍然清醒地想到要到愚园路的亲戚家去避避风头，没有一头栽下去；然而李安在他的《色，戒》中，却让王佳芝选择返回福开森路的安逸小鹰巢，也没有让王佳芝吃下毒药。❷他要她的梦一直做下去，也要观

---

❶ 李安自言较喜欢早期的黑色电影，因为它们"不光是黑色，在黑到底的时候，又有一种很浪漫的情怀；就是每个人都不知道该怎么办。我觉得那种黑色的彷徨很浪漫"。李达翰：《一山走过又一山》，第438页。

❷ 关于这一场戏和原著小说的异同，朗天曾有过精彩的讨论。见《李安将王佳芝说扁了！》，香港电影评论学会网页，会员影评，https://filmcritics.org.hk。

众的梦一直做下去。

　　是的,李安的电影梦将一直做下去,但张爱玲的爱情梦却已经醒了。

1995 年 9 月 17 日

（原载《字花》第 10 期）